我们阅读
WOMENYUEDU

月亮来见我

桑榆 著

江苏凤凰文艺出版社
JIANGSU PHOENIX LITERATURE AND ART PUBLISHING LTD

图书在版编目（CIP）数据

月亮来见我 / 桑榆著 . -- 南京 : 江苏凤凰文艺出版社，2019.11（2022.7重印）
ISBN 978-7-5594-4069-3

Ⅰ . ①月… Ⅱ . ①桑… Ⅲ . ①长篇小说 - 中国 - 当代
Ⅳ . ① I247.5

中国版本图书馆 CIP 数据核字 (2019) 第 219869 号

月亮来见我

桑榆 著

出 版 人　张在健
责任编辑　张　倩　王　青
出版统筹　曾英姿
特约编辑　朵　爷　夏　沅
装帧设计　苏　荼
出版发行　江苏凤凰文艺出版社
　　　　　南京市中央路 165 号，邮编：210009
网　　址　http://www.jswenyi.com
印　　刷　湖南天闻新华印务有限公司
开　　本　880mm × 1230mm　1/32
印　　张　9
字　　数　196 千字
版　　次　2019 年 11 月第 1 版，2022 年 7 月第 3 次印刷
书　　号　ISBN 978-7-5594-4069-3
定　　价　38.60 元

目录

CONTENTS

目录

CONTENTS

Chapter 1
王子和骑士都去见鬼了

那晚发誓的人真多。
雪和月都很忙，忙着见证。
见证初心与轻狂，和轰隆隆即将到来的远方。

“林月亮，起立。”

一截粉笔头被扔上桌。

我慌忙起身，看到教导主任将物理课本一扔，脸一板：“你和陈云开动手动脚地做什么？”

“哄堂大笑必备句”一出，班级气氛顿时热闹，揶揄的笑声此起彼伏。

“他抢了我的早餐面包，我正准备捶他。”

教导主任若有所思地推推眼镜，看向陈云开：“下节班会课，你上来表演怎么用最快的速度抢走面包并列出公式。”接着，他瞧向我，“你就负责演示怎么用最大力捶人吧。”

我一听，开心了，陈云开直接放弃治疗：“老师，我选择写检讨。”

“如果检讨有用的话，还要主任干吗？！”讲台上的中年男人掷地有声。

恰逢下课铃声响，他不再给我们置喙的余地，夹着书本翩然离去。

可临到门口，他还是没放过我：“林月亮，到我办公室来。”

五分钟后。

“高考在即，看看你的测验成绩。”主任将才出炉的月考成绩单拍在我的眼前，“我记得你想考川城医学院？”

我心虚地点点头：“对……不是您说的吗？梦想还是要有的，万一见鬼了呢。”

男人气得七窍生烟，可当初这话的确是从他的嘴里蹦出来的，现下只好迂回进击：“你最近越来越不像话，叫你妈来学校一趟。”

“就不能直接回家和她沟通？”我两眼上翻，两口子吵架非拿我当炮灰。

林吉利同志不再淡定，下意识又推了推眼镜：“闺女，做人的基本底线是良心。刚才在众目睽睽之下，我这胳膊肘怎么拐的，你忘啦？！”

见我半天不吭一声，林吉利同志笑了笑，佯装不经意地看看日历表：“哟，今儿周五，你们该换座位了。”

姜还是老的辣，我瞬间屃了。但我妥协的话还没出口，陈云开登场了。

他估计没听见前面的话，就听到最后一句“换座位了”，当即没大没小地叫林叔：“不用换，没辙的，她坐谁的身边都能聊。”

差点我俩又一如既往地掐起来，我爸已全无劝阻的欲望。

其实，并非他老人家没有望女成凤的梦想，可我妈说，山鸡怎么都变不了凤凰，要他别做梦，于是他就很听话地连梦也不做了。

偶尔我也怀疑，难道川城真如坊间所言，这片水土盛产“老婆奴”？

然而，每次这样想的时候，我就忍不住看看陈云开，忽然又觉得，传闻有误。

刺儿头开哥在学校是出了名的混账，将来会怕老婆？不存在的。

虽然我所谓的混账不过是他和其他班男生抢抢篮球场，起冲突惊动了校长，校长想给他处分，却舍不得他每年为学校带来的竞赛荣誉。

这也是我爸迄今为止没把我俩的座位分开的重要因素。

本着近朱者赤的原则，他想，我成绩再差，跟着陈云开混，不至于跌到底。

事实的确如此，身为“理科渣”的我一直处于尚能拯救的程度，只是肯定与陈云开这个开外挂的比不了。

“听说B中能顺利评上国家重点学校，陈云开那堆奖杯也起了不少作用。”大家这样讲。

可我不是大家。

我想讲的是，陈云开能有今日全得仰仗我。

因为，他是我妈生的……

哦，不好意思，他是我妈接生的。

反正他呱呱落地那日，我刚好在我妈肚子里折腾满十五周。

那时，HCG 孕酮指数和唐氏筛查这些字眼，大多数人还没听过，以至于陈云开他爸这个暴发户差点将陈妈送出国待产，就怕自个儿的心肝宝贝发生什么意外。

但陈妈坚持留下来，还必须要我妈这个刚考到妇产医师执照的菜鸟经手。因为两人曾发过誓，要做彼此永远的天使。

谁若折我姐妹的翅膀，我必废他整个天堂的那种。

“再说，万一面临保大还是保小的问题，她肯定力排众议保我啊。”进产房前，陈妈笃定道。

不过，陈云开当初在陈妈的肚子里就很不让人省心，平常估计吃得太好，脑袋比普通婴儿大，宫口刚开到三指就让陈妈疼得受不了，眼看还真有难产的风险。

关键时刻，我福至心灵地在我妈肚子里作乱，让她被现场的血色催得几欲呕吐，陈妈终于在摧枯拉朽的疼痛中看出点意思：“我的天，王丽娟？！”

“我的天，我的天！”

她哑着嗓子感叹，已经忘记自己在干吗。

眼见我妈呕吐了好几次，陈妈彻底吓着了，整个身子艰难地往后缩，特怕我妈昨晚吃的那锅大杂烩全吐在她的肚子上——什么火腿肠、土豆片、牛肉渣……

为了结束精神折磨，陈妈总算使出九牛二虎之力——

“啊！”

一切归于平静。

所以，大家评评理，追根溯源，是不是没有当日的我，就没有今日的陈云开？！

陈妈估计也这样想，少女心泛滥地说，如果我妈生的是女儿，想方设法都要弄进他们陈家，连名字都取得天生一对：云和月。

追云逐月、步月登云、守得云开见月明……无论哪个，都是太好的期望。

至于陈云开嘛，还算是个顶天立地的主。

自打双方大人对他进行洗脑，每次玩过家家，他这个当惯了皇帝的老油条，真的就只钦点我当皇后，惹得整个家属院的小姑娘都嫉妒，包括后来的禾鸢。

十岁那年，我妈和陈妈所在的医院更换了一批老员工，新来的补上，家属院增加了许多生面孔，禾鸢便是其中之一。

她和我同月生，却长得比陈云开高些，身材出挑。我那时成天发尾不过脖子，禾鸢却已经会扎又高又松的马尾，朝气蓬勃。

最初，我并没觉得禾鸢有什么威胁。

因为，当我试探性地问陈云开“我是不是这个院子里最好看的姑娘”时，他想也未想，“你是——”

我一听，捂着脸害羞地跑走，完全没注意到背后莫名其妙的眼光以及没听完的后半句：“……哪儿来的自信。”

没错，我就是靠着“我不听，我不听”技能才活得幸福感那么满的。

可我还没学会“我不看，我不看”这招，就撞见陈云开将我送给他的石头巧克力偷偷地捧给禾鸢。

那时，我旁边还有个胆子挺大的女孩儿笑嘻嘻地问：“林月亮，你看最新播出的连续剧《还珠格格》了吗？你回去看看呗。”

我也傻，真的跑回家追剧，才看几集就忍不住砸电视。

感情你是想告诉我皇后没什么了不起？！受宠的都是民间妃，吃瘪的都是皇后，我还成天不知天高地厚、自鸣得意。

瞧瞧，屁大点的小孩都知道隔山打牛这招。我再不加以防范，恐怕连仅有的那么点位置都保不住了。

到底怎么防范呢？

我琢磨很久，才有了一点想法——

应该培养后备力量。

禾鸢除了受陈云开青睐，家属大院还有几个小男生也愿为她肝脑涂地，导致她走哪儿都威风、底气十足。

而我，大概就缺一些，无论我做什么，对还是错，都站在我背后无条件支持我的角色吧。

不过，那天，我悲伤地发现，过去十载的童年岁月中，偌大个家属院里，我居然只对陈云开这个男孩子有印象。

意识到这点，我更慌张了，恨不得在马路上随便抓个“壮丁”充数，就为证明我的世界没有他也完全可以。

于是，我锲而不舍找了半月，终于将目光聚集在一个叫江忘的小少年身上。

他也是跟随那批新员工搬进来的，和我们同龄，却没在辖区小学出现过。

我能注意到他，还是因为大人们经常八卦，说江妈妈长得标致，可惜离了婚，说她少言寡语、独来独往……反正就这些陈词滥调。

人多的地方是非多，不稀奇。

况且，江妈妈不过三十出头的年纪就被任命为医院皮肤科主任。皮肤科的工资情况大家一清二楚，不少有关系的挤破了头都进不去，她一来就空降，到底什么背景，大家自然议论纷纷。

综上所述，江妈无论从哪方面看，画风都和院里爱八卦的大娘们格格不入。

如果非要从她的身上找出败笔，那只能是她这个儿子了。

因为——江忘是个弱智。

他常蹲在家属大院的乒乓球台旁，看其他人挥汗如雨。他只捧着脸看，不玩，兴许没人愿意和他玩。反正他就那么盯着橘黄色的球神游，眼睛虽然清澈，但有点呆呆的，根本不像什么奈良的鹿，说傻狍子比较贴切。

江忘："傻狍子是什么牌子？"

"……东北名特产。"

一种长得和鹿有七八分相似的物种。

遭遇猎人时，它们会把头埋进雪地中，以为大家看不见。

如果你想吸引它的注意，只需叫上那么一声，它就会停下奔跑的腿瞅你，瞅你，再瞅你，好奇你究竟犯了什么毛病。

假如你是猎人，让它侥幸在枪下逃脱了，别害怕，别伤心，老老实实地待在原地埋伏吧。因为它过会儿还会跑回来，看看刚才究竟发生了什么惊天动地的大事。

对于没见过的新事物，傻狍子们拥有无穷无尽的精力与好奇心。

更可笑的是，它傻吧，还给自己傻出了一条路，被列入《国家保护陆生野生动物名录》。

以上有哪个特征与江忘对不上号，我就接受天打雷劈。

不过，这也是我当初会注意他的原因，毕竟好摆平啊！若换作其他智商正常的男孩，谁愿意当我的后备军？！

总之，为了搞定江忘，我的确费过心思。

那年代，石头巧克力还是个稀罕物。每次随我妈逛大超市，我就偷偷往购物车里塞小罐的。以往这些巧克力几乎有大半我都留给了陈云开，决定腐蚀江忘那日，我把陈云开的那部分给了他。

很多年后，再回忆过往，我才愿意承认，当时主动给江忘巧克力，不过是觉得他与我同病相怜。

什么骑士，什么王子，都见鬼去吧，我只是比院里其他孩子更先明白"孤独"两个字。

我拥有过陈云开每时每刻的陪伴，可十岁那年，禾鸢出现，抢走了属于我的陪伴。

十岁，我还不会使用"岁月是条流水线，它会毫不犹豫地带走你不愿失去的昨天”这种华丽的遣词造句。我只会生气，却无能为力。

唯独看见江忘，我才能开心些。

因为他比我更可怜。他这一生，或许永远都不会明白拥有是什么玩意。

于是，被抛弃的我，就抱着一颗碎掉的圣母之心，毫不犹豫地去扎……哦，去温暖一个“傻子”了。

仿佛还是夏末？

初秋？

总之，有特别漂亮的晚霞映在脸上，黄澄澄的，镀了一层滤镜般，给我增加了几分虚伪的漂亮。

我陪少年席地坐在乒乓球台边，看乒乓球飞来飞去，许久才鼓起勇气把石头样的巧克力递给他。

少年看看“石头”，再看看我，抱着膝，不明所以。

我的心一软，默默地将一颗“石头”扔进嘴里，津津有味地嚼给他看。

见我示范在前，他呆滞迷茫的表情有了变化，几分信，几分怀疑。等巧克力慢慢在嘴里化开，他尝到甜头，终于咧嘴对我笑，一双眼又亮了几分。

当时我想，如果陈云开对我这么笑，我真能为他颠覆世界什么的，奈何面对我的是江忘。

他的笑容……太丑了吧！

抱歉，自诩文采斐然的我都不知该如何美化他两排牙齿上残留的巧克力痕迹，远看跟蛀牙似的，缺了口，会漏风，让我笑得凌乱。

可惜，我开心没一会儿，剩下的巧克力全被陈云开打翻在地。

估计是玩乒乓球的两个熊孩子向陈云开告的状，说他这位皇后最近频频向一个男生示好，莫不是要爬墙？

爬墙就算了，她还给他找一傻子，简直不把他放在眼里。这不，他来算账了。

“林月亮，你错没错？！”

他用手肘恶狠狠地顶着我的脖子，生怕别人不知道那是“抓奸”现场。

我出气不匀：“陈云开，你这条，黄眼狗，只许州官放火……”

其实，我的内心相当愉悦。

陈云开生气，证明他还在意我。他那快把我的脑袋拧下来的架势，足以扫光我前段时间关于“孤单”的矫情的思想。

我甚至抽空幻想了一下，未来的几十年，我和陈云开真如陈妈预设的那般，共组家庭、共度佳节、共同把余生过得油腻却难忘……

我正为那样的未来感动，忽闻一声闷响，束缚我的手肘缓缓松开。

我踉跄几步站直，发现应该待在乒乓台上用以做分界线的砖块，此刻正“张牙舞爪”地落在脚边。而身后的陈云开则摸摸后脑勺，说不清哪里疼，下一秒就蔫了。

接着，我对上江忘的眼睛。

少年的瞳孔闪着粼粼的波光，那个天真啊、无辜啊，仿佛在说——

“他不仅打你，还抢我的好吃的。”

“我这么做应该没毛病吧？”

“如果你生气，你才是……傻子。”

看穿他的灵魂三连问，我霎时不知该高兴，还是生气。

高兴的是，我还真的找到个眼瞎的，将我当公主保护。生气的是，他伤了我相许终身的王子。

傍晚。

“谁下的手？这么黑！”

我将陈云开送回去后，陈妈暴走。

她是我们院里出了名的急脾气，加上当年没考到医生执照，将希望寄托在儿子身上，奢望他成为下一个华佗，代替她悬壶济世……

好吧，她就觉得医生是铁饭碗，不容易失业，不像他们做护士的，青春饭吃完，每天担心下岗。

那时年纪小，我一直觉得陈妈的担心很多余。

毕竟陈爸承包的鱼塘每年利润不小，连后来的偶像剧都用承包鱼塘来做土味情话。若非想着和我们继续做邻居，恐怕陈家早已搬出家属院去新区住小洋房了。

反正下不下岗对陈妈来讲根本毫无影响，她却说——

“成日待在家中做阔太太也很寂寞。你们还小，不懂。”

我：“想尝尝这种寂寞。”

禾鸢：“尝的时候能带上我吗？”

我妈：“其实，我也……”

陈云开：“……”

那都不重要。

重要的是，陈妈一直希望陈云开做华佗，而今未来的华佗都被砸晕过去了……

况且，江忘下手的位置奇葩得紧。一般电视剧里别人都砸脑袋，他砸到的却是脖子。那天我才被科普，脖子是比脑袋更脆弱的地方，一招就足以让对方丧失攻击能力，甚至致命。

于是，我眼睁睁地看着陈妈冲进厨房，一副要拎菜刀和凶手决斗的架势。我脑子里顷刻间浮起那双干净傻气的狍子眼，圣母之心又开始灼灼发光。

“阿、阿姨，是我揍的！”我咬咬牙，拦在前方。

陈妈一愣：“月亮？你为啥？”

我酝酿了一会儿情绪，抬头就声泪俱下：“陈云开现在都不和我玩儿了，每天跟着禾鸢上下课，还抢我东西吃，我、我不是故意的……”

当时有部很经典的电影叫《东邪西毒》，里面有句台词——

任何人都可以变得狠毒，只要你尝过什么叫嫉妒。

虽然我年纪小，还不明白其中的弯弯绕绕，可陈妈已经明白了啊。所以，她上一秒打算为陈云开出气，下一秒却开始同情和她一样身为女性的我，嘴里直念叨：“云开这家伙，小小年纪就学他爸三心二意，是该教训！”

陈爸躺枪，端着报纸一脸发蒙。

中途，陈云开缓过那阵晕劲，总算悠悠地醒来。我趁他还糊里糊涂的，立刻扑到床前认错：“陈云开，呜呜呜，对不起，我不该家暴你……”

“噗。”

沙发上的陈爸失笑，被陈妈瞪了一眼，乖了。

可陈云开根本没说原谅与不原谅，只抚着青色未褪的脖子冷冷地看着我。

我从他的眼神中看出不怀好意，并且深知那家伙是个记仇的主。有年除夕，我从他的碗里抢了两颗汤圆，第二年他就抢了回去，说我抢的不是汤圆，而是福气。

瞧瞧，什么气度？！

要不是整个家属大院就他长得好看些，我才懒得结这门亲呢！

总之，不出意外地，我和江忘走得更近，因为怕陈云开报复他。

本来我不想继续过问这段“腥风血雨”，然而，江忘太善良。他居然在我第二天经过乒乓球台的时候，投桃报李地送了我一堆石头巧克力。

我心里感动，挑最大颗的巧克力往嘴里扔，紧接着呸呸呸全吐了出来。

这是巧克力吗？这就是石头！

然后，他又一副“我做错了什么”的无辜表情，心想：你给我的“石头”不也长这样？！

我当即有种深深的无力感。

我甚至意识到，如果没人给这孩子撑腰，他就算不被陈云开弄死，也会被他的小弟们玩儿死。于是，我拍拍少年的肩膀，郑重其事地道：“叫大哥。”

当年很多人追《还珠格格》，我却看《古惑仔》。我信道义，敬豪气，渴望驰骋江湖。

我想着，既然收了江忘这个小弟，就得对他负责。于是，接下来很长一段日子，只要从学校回家，我就让江忘在我眼皮子底下待着。

然后，有一天，一个丫头忍不住了，问我：“林月亮，你让江忘每天下楼，就是为了让他当电线杆的吧，哈哈哈。”

什么电线杆？说什么傻话？！说柱子不是更形象吗？！

那时我们玩跳绳游戏，一种两脚交替在跑跳中完成的运动，可大家都不乐意牵绳，都想玩，作为小弟的江忘自然担负起站着牵绳的责任。

我跳得津津有味，看江忘站在绳子的尽头，一会儿好奇地盯着我的脚，一会儿抬头看看我。

有一天，陈云开打酱油回来撞见，口气颇嘲讽：“今天老师教了个成语，物以类聚，说的就你俩吧，林月亮？怪不得你和江忘能玩到一起，合着傻一块儿去了。”

彼时，禾鸢也在，他们两人的关系已经和连体婴无异，打个酱油都要一起。

自觉丢脸的我白眼一翻：“傻怎么了？！傻人有傻福，傻子没有！”

骂完，我还做鬼脸，气得陈云开差点冲我扔酱油瓶。

接下来的日子变化不大。无非是我和江忘在陈云开的压迫下苟且偷生，而陈云开依旧与禾鸢做连体婴，搅得院子里那些大人开的玩笑都换了风向。

我总牙痒痒地想，有什么了不起，好歹我还有小弟呢。

结果，有一天，小弟也生气了，因为我不经意间说他长得太矮，快跟不上我跳绳的高度：“你跟陈云开一样长快点儿就好了。”

我摸小狗似的摸摸男孩的头。

他却头一偏，赌气走了。

以至于很多年后，我妈吐槽：“林月亮，为什么嫁不出去，你就没好好反省过？”

我反省过，十岁那年就开始了。

为此，我还刻意留了长头发，尽量不再说脏话，学着甜甜地笑。但长大了，我才发现，乖乖女这套已经不流行，现在流行黑莲花。

大家不再爱灰姑娘，开始爱灰姑娘的姐姐，于是，我依旧没能嫁出去。

大众的审美能不能专一一点！

话说回来，江忘生气，我还挺自责。

但口无遮拦的毛病这辈子我可能都改不了了，否则哪有禾鸢的戏？！

想当初，陈云开对我也百依百顺。某次放学路上遇见飞蛾，他非说是蝴蝶，接着用塑料袋和一根树枝做成劣质的网，给我捕捉了一口袋的“蝴蝶”。

当时的陈云开个子还不出挑，可谁要欺负了我，他铁定讨回来，然后我俩一起鼻青脸肿地回家。

我儿时惹是生非的本事不赖，有一天又被人用小石子将额头砸出血。夕阳西下，回家的路上，陈云开顶着一副不知是担心还是自责的表情说：“林月亮，要不我去学武吧？”

我一愣，捂着伤口兴冲冲地问：“什么武？二百……五？”

少年当场黑脸，转身愤愤地走掉。

后来的我总想，如果当时表现得感动一点儿，或者在他转身之际将人拦下，是不是结局会有所改变。

可惜没如果，只有现实。

现实是，我一张嘴惹怒了陈云开，还不知反省，又继续惹恼了江忘。

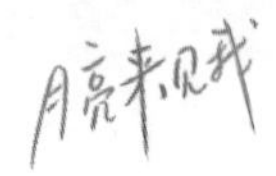

一想到这儿，我就郁郁寡欢，甚至连续几天都少吃了一碗饭，并和江忘开始了长达三日的冷战。

在这三天里，我渐渐说服自己——

虽然江忘的智力异于常人，但毕竟还是个男生嘛，男生的自尊心普遍比女生强。更何况，我身为大哥，应该赏罚分明，敢作敢当……接着，我鼓起勇气，上门去道歉。

结果，我敲了半天江家的门，也没人理，反而惊动了对面的邻居。

“月亮啊。”家属院里没谁不认识我，“江忘和他妈妈参加秋令营去了，你不知道？”

我的脑袋立刻嗡嗡地响。

原来人家根本没闲工夫和谁冷战，是出门玩儿去了！

也对，他个傻孩子能懂什么自尊？！我当即有种自导自演的戏码被揭穿的羞耻感。

也是那晚饭桌上，我第一次主动打听江忘的消息。

“妈，江忘到底在哪儿念书啊，我想去他们学校。”

我妈警惕性还挺高：“为什么？”

“我们学校每年只有一次春游，他们那儿居然有夏令营、秋令营、冬令营呢！”

林太太嘴角抽搐。说白了，我就是想玩儿。

“还以为你闺女决定奋发图强了呢。”林太太看向刚从学校回家的我爸，“居然肖想人家小江忘的学校，哈哈。”

“我们月亮怎么了？”我爸不服气，“一高很厉害吗？我丫头将来未必上不去。”

“当年我怀她的时候，看她在肚子里那动静也以为是个聪明的家伙，没想生出来是造包祸水，难为你还做着春秋大梦。”

“梦想还是要有的，万一见鬼了呢。”

“等等，”我越听越觉得不对劲，“一高是什么鬼？”

姑且不论一高的招生条件多严苛，有春令营、夏令营、秋令营、冬令营，我也忍了。

可十岁？

念高中？

江忘？

抱歉，这太过分了。

“再说，人家这次参加的秋令营和学校无关，是半导体所组织的什么玩意。”我妈讲不太明白。

经我爸解释，我才知道，江忘对物理颇感兴趣。他时常蹲着看打乒乓球，正是在研究球与球拍之间的力的相互作用。

“当球体做斜抛运动，力越大，球旋转得越快，击球的力的大小，则取决于击球时挥拍加速度的大小，由牛顿第二定律F=ma可解。还有，你喜欢玩的跳绳，当你的腿……”

“我麻烦你说人话。”

我总觉得，被他一解释，我的腿可能就不是腿了，只是根竹竿儿。

反正，我自诩小机灵鬼，却被一个“傻子”玩弄了。

由此，我合理怀疑，当初他拿砖头砸陈云开的脖子，是很清楚地知道后果的。

那么，他给我吃石头……

啊，不行，我怎么可以怀疑傻狍子？！

那家伙就算智商高，生活上却是白痴无疑啊，否则，好好一个秋令营，江妈妈也不会刻意跟着去！

但这不妨碍我趁机在陈云开面前炫耀：“怎样，我小弟超级厉害哦。”

换而言之，我这位当大哥的也超级厉害。

我炫耀了一个月，差点将陈云开弄得毛躁，正主终于归来。

那可真是个万里无云的好天气，一辆特殊牌照的红旗轿车将娘俩送到小区门口。我正与禾鸢PK羽毛球，连赢好几场，陈云开看不下去我欺负她，嚷嚷着要帮她报仇。

气焰正高的我冷笑：“Who怕who。”江忘就低着脑袋进了小区的大门。

他身后有个烟灰色书包，没有卡通娃娃，像个小大人。走近了，我才发现书包上有logo，大概是秋令营活动方发的纪念礼物。

我拿着球拍欢天喜地蹦过去找他，结果他连看都没看我一眼，径直回家了。

“小弟？大哥？”陈云开幸灾乐祸的笑容已经控制不住。

我咬咬唇，抬头看他笑得那么开心，不知怎么就不介意了：“你高兴就好。”

陈云开显然没料到剧情的走向是这样。

他以为我的下一步动作是抡起球拍砸在他的脸上，他连闪躲的招式都想好了，结果我说：“你高兴就好。”

少年炯炯有神的眼不自然地眨了几下：“林月亮，你没事吧……”

我没事，真没事。他从前为我挨过不少揍，我丢脸一次，让他高兴高兴怎么了？！

但我对江忘的责任也到此为止了。

我暗自发誓，再也不、多、管、他、的、闲、事。

那归功于一场经久不息的大雪，我很清楚地记得，那是二〇〇二年。

从我记事起，身处盆地的川城根本没下过雪，顶多飘点雨夹雪，湿冷湿冷的，比北方的风刀好不到哪儿去。

那实在是太过缓慢的一年。

每个季节都步履蹒跚，每天都有不同的新鲜事和心情在随着季节更迭。

就拿禾鸢来说吧。

她爸原来是手术名刀，被我妈所在的人和医院高薪挖来。不料，刚来没多久，便在一次手术过程中犯了低级错误被开除，急得他年纪轻轻就中风，半身不遂在床，留个任劳任怨的禾母成日当出气筒。

按原则，非本院员工是无法入住家属院享受低月租的。

然而，禾父这一瘫痪让医院领导也起了怜悯心，赶人的事儿实在做不出，商量后决定睁一只眼、闭一只眼。

但他们就这么住着，始终名不正言不顺，总有爱嚼舌根的人，因此，禾鸢的心智比我们几人都更先成熟。为了少听点闲言碎语，她行事逐渐低调，偶尔还帮邻居拿个柴米油盐什么的。

陈云开对她青眼有加，大概也有不自觉的怜惜。

“禾鸢人挺好的，你能不能别针对她？”

终于有一日，陈云开摆出小大人的表情，严肃地对我讲。

彼时，我刚从我妈嘴里得知禾家的全部情况，早就对禾鸢没敌意了。可我脸皮薄，不好意思主动求和，现在找到了台阶下，于是假装和陈云开讲条件：“那你以后也不准欺负江忘。”

他愣了愣，半晌，才不情不愿地同意，和我拉钩：“成交。”

自那日起，为了不让陈云开难做，我开始尝试与禾鸢接近，譬如，示好地将辣条分她一半。

但她显然知道我突然的转变是出于同情，所以，回头就往我文具盒里塞了一毛钱，算她买的。

总之，我们俩依旧没能成为真正意义上的姐妹花，至少不像“你折她的翅膀，我就废你整个天堂”的那种。不过，我和她都心照不宣，默认了与对方一起上学放学的规矩。

等我与禾鸢终于发展到可以同去厕所的程度，川城的一场雪下了起来。

那正是寒假前期末考试的最后一天，终于要放假的陈云开尤其兴奋，趁年末家长们都忙得脚不沾地，他抱来十几个地瓜到我家。

“为什么不干脆在你家？”我问。

他坦坦荡荡：“懒得打扫现场。”我磨了磨牙。

那小段时间内，陈云开又以肉眼可见的速度长了点儿，武术等级也提高了。我打不过，只好识相。

至于江忘，我没找他，他也没找我。听说他正在准备什么竞赛，很重要，常常不在家。幸好如此，否则低头不见抬头见，我怕狭路相逢，会忍不住捶他的脑袋瓜。

把他捶傻了，我肯定赔不起啊。

“你先别蒸，我去叫禾鸢。”

进了门，陈云开将一摞地瓜扔给我，吩咐完就闪了。

禾鸢住在我们对面的单元楼，步行过来不过几分钟，可二十分钟过去了，我还不见两人的影子。

我推开窗户探头看，寒风和雪花灌进来，我眯了一下眼。

等我再睁开眼睛，淡淡的路灯光下的确有个小影子，在秋千旁，靠近乒乓球台的地方，却不是陈云开，而是江忘。

其实，我早就看见他了。

下午考完数学回家，雪刚刚下起来的时候，我本来兴奋地要拉着陈云开打雪仗，嗓子还没扯开呢，便见江忘蹲在那里玩弹珠，还有几个小男孩同他一起。

因为上次半导体所组织的秋令营和国外某研究所挂钩，挺有名，地方报纸登了，迅速给他涨了人气，如今他已不再需要我。

不需要也好，省得麻烦，于是，我拉着禾鸢与陈云开走得飞快。

“不玩儿雪啊？”禾鸢惊讶于我面对如此盛景居然忍得住。

我却无所谓：“雪有什么好玩的？！是电视剧不好看，还是家里不够暖？”再说，还有地瓜呢。

只是，我没想到，四个小时过去了，他还在那儿。

晚上九点多的光景，陪玩的小伙伴早被冷得哆嗦着回家去了，唯独他还呆呆地坐在秋千上，不知在想什么，江妈妈竟也不管。

我掐自己一把，别再被骗，狍子才不傻呢。它只是看不起人类的智商，才一而再，再而三地返回原地挑衅：你抓不到、抓不到、抓不到……

好在这次我特别争气，真的没去管这档子闲事。不过，陈云开怎么还不回来？

该不会走丢了吧？

嗯，我得去找找他。想着想着，我就拿了伞，换上雪地靴跑下楼。

我穿过运动场，走过乒乓球台，上楼去敲禾鸢家的门，不过敲了两声，里面就有什么东西被砸在门上。

“滚！”是禾鸢的父亲，响动大得我隔着门都被震得后退两步。

猜到今天是属于禾家的鸡飞狗跳日，估计陈云开带着禾鸢去老地方避难了。

所谓的老地方就是一辆废弃的大卡车。它出过事故，车头被撞得不成样，但车厢还完好。我和陈云开扮家家酒就老喜欢在里面，那是“皇帝”早朝的地方。

于是，我下楼，再度穿过运动场，越过乒乓球台，去小区巷口外找那辆大卡车。

没料到，一到路口，我竟撞见江妈妈。

她估计刚参加完医院的聚会准备回家，走了没几步，背后出现一辆老式林肯车，不停地冲她闪着灯。

江妈妈看清车牌，面上的犹豫明显，可最终还是倒回去上了车。

我太认得那辆车了。所有在本院工作的员工，看见这辆车都恭恭敬敬或退避三舍，我陡然想起茶余饭后的话题：“该不会真攀上院长这根高枝儿吧？”

我不清楚江忘的反常是否和这件事有关。

可现下，一想到他痴痴地在寒风里被冻成雪人的模样，我的步子就莫名地往与卡车相反的方向挪。

依然是穿过运动场，走过乒乓球台……然而这次，我不争气地停在了秋千旁。

我不想和江忘说话，毕竟我也是有脾气的，所以我只静静地将伞撑在小少年的头顶，为他遮挡一点雪与霜。

不知过了多久，少年终于动了动，在我也快冻成望夫石的时候。

他抬头，怯怯地将外套里的手朝我伸过来。

我以为他要握手言和，正要学他装作不屑和高冷，却发现他不是想和我握手，而是想将手里的东西给我。

“真的糖。”他摊开的五指微曲，小声道。

那么，之前，假的，看来……

我的脑子顿时很乱。

可怪异的是，一望进那双潭水似的眼睛，我又安静了下来，静得恍惚能听到雪落在伞上的声音。

一捧水果软糖，我没见过，兴许是他参加秋令营的时候买的，也应该放在他的身上很久了，因为有的果汁软糖已经融化了。

“为什么早不给我？”我有点生气。

他却比我委屈，舔舔被冻得起皮的唇：“我还没长过陈云开……不配做你的小弟。”

这次，我再也听不见雪落的声音，只听见某个少女心碎的声音。

“江忘，平常作业都是抄的吧？”我上下嘴唇翕动半天，说，“不然，为什么我老看不见你智商超群的时候。”

他笑笑，原先盛满悲伤的眸子终于有了些微明朗。

其间，有片雪飘上少年的眼皮，他不舒服地眨了一下。我下意识地抬起袖子给他擦，而后假意嫌弃地将他从秋千架上拉起来——

“赶紧走！”

其实我的力气不大，但男孩粘在秋千上的身体就轻飘飘地被我拽动了。

我没把江忘送回家。

我怕送他回去，一个人待着，他又该想东想西。于是，我将他带回我家，贡献出了我新买的草莓浴巾给他擦头发。

我的力度不轻，因为我所有的生活技能都是从我妈那儿继承的。

她怎么对我，我就怎么对江忘，于是，我把他的皮肤都揉红了，一头碎发乱糟糟的。

一个小孩照顾另一个小孩，即便我想过细心点，但也不可能做得多么周到，可他被揉痛了，也一声不吭。

我有点心虚，转移话题，问他饿不饿："江忘，你记住。世界上没有红薯解决不了的问题。如果有，那就多吃几根。"

毫无悬念，陈云开抱来的红薯最后都进了我和江忘的肚子。

我是吃得高兴了，可下半夜，江忘进急诊室了。

他的肠胃似乎不行，红薯又可能没太蒸熟，啃起来有点硬邦邦的，不好消化。

江妈很快赶来医院，急得眼圈有些红："叫你别胡乱吃东西，为什么不听？！"

我心想：至于吗，真爱他为什么在这样冷的冬夜将他独自扔在家？！

我妈当晚在医院值班，闻风赶来瞧，看出我又要不知天高地厚地嘴贱，立马拦住，并道歉："不好意思啊，江萍。月亮不懂事，自己糙惯了，不知道江忘以前做过手术……"

至于手术，据说是怀江忘的时候，江萍根本没发现自己怀孕了，前期保养得不够，差点流产，以至于江忘打一出生，底子就不够好，做不了剧烈运动。

有一次，江忘竞赛赢来一台体感游戏机，玩了两个小时就肠子打结被送去医院，差点救不过来。

还记得那个雪夜凌晨，看着床上的苍白少年，我心里的负罪感怎么都压不下，索性当场拍桌子放大话——

“我决定了，放弃考北大还是清华这个太伤脑筋的难题，直接考川城医学院。”

做悬壶济世……咳，铁饭碗的医生。

“江忘，以后你胡吃海喝都不用怕，大哥救你！”病床边，我牢牢地握住少年的手，仿佛他时刻都挣扎在生死边缘。

我的誓言很幼稚，可我的心从没如此真挚过。

与此同时，巷口的大卡车内，也有个少年，将某个少女晶莹的泪珠抹在指尖——

“相信我，禾鸢，我会治好你爸爸。”

那晚发誓的人真多。雪和月都很忙，忙着见证，见证初心与轻狂，和轰隆隆即将到来的远方。

Chapter 2
你不是我的菜

在过去相处的岁月中，
江忘之所以对我特别，
或许是因为别人还没隆重登场过。

成长是什么？

反正对我妈而言，成长就是瞧着电视里的小孩儿越长越开，有了carry 全场的能耐，可这孩子和她没半毛钱关系……

心情复杂。

“现今高校生对SCI（Scientific Citation Index，《科学引文索引》）的盲目追崇，是技术人才流失的诱因之一。他们将精力放在空泛的数据上，妄图利用几篇看似含金量不错的论文一步登天，好高骛远。就拿我最熟悉的医疗环境来说，即便在 SCI 刊登数十篇文章，纸上谈兵的东西始终无法代表医师真正的技术水平。”

荧幕上，侃侃而谈的是川城医学院博士后流动站的名誉教授——宋闵。

他看起来快六十的年纪，听说在外科领域赫赫有名，是“牵张成骨”手术的发明者，我妈特别崇拜他。

“牵张成骨”主要适于上下颌骨发育畸形或不完全的儿童，通过将骨骼切开，在切骨线两侧安放特制的牵张器，从而使切骨间隙不断增宽，激发机体组织再生的潜力。

我妈接触惯了小孩，母爱泛滥，自然对这位被誉为“儿童福音”的宋闵教授爱屋及乌。

可她现在脸色有点怪，因为电视里有个不懂事儿的人，正顶着一张天生的无辜脸，与宋闵抬杠——

“学生觉得……不尽然？”

他讲话的速度徐徐，跟钝刀子似的，一下割不死人，但每次都割在点上。

“我所认为的合格医生，不仅需要具备对专业疾病的准确判断和熟练操作能力，更要兼具总结能力。一篇含金量高的论文，需要耗费大量的时间、查阅非常多的文献、进行复杂的数据筛选才能产出，从而形成绝佳的思考过程。我们在这个过程里取精华，去糟粕，为突破疑难杂症奠基，怎么能说是盲目追崇或做无用功？！”

对好的台本里明显没有这一段，主持人和宋闵这个老派学究当即面面相觑。

那是医学研讨专场，邀请的大多是来自不同医学院的学生。起初，他们因自己的努力反被讥诮为好高骛远而愤怒，议论声此起彼伏。江忘的话一出，不出意外地掀起鼓掌的声响。

可台上的他不为所动，只是表情局促地窝在单人沙发上，冲难堪的宋闵微微点了下头示好。

电视机前，我妈突然释怀：“算了，算了。”

她放弃治疗般摇头道：“怎么能怪江忘那孩子，他处理人情世故一直缺那么一根筋。”

我妈想讲的估计是缺心眼儿，无奈江忘平常表现太乖，连她都下不去嘴骂他几句，只好换了种比较没攻击性的说法。要是换作我，鞋拔子早飞过来伺候了。

不同的人、不同的命，唉。

好在我爸是男的，不吃装可怜那套，他在客厅灯光下摇着蒲扇感慨：“智商要发展，情商也不能低啊。那宋闵是什么身份？！江忘在流动站免不了和他接触，意见不合可以私下探讨嘛，这种直播……还是北京台……江萍就没好好教他，怎么当妈的。”

我妈啪的一下将一只苍蝇拍死在腿上：“对，你知道什么场合该讲什么话，所以混了这么多年还不上不下。”

他老人家虽然身为B中的教导主任，却是副的。与他同期进学校的都升为副校长或副书记了，怪不得我妈念叨。人比人，气死人。

眼看两口子即将争吵，我迅速起身拿了一个橘子就要逃。

不料，林吉利同志忽然将扇子一扔，蹦到我妈的身边去——

“哈哈，你输了！你和我说话了！”语气开怀。

以为要闻硝烟的我莫名其妙地吃了一嘴狗粮，当下饱得厉害，连吃橘子的心情都没了，郁郁地回了卧室。

苍天。

在学校我要眼睁睁地看着陈云开与禾鸢组CP，回来还要被迫当“乡村爱情故事”的观众，我容易吗？！考试发挥不稳定怪我吗？！但志愿敢填川城医学院也确实是我飘了……

一想到这儿，我恍惚觉得电视里的访谈声穿透了墙壁传进了耳朵。

江忘刚过了变声期，那副嗓子特别适合收音，很温和，不咄咄逼人，只是他认真说某件事的时候，总能让人从中听出几分执拗之气，譬如方才杠宋闵，譬如，当初一意孤行考医学院少年班。

说起来，这件事怪我。

如果没有我，江忘现在研究的东西可能是虫洞、时空隧道之类的，不用给人开膛破肚。可就在十岁那年，我害他住院后，他一夜间改变了自己的志向。

他决定从医。

比起我的豪言壮志，他显然更信任自救的能力。

为了避免我以后再往他嘴里塞乱七八糟的东西害他命悬一线，他想，不如自己牢牢守着这根线，多活几年。

当然，这些话是我臆想的，江忘从没说过，我也出于愧疚和害怕丢脸从没开口问过……

可我笃定，事实就是这样，即便问了，他也不好意思承认。

毕竟，他的人设是天真善良的傻狍子啊！

他曾用那双黑白分明的眼睛骗过我，让我心甘情愿地吞下石头。重点是，我还让他好好活着，你们想想他的道行多深吧。

——深到每当有人说起“白驹过隙”四个字，我都忍不住反驳：“不好意思，跑过我岁月的那匹马是灰色的。”

那介于白与黑之间的颜色，有很多小细节，让我混沌至今还没办法分辨，甚至有时候，我隐约察觉到江忘不为人知的一面，但只要看见那双眼，我的武器就会自动放下。

尤其八年过境，江忘的模样相较小时候改变并不大，除了轮廓更立体，目光更深，微微笑起来时，依旧残留孩童时期的无辜痕迹。

关键是，男孩的眼珠还是纯黑色的，不像我和陈云开，多多少少带点黄褐色，像琥珀。他的则像一片深潭，掉进去就找不到边的感觉。

据说，眼珠黑是因为泪腺发达，哭起来特别惹人心疼，以至于有段时间我心理变态到想弄哭他，看看究竟能让人多心疼。可惜，我没成功，往往被惹得在整个家属院号叫的都是我，陈云开在一旁看笑话。

陈云开以前不太喜欢江忘的。后来发生过一次煤气意外事故，他也被傻狍子以同样的方式骗取了怜悯。

总而言之，言而总之……

“明天放学别回家，直接去阁庄火锅，听见没？！”我正在写日记，我妈将门拍得震天响。

我吓了一大跳，对着门外吼：“知道了！”

安静不过十来分钟，我趴在书桌上悻悻然地转着笔，这次换成我爸作妖：“林月亮！”

他一开嗓，就知道平常没少练，不知给那些乐于翻墙出校的孩子留下过多少心理阴影。

“我要睡觉了！”这下，我是真烦。

“江忘的电话。”林吉利同志言简意赅。

腾地一下，我屁股离了座位。

“喂？”

接电话时，我自觉面无异色，可飞扬的声音不知怎的就流淌而出。

那头的人似乎轻笑了一下，心情不错的样子：“七秒。”

我绞着电话线不明所以：“啊？”

“这次接电话用了七秒，上次是十秒，有进步。”

讲真的，如果不是江忘跟在我屁股后面转的时候声声喊着大哥，将我喊成糙汉子……就我俩联系的频率，差点让我妈误以为我和江忘有什么发展苗头，还曾旁敲侧击地刺探军情——

“小忘，你觉得月亮怎么样？”

彼时，江忘正挤在厨房帮我妈切西瓜，想也未想地说了两个字：“仗义。”

当男孩对女孩用上“仗义”二字，我妈当时就断绝了自己的旖旎念头。

“什么七秒、十秒，天才的大脑整天就放着这些无聊的玩意儿吗。”通话继续，我吐槽。

他难得反应快：“每个伟大成果出世前都来自无聊的思考。”

一时间，我找不到更好的话回怼，只能嚷嚷，比谁的声音大：“江忘，要造反？！居然拿电视里的那套说辞来应付你大哥！”

“你看了直播？”

我莫名别扭了一下：“对，你上镜好丑。”

谁知男孩的语气听上去更开心，却不露痕迹地转移话题：“我明天下午的飞机回川城。”

“具体几点？明晚医院六十周年纪念日，在阁庄火锅庆祝。江阿姨肯定也去，这顿饭不蹭白不蹭啊。”

他算算时间：“能赶上。”

“那火锅店见。”

“飞机如果不延误，我应该能先到学校和你们碰面。”

我忽而有些泄气地怼他：“江忘，事到如今，我真有点儿替你担心。”

他蒙：“我怎么……了？”

“明明可以突然出现给对方惊喜，偏偏一字不落地说出来，让人家什么期待都没了。这种行为方式不太讨巧啊，容易孤独终生。”

“没关系吧？”他思考了一下，“阿姨说，你应该很难嫁出去，未来有大哥陪着，你不会太孤独。”

？

看不起我？

好歹我还有门娃娃亲啊！

翌日。

一打铃，我就拎起书包从后门溜走，抛弃了禾鸢与陈云开。

按照惯例，江忘每次去哪儿都会给我们带礼物，先到的人有筛选权，我不想最后剩一串北京糖葫芦给我。毕竟这孩子的思路行径不同于常人，带糖葫芦当礼物这事儿，我相信他做得出。

校门外商铺很多，奶茶店、文具店与小吃店林立，还有些叫不出名字的摊位。

江忘爱吃零食，这点和我有共鸣，用陈云开儿时的话讲：“你们俩傻一块去，还能吃一块去，简直是天造地设的一对。”

这不，我刚出校门，就见他坐在一家炸食店前，对着一碗炸土豆安静地细嚼慢咽，生生吃出了神户牛排的高级感。

自打我吐槽江忘的身高，他就开始喝牛奶，等着某天长高打我脸。如今，男孩已然出众的个子挤在几平方米的一隅，看上去有些滑稽，引得周围的学生侧目。

此情此景令我禁不住加快脚步……避免他将炸土豆吃完了。

可我刚走近，一个姑娘比我更快速地落座在他的对面。

姑娘穿着夏季校服，却藐视校规，散着头发，经目测，那裙身比正常的长度要短个四五厘米，露出又白又直的腿。那双腿此刻放在四方桌底下，不安分地晃啊晃。

“同学，本校的？”

江忘一时没察觉对方搭讪的是自己，头也不抬，那姑娘不死心：“应该不是，否则长这样，不可能逃出我的魔掌。”

江忘终于有了反应，立着筷子看她。

女孩莞尔，单手支着下巴，笑得明朗：“我叫常婉，B 中高三（九）班，你呢？”

这种搭讪，我在小说里见多了，心中默默地鄙视，腿却不知怎么也移动了。

等反应过来，我已经坐在江忘的身旁，做足了吃醋撒泼的模样，对着他横眉竖目：“又和其他女生说话！”

常婉没被吓退，反而刨根究底：“她哪位？”

搞得她像正牌，我是……

错了，我不是正牌，她……

也不对。

我被自己的逻辑绕晕，干脆假装亲昵地撞撞身边的男孩，把难题扔给他，声音故作娇软：“欸，她问我是谁呀。”

毕竟拥有多年的相处默契，江忘当即心领神会，郑重其事地介绍：“我大哥。”

啪。

砰。

我立时听见两种声音。

一种来自隔壁桌，看戏的学生不小心折断筷子的声音。另一种来自后桌，憋笑到不小心倒地的声音。

其实，还有一种。如果羞愤有声音的话，此刻应该震耳欲聋。

“咯，”我清清嗓，戏是我导的，跪着也要演完，“没错，他大哥。”我对着那名叫常婉的姑娘努嘴，“所以别打他主意，这门亲事，我不同意。”

就算常婉长得漂亮，可江湖气太重。江忘若是和她在一起，将来难免不受欺负，我岂能袖手旁观？！

殊不知，我的话落入并不清楚情况的常婉的耳朵里，无异于挑衅。

"这么狂，哪条道上的？"她的脚还在桌底下，上半身却坐直了，目光极具侵略性地锁定我。

我妈常挂在嘴上的口头禅是：输人不输阵。为了不丢她老人家的脸，我立马吃下熊心豹子胆撂狠话："劝你别过问，因为知道的人如今都在医院里。"

并非我信口胡诌，认识我的确实都在医院工作啊！

常婉信了我的邪，被气得半死："行，你牛，你等着。"她站起身，表情又气又笑地往外退。

待她一走，我开始数落江忘："口口声声喊大哥，平常教你的全忘了！"

我之前曾教导他，不许早恋，如果有女生告白，一定要拒绝。

"没忘……"他眨眨眼辩驳，"可是，她没告白。"

我想了想，似乎没毛病："那……你现在记好！下次不管女孩子有没有告白，只要她问你名字，你就说——你不是我的菜。"

他似懂非懂地点头："哦。"

"跟我念——你不是我的菜。"

"你不是我的菜。"旁边的人变身为复读机。

我觉得气势不够："大声点，'你'字用重音。"

"你，不是我的菜。"

"这个'你'语气不错。不是我的菜——这句再读一读。"

江忘耐心极好地跟着揣摩："不是、我的、菜。"

这时，后头传来小店老板质询的声音："同学……好像是你们的菜？"

我定睛，便见一碗刚出锅的炸土豆混着宽粉、韭菜等食物，香喷喷地落在我的手边。

"给你点的。"江忘不动声色地接过我的书包。

我立马两眼放光，很没出息地忘记方才发生的一切。

等陈云开与禾鸢到店里，我一碗满满的食物已见底，甚至不由自主地打了个饱嗝，尴尬得无以复加。

陈云开和江忘习以为常，唯独禾鸢拍拍我的脑袋："以后我若叱咤娱乐圈，记者来家属院采访，你可千万要说咱俩是朋友。"

为什么？按照剧情，不该说我俩不认识？

我疑惑的眼神传递过去，她接得很快："鲜花还是要绿叶衬的嘛。"

"放心。"我呵呵道，"肯定说我俩认识。你怎么利用美色怂恿陈云开欺负他的弱小青梅这件事，我也会讲得明明白白。"

她更云淡风轻："你也可以利用美色怂恿他追杀我啊。"

"哈哈。"我乐了，终于体会到什么叫笑着流泪，"我要是有，还轮得到你说……"

这下陈云开乐了。

男孩抖着肩膀笑，剑一样的长眉斜飞。他过来想拍我的背，被江忘轻轻一挡。

"大哥刚吃完东西，没消化，容易反流。"语气定定的。

我眼睛一热，感慨着还是小弟对我好。

可我心里写的感动作文还没完成，又见他在陈云开的压迫下重新组织措辞："她如果吐了，收拾残局的也是我们，懒得折腾……"

我要割袍断义。

"所以，到底是不是你的菜？"

去阁庄火锅店的路上，陈云开将常婉那段当玩笑听，邪里邪气地搭着江忘的肩试探。

禾鸢瞥他一眼，大有警告他别教坏江忘的意思，谁承想当事人琢磨半天，老老实实地道："好像，还行。"

我正巧站在马路牙子上，闻言，一时不察，差点栽下去。

陈云开离我近，眼明手快地捞我一把，将我半个身子几乎弯成九十度，总算在关键时刻稳住了身体。

四月底，气温渐高。头顶的天空蓝得很土，不过罩在马路两旁的绿荫上，互相映衬着，还是有几分姿色。

是时，从树叶缝隙中泻下的光，悉数打在那个十八岁的少年脸上，形成一圈圈浅淡的光斑，忽明忽暗。

“见鬼了？”少年露出一抹戏谑的神色。

那一刻，我觉得自己对江忘有些残忍。

年少的欢喜，是那样美好的事。我却打着为他好的名义，要他拒绝所有美好的靠近。

可终有一日，他要和别人走的啊。

他会去保护别人，做别人的后备军。既然如此，常婉怎么不行？！

如果说她太江湖气，那我在家属院里撒泼耍混的时候又能比她好到哪里？！

再说美貌，我顶多算一碟清粥小菜，她的五官却与禾鸢有异曲同工之处，属于精致耐看型。

总之，真要揪出常婉的不足，大概就是她身在差生成堆的九班，而江忘在金字塔顶端。

无奈生活往往爱为这样不匹配的人写戏份，观众看起来也不失滋味。我不想做棒打鸳鸯的坏人……只能选择做个人。

“要不……我再把常婉叫回来？指不定以后她得开口叫我一声大哥呢。”

说完，我就转身，却看见令人惊悚的一幕。

几百米处，常婉领着一伙不知哪来的社会青年，正朝我们的方向气势汹汹地靠近。他们走的是下坡路，速度有些快，我看着那一双双永动机似的腿，傻眼了。

陈云开不仅学霸光环在外，花名也在外，总之，B中长得漂亮的，

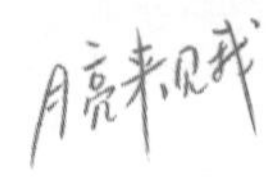

他大部分都认识。他当即看热闹不嫌事儿大地推推我："快去呗，去和你的'弟妹'打声招呼。"

打脸来得太快，我顿时一口老血卡在喉咙，情不自禁地后退几步——

"那个，我仔细想了想，还是把心思放在学习上比较好，退一步海阔天空。毕竟我是要考医学院的人，考前被记过，可是没办法儿去掉的……先声明，我不是㞞！"

这番义正言辞的话实在太硬气，陈云开挑不出刺，想半天说："巧了，我也是。"

禾鸢扫视我俩，露出一脸"你俩真是不成气候"的表情，整了整裙摆，冷笑："不然……我们跑？毕竟我还要考北电，进军演艺圈呢，不能留下黑历史。各位英雄，告辞。"

她拱手，一个标准的抱拳，已经做好遁逃的姿势。

纵观全场，唯独江忘镇定如初。

"就那丫头！"

近了，常婉扬手指向我，眉眼虽好看，却稚气未脱，身上有股子富足家庭养出来的刁蛮气。

好在陈云开的良心没被狗啃完，他嘴上示弱，腿却自发地上前两步，挡住我与禾鸢，脸上写了三个大字：冲我来。

眼看一场恶斗在所难免。

"江忘。"

正当陈云开活动筋骨准备大展拳脚时，我听到一道温和的声音。

我试探着侧身探出半个脑袋，便见江忘用一只手掌抵住女孩的额头。他的着力点找得好，完全利用了长胳膊的优势，阻挡着气势汹汹的常婉朝我们发难，同时自报家门——

"刚刚你在小吃店问我的名字，我忘了回答。"

毕竟人家是姑娘，江忘的力道应该不重，不过堪堪断了她前进的路。再加上他温言细语的话和专注的目光，气焰嚣张的常婉霎时像被淋了一盆冷水，安静了。

犹记得男孩只给我留了一个侧影，我看不清他的全部表情，倒是捕捉到常婉面上一闪而过的羞赧与惊慌。

说起来，可信度不高，其实，我并不讨厌常婉。

许多故事片段从我的角度出发，难免有失偏颇。然而，跳出去站在旁观者的角度，常婉真的没什么不好。

她美丽、热烈、执着，看似牛气哄哄，实则心尖人一个勾勾手指的动作，她就能自己拔了刺赤诚相待。

只是，不可否认，在江忘那个略显暧昧的举动下，我还是感受到一种领地被侵犯的难过。

我认为世上总该有个人，会全心全意、永永远远地站在我的身后，不管以什么身份。

就像陈云开，他那么狂的性子，整日不着四六、拈花惹草，但禾鸢心里有数，只要她愿意，只需要她一个轻描淡写的眼神，就能将少年治得服服帖帖。

大概全世界的少女都渴望着那样一个人，不管他对别人如何，但他只对你特别。

我曾幸运地以为，江忘是那个人，毕竟他傻嘛，不会追究我到底够不够格、值不值得。

可那日常婉的出现让我模模糊糊地意识到，在过去相处的岁月中，江忘之所以对我特别，或许是因为别人还没隆重登场过。

现在，她好像浓墨重彩地来了。

而他，是不是，也该走了。

阁庄火锅店。

等抵达店门口，陈云开还沉浸在震惊中。他死活没想到，江忘用那么几个字就化解了危机。

“大哥教的，能动嘴的时候，千万别动手。”江忘在熙攘的人潮中和煦地一笑。

我恬不知耻地挺直腰杆：“承让，承让，的确是我教的。”

因为陈云开当年老找江忘麻烦，我知道江忘肯定不是陈云开的对手，干脆教他认怂。

“那我放心了。”陈云开没头没脑道。

他何出此言，别人不知道缘故，我却一清二楚。

陈云开曾经也有个“小神童”的称号，心算能力明显强过同级生。那时陈妈对考医生执照这件事还没死心，买了一堆医学类的书籍搁在家里，陈云开没事就翻看着打发无聊的时间，常常在专业领域举一反三，问得陈妈哑口无言。

因此，陈妈才对他成为再世华佗寄予厚望，不料江忘横空出世。

“没事，儿子。小江忘智商反人类，情商却不如你，咱不嫉妒。”陈妈用这套说法安抚明显失落的陈云开。

陈云开半信半疑，直到江忘出了煤气事故，印证了他“生活白痴”这个称号，陈云开才放下骄傲，并减少对他的敌意，甚至添了点同情，开始连我占他的便宜都看不过去了。

从那天起，影视剧里哭喊着“如果你对我的感觉是同情，那我宁可不要”此类台词，都矫情得我看不下去。

当你真正见识过“同情”这把刀的杀伤力，你就会明白，同情比爱情可靠得多。

它是人性最善良柔弱之处，而爱常常伴随着恶毒。

医院周年聚会热闹，各科室都来了代表，火锅店二楼被承包，走几步遇到的就是熟人。

我这个叔叔、那个阿姨地一路叫过去，点头哈腰到腿软，总算在雅三包间见到我妈。她大手一挥，将我安置到隔壁桌——这桌俱是和我一样前来蹭饭的家属子女们，面孔都不陌生。

“月亮，江忘呢？”

叫我名字的是杜婷，她和我同校不同班，正是当初怂恿我回家看《还珠格格》消遣我的那个姑娘。

人家都主动招呼了，我并非记仇的主，当即言笑晏晏地望过去：“哈？你说什么？风太大，没听清。”

“……”

我知道她找江忘的用意，是想打听川城医学院今年的招考内幕。

禾鸢看不过我的小家子气，主动搭话：“他在主包厢，好像被拉去合照了。”

杜婷估计念书念傻了，脑子没以前好使，当即哪壶不开提哪壶：“那你想考哪个系？”

禾鸢脸色一僵：“我不考川城医学院。”

怪不得杜婷多嘴，家属院出来的孩子，经过大人耳濡目染，大多拥有念医学院的梦想，她顺理成章地认为禾鸢也同样。

不过，以禾家的现状，根本没条件支撑禾鸢心无旁骛地念五年大学本科，更别说未来读研究生、搞科研，镀层金什么的。哪怕她争取到奖学金，毕业后想进好点儿的单位，估计也少不了折腾。

禾鸢上了高中就开始愁未来的路怎么走，直到去年有档名叫《我是Dancer》的综艺节目在学校附近发海报招参赛选手，只要入围二十强，奖金就有一万元。她尝试着参加了，入了围，拿了奖金，虽然最后因为经验不足、舞台表现力不够被刷下，但其中一位评委对她赞赏有加，甚至留下名片，鼓动她走上艺考路。

“据说，再不济，去横店做个跑龙套的，一天也能挣上百元。”她讲。

医疗则是个丝毫马虎不得的行业，短时间内也根本无回报，两者相较下，禾鸢不难抉择。

而且，禾鸢够资本吃那碗饭。

她天生丽质，还有少数民族血统，以至于她的浓眉大眼里藏着少见的英气。不仅如此，她还能歌善舞，儿时禾父没出意外那会儿，她也曾被送去学体操和跳舞。

总之，天时地利人和，那笔奖金来得更是时候，禾鸢利用那一万元报了形体培训班，前不久还与江忘同去的北京。

她去参加北电单独招生的艺术考试，江忘去接受采访。

两人原本想一起回川城，但在北京住宿太贵，禾鸢等不了那么多天，只好先打道回府。今天这场聚会，若非我和陈云开硬拉着她来，估计她得回家面对冷锅冷灶。

火锅店。

吃吃喝喝一番，快到末尾，江忘才现身。

他从主包厢过来，神色疲惫。估计各位长辈太难应付，嘴里打的官腔实在不属于他那一卦，以至于他向我看过来，竟撇了一下嘴，有点委屈的意思。

我旁边一直有一个空位，现在正好方便江忘落座。

他屁股刚沾到凳子，杜婷就带头开启机关枪模式，不仅询问相关专业的分数，还刨根问底地要他解释，究竟是川城医学院如今重点培育的传染学好，还是病理专业有前途。

江忘：“传染学吧。”

杜婷：“可病理学在美国很厉害。”

“见仁见智。如今各国都在高速发展，工业、科技等越完善，污染源也越丰富，传染链的分支增加也在意料之中，传染学科迟早会在国际上占有很大分量。”

做凤尾，不如做开路的先锋。

“好像有道理。”杜婷若有所思，“那川城医学院今年的传染学……”

眼看杜婷再问下去，江忘连口饭都别吃了，我恶人做到底，干脆侧身去捂他的耳朵，对杜婷说道：“有完没完？！不听，不听，王八念经！”

旁边的陈云开却一筷子敲在我的手上：“王八，不许吃人豆腐。”

他这一下逼得我条件反射地缩回手，眼睁睁地瞧着手背上起了淡淡一条痕。

杜婷可逮着机会收拾我了，似真似假地开玩笑：“小时候你俩不是挺黏糊的吗，现在搞哪样，终于反目成仇了吗，哈哈哈。”

她的话当即引来其他小伙伴揶揄的目光。

我被她嘲讽得有点下不来台，立刻与始作俑者陈云开互掐，差点掀了整张桌子。

医院六十周年庆，大人们吃吃喝喝完毕，当然还有其他娱乐活动，我们几个即将高考的倒霉孩子则被踢回家复习。

坐出租车时，陈云开故意绕到后排，和我与禾鸢挤在一起，留下副驾驶座给江忘。

那傻孩子不疑有他地坐上去，我却看穿全局。

江湖行规，坐副驾驶座的都是付车费的，我终于忍不住为江忘打抱不平——

“陈云开，你这个暴发户的儿子当得一点儿也不称职。说好的挥金如土、一掷千金为红颜呢？”我戳戳禾鸢，“红颜在这儿坐着呢，你好意思当缩头乌龟？！不知道谁是王八。”

他撇嘴：“没办法，我爸身体康健，还轮不到我继承鱼塘。”

“再说，”他一顿，“埋单的都没二话，你是江忘他妈？！成天咸吃萝卜淡操心。”

我承认我对大哥这个角色太入迷了，以至于见不得任何人占江忘一丁点儿便宜，除了我自己。

似乎这个说法更厚颜无耻……

但是——

我差点为他落个半身不遂，占点小便宜应该不过分吧？！

这件事得从头说起——从江忘一意孤行地退学，转而考医学少年班开始。

少年班吸收的聪慧者本就以箩筐数，何况江忘属于半路出家，啃了几本书，硬着头皮去考，最终只勉强达到录取线，成绩并不出彩。直到入校半年，他才慢慢跟上大家的步伐，后来成为“厉害人物”，是在一次专业表述会上。

其他学生提出的“术后封皮缝合完美方式”和“X线解剖法”等临床技能无一不具有建设性，江忘却剑走偏锋，另辟蹊径地从理论入手，指出在攻克临床难题的同时，还应该重点发展医学英语——

“阅读国外文献是接轨国际医学的必经之路，更对我们总结第一手医学研究资料大有裨益。”接着，他像模像样地与大家分享英文病历的书写方法与技巧。

他一站上讲台就好似拥有另一个灵魂，会发出耀眼的光。

当日有客座导师来听课，就是江忘之后的博士生导师，响当当的肿瘤医学界大牛、川城医学院的活招牌——梁钦。

梁钦从医近四十年，带过的学生屈指可数。他之所以对江忘刮目相看，是因为觉得这孩子反应快。

没错，江忘这个关于“医学英语”的选题是临场发挥的，他之前准备的那条不小心与别人重合了。梁钦欣赏他的应变能力，更觉得他小小年纪就眼界宽泛，好好栽培，前途不可限量。

这也是为什么江忘能作为梁钦的助理，自由出入科研流动站，接触最新的临床和药物研发技术的原因……

但那都是后话。

古人云：能力越大，责任越大，思想负担自然也少不了。

犹记得十三岁那年的夏天，江忘的某个疾病载体标本发生病变。排除容器、温度、空气等因素后，他依旧不知什么环节出了错，差点陷入极端，怀疑自己是不是根本不适合走这条路。

那时，我刚小学毕业，没了作业，欢天喜地，空闲时间一大把，便经常出没于江家，搜罗江妈妈给他买的新奇零食和糖果。

以往我每次去，江忘都一脸心甘情愿地将我迎进门。那次去，我却是敲了良久的门，也无人理。

虽然我智商不算高，但也不傻。我立马回家给值班的江妈打电话，回来才发现江忘煤气中毒晕倒了。

盛夏炎热，开了冷气的屋子门窗紧闭。江忘为了查出载体病变的原因，好几日没出门，自然没察觉到厨房的液化气管道坏了，正发生泄漏，差点酿出悲剧。

那两年，陈云开也不消停，为了和江忘比个高低，闲暇时间都奉献给了死气沉沉的医药书本，打算跟着考个医学院少年班试试，却被这出意外打乱了计划。

“做天才压力大。”陈妈不知怎么想通了，循循善诱道，“我和你爸不求你年少成名、飞黄腾达，按部就班地上你的课就行。”

“您不是心心念念要我做华佗？”

“华佗也是好几十岁才混出个名堂嘛，来得及。”

陈云开：“……”

不过，陈妈的话，陈云开还是听进去了。

因为前去医院探望时，他见到了江忘鲜少现于人前的一面——

无论江妈说什么，少年都恍若未闻，躺在床上不是思考，就是利用典籍验证自己的思考，任外面风雨五千年。陈云开甚至错觉，如果此时此刻有人去惊扰江忘，那个看起来温善的男孩会突然亮出獠牙。

江忘明明没歇斯底里，情绪下的挣扎与用力却溢于言表，像困在牢笼的兽，渴望冲破桎梏，得到自由。

那样的状态显然不是陈云开所求，于是，他放弃了。

同时，他对江忘的怜悯值达到顶峰。

他并非怜悯江忘来自离异家庭，而是怜悯江忘在本该烂漫天真的十三岁，却把许多东西提前埋葬了。

至于我的想法，没有陈云开复杂，我只是更加倾自己所有地对江忘好。

尽管我不会承认，当年那堆没蒸熟的红薯，是我故意要他吃下去的。

其实，那也不叫故意，只怪我没怎么下过厨房，不太确定红薯到底有没有熟，于是拿江忘当小白鼠，谁知他肠胃不好到如斯地步，进了医院。

为此，我才难以抑制愧疚的心情，冲动地说要做医生。

之后我对他多年笨拙的照顾，便也找到了原因。

由此说来，我哪里是江忘的大哥？！我分明是他的奴隶。

尤其是他痊愈出院后，依旧沉浸在标本病变的心结中难以抽身，成日伏案于桌前。江妈没法儿耽搁工作，他又抗拒生人，不愿请保姆，于是我自告奋勇地入驻江家，准时在饭点儿给他送吃的。

但江忘实在太难伺候，我去的时候，动静不能大，否则，少年嫩生的眉头就层层叠叠地堆积起来。

我当时也是吃饱了撑的，竟然觉得他认真的样子别有魅力，不仅没因此和他撕破脸，还三百六十度任他摆布。

厨房的水开了，蒸汽冲得盖子直抖——

“放着，我来！”

自动洗衣机没完没了地轰鸣——

“没事，我手动甩干……”

走路声踢踏踢踏的——

“我光脚。”

总之，江忘指哪儿，我打哪儿。

那时，江家在隔壁单元三楼，外面有棵异常繁盛的树，一到夏天就蝉鸣鸟叫声惹得人烦不胜烦。为了不让他被打扰，我甚至去爬树为他驱赶鸟和蝉，结果，一时不慎摔了下来。

好在有陈云开垫背。

根据陈云开的口供，他正在家里随意向外望，却发现我站在树前摩拳擦掌。

他以为我找到什么好东西，譬如鸟蛋之类的，当即兴致勃勃地从家里蹦了出来："好东西不能让你独享！"

不料，他刚蹦到树下，我就摔在他的怀里，砸得他半死。

由此可证明，偶像剧里英雄救美的桥段可行度不高。

当然，也可能是十三岁的陈云开力量不够，但我不敢这么诚实。

如果我砸了他，还嘲讽他，即便他没残，依照他小心眼的性子，我也活蹦乱跳不了多久，于是我趁他拍灰尘的当头拍马屁："得亏树下站的是你。要是站着弱不禁风的江忘，我俩今天就一起玩完儿了。"

陈云开显然很享受这种赞美，脸色顿时好看了些，不再同我计较，放我回江忘家。

等再度爬上楼走到门口，我就听见一道惊喜的声音。

"探针！"

我吓了一跳，冲进江忘的房间，清瘦的少年回头兴奋地看着我："是探针感染的问题！"他一直着眼于载体和培育环境上，差点忽略了做实验的介质。

彼时，我还不太明白：你折腾一个多月，就发现了一枚小探针，有什么可兴奋的？！

直到后来，实验医院开始试用江忘推荐的探针材质，后因此材质造价低、不易腐蚀在全国获得推广……我才知自己与他的差距在哪儿。

在我眼里，坏掉的东西扔掉就好。

对他而言，弄懂为什么坏掉，才是他存在的意义。

江忘的问题已经解决，我理所当然地打道回府，结果刚下一层楼，脸就白了——被后腰那阵越来越明显的痛感给闹的，是刚刚从树上摔下来的后遗症。

我下意识地倚着墙，抚着腰，瑟瑟发抖地想：我该不会与禾鸢她爸一样落了个半身不遂吧。

我越想越害怕，立马快马加鞭地回去求助我妈，然后在她老人家的大力金刚指下痛不欲生。

“要痛，还是要残，自己选。”见我龇牙咧嘴，她冷声道。

虽然通常情况下，我挺倔的，但就是经不起医生的吓，偏偏我妈是医生。

显然，当年的我还搞不明白妇产科与骨科的区别，于是，我咬着棉被，再也不敢哼。

所以，时至今日，我坚决地认为，江忘对我言听计从是应该的。

因为从小到大，我对他何尝不是如此？！

而且，很多时候，我都清楚，自己并没勇敢到万夫莫当的地步。然而，一旦有谁欺负他，我就可以跟吃了什么药丸似的，立马变身为绿巨人，让山河撼动。

“林月亮？”

从火锅店回家属院的出租车上，陈云开见我安安静静的，有些奇怪。

我迅速从记忆中抽身：“啊？”

他撇嘴，懒得再与我搭话，倒是禾鸢神色一直不太美。

可恨的是，即便她不开心，那张瓜子脸在霓虹灯光的映衬下，竟也依稀有香港电影女主角的风情。

“你怎么啦——”嫉妒使我丑陋，我连表达关心的口吻也阴阳怪气的。

禾鸢习惯了，沉思道：“你说要是我真的考去北电，以后见面的时间少了，还没有共同话题，我们是不是真就应了散落天涯、分道扬镳这些无病呻吟的词语了啊。”

“敢情你舍不得我呀，哈哈。我自信心爆棚，我倒不怕。川城是我的地盘，人生地也熟，再交几个朋友很简单。至于你嘛，啧啧……估计会不太习惯，融入比较困难。”

话音刚落，陈云开给我一个“你能别说话吗”的眼神。

我当即意识到这么讲不太厚道，立马换风向：“行了，矫情什么啊，不就觉得和杜婷那堆人没共同话题吗，作为未来的国际巨星，注定要孤芳自赏。”

“再说。”我往前抬了一下下巴，直指江忘，“那家伙也和我们没共同话题，频率永远跟不上，不照样好好的？！”

禾鸢完全没被安慰到：“江忘和我们在同一条水平线上？他这叫鹤立鸡群，懂不懂。”

那头的陈云开一听，醋劲上来，不开心了：“讲清楚，谁是鹤，谁是鸡？”

我跟禾鸢自取其辱就算了，他绝不认。

难得见二人互相挤对，我这个恶毒女配暗爽到不行。

陈云开讥讽人的功力不比谁低，认真起来，禾鸢根本不是他的对手。他没说几句，她就落了下风，自然卷翘的睫毛在车灯的照耀下颤了又颤，我立刻就觉得自己对恶毒女配的戏份揣摩得不够彻底。

如果我够恶毒，怎会在高兴之余又同情女主，还与她感同身受呢。

因为，在十来岁的年纪，陈云开被抢走的时候，我也这么难受过。

文艺点说，就是在所有行走江湖的岁月里，我会遇见欺骗我的人、伤害我的人、离开我的人、侮辱我的人……我当然知道，这无可避免，但我始终觉得，你不该是他们中的任何一个。

而陈云开之于年少的禾鸢，大概就是这么个人。

所以，她无法容忍他的怠慢，哪怕一点点。

“你不是一个人。”狭窄的车厢里，陈云开冷不防道。

看吧，矛盾激化了，他居然连“你不是一个人”这样的话都骂出来了，我到底该不该劝和？

没等我抉择，男主角又出声：“禾鸢，我也考去北京，你不会是孤单一人。”我能感觉到他的视线越过我的头顶，抵达另一个少女的眼睛，语气慎之又慎。

须臾，两旁的霓虹灯好似暗了。

心头一阵汹涌过一阵的浪潮打来，湿了我以为早就干涸的海岸。

Chapter 3
细看诸处好

细看诸处好。
——初相见，朱粉不深匀，
细看诸处好。

人和医院的前身为第 9× 军医院，地地道道的公立三甲医院。

本院员工福利总体比许多地方好，唯一让人诟病的是附属居民小区，就是我口中常常念叨的家属院。

家属院建了有几十个年头，迎来送往一批又一批的人。结果，不知我妈哪根神经搭错，有了点钱后，居然死活要将家属院的房子买下，理由是员工买医院的房，优惠极大——

“反正我没想过要转行或者跳槽。这儿离医院近，挺好。”

这么讲，在房价飞涨的川城，她好像是捡了个便宜。

起初，我爸不同意，觉得家属院的环境和配套设施不如新的楼盘。没承想，前阵子传来消息，说家属院这块地要被征了，政府出资支持医院扩建……

“我就这样莫名其妙地成了拆二代。”在小区里遇见陈云开，我表情欠打地说。

他淡定地冲我比大拇指：“牛。”

家属院专供员工居住，所以月租低廉，但房间的格局不怎么样，加上日子久了，连我爸都鄙视这里的环境，其他人更瞧不上，鲜少有我妈这样的铁脑袋，实打实地将它买了下来。

如今户都被封了，拆迁已成定局。

“不好意思，这样的铁脑袋还有我妈。”等我扬扬得意完毕，陈云开才悠悠地道。

煞风景的货。我咬紧后槽牙。

医院六十周年纪念日那晚，下了出租车后，我们四人很有默契地不再提陈云开要考去北京的事情。

我知道，禾鸢与江忘是顾虑我的感受，而陈云开则是不在乎。

别说他去北京，就算去东京，那也是他的自由。这都什么年代了，娃娃亲这些封建残留物早被时代的洪流洗刷得干净，玩笑话当不得真。

何况，他是要往更广大、更美好的地方飞去啊。

我没能力，也不想去折断谁的翅膀。

欣慰的是，在全世界都紧锣密鼓地筹备高考和未来时，没心没肺的我也受到感染，强打起精神迎战。

我郑重其事地告诉自己，鱼和熊掌虽然无法兼得，但我至少要争取到一样，才算不负青春吧。

反正那年夏天，唯一值得我高兴的事，估计就是接到川城医学院的录取通知书。

“撒谎，明明还有变成拆二代这件事。”禾鸢不留情面地拆穿。

“啊……好的……抱歉……”

七月，骄阳似火。

通知书是经由我爸交到我手上的，那时，他真是老泪纵横。我俩挤在我的小房间里，一起神圣而虔诚地打开它，然后看着“护理学专业”五个字，一起蒙了。

顿时，那隐隐挂在他眼角的老泪就下不来了。

“护理学专业？”

他比我更先回过神，将那页薄薄的纸翻了又翻，不愿相信。

我的意外比我爸少。

考完理综从考场出来，我大致算出了几门科目的成绩，加加减减，分数和预估的差得不多。

只是，我祈祷着今年川城医学院的录取分数线比往年低。然而，我可能不够诚心，川城医学院的录取分数是降了，但临床和药学专业都分别抬高了标准，于是，我被调剂到护理学专业。

一时间，我不知该说幸运，还是不幸，等江忘打电话来时，还萎靡不振。

“川城医学院的护理学并非王牌专业，可也不是谁都能进的，大哥威武。”

他的口吻里没有安慰的成分，反而祝贺居多，好像真心觉得我很厉害似的。

比起于事无补的安慰，自尊心过强的我，需要的正是这么一针强心剂。它让我想起高考前两个月，熬夜冲刺的自己。没有那个奋力挣扎的女孩，估计就连过录取分数线都悬。

我尽力过，所以，我不后悔。

挂了电话，我如释重负，胃口好到吃了三碗饭，却引来我爸妈的心疼，以为我属于发泄式进食。

“没事的，月亮。”

我妈居然摸摸我的头，轻言细语道：“这次考不上，我们可以复读。”

“不用，妈，我想通了。上大学后，我多读点专业书，争取考个临床专业研究生，不也一样吗？！江忘说了，不过差二十八分，这点小差距，未来可以弥补，他会帮我。”

我妈沉默，半天没个准话，搞得我有点儿忐忑：“您……不希望我考研？”

“不，不，当然支持。”

她欲言又止，最终看向我爸，语气悠悠：“高考这种一分就能干死千人的战场，江忘居然说二十八分不算什么，莫不是喝大了……”

关键是，我还信了。

但我已经听不进去她到底要表达什么，我只知道，我很棒。

因为，连天才都这样讲。

晚饭过后，得知我已经从考差的心情里缓过神来，我妈又开始差遣我：“买盒蚊香去。”

我爸：“顺便带包烟！”

……

就不能让我这个小公主被呵护得久一点儿？！

我刚换好鞋出门，冤家路窄地碰上禾鸢与陈云开。

陈云开的头发剪短了，看上去倍儿精神，五官轮廓越加锋利。男孩长身玉立在楼梯间，头顶几乎挨着灯，与一米六儿的禾鸢并肩站着，像一幅养眼的漫画。

他俩就是来找我的，陈云开请吃夜宵。

“京大医学院有什么了不起？我是它永远也得不到的学生！”下楼梯时，我翻看着陈云开的那份顶尖学府的录取通知书，嫉妒到质壁分离。

或许我更嫉妒的是，禾鸢也实现了梦想的一小步，被北电录取，将与陈云开一起手牵手，走在首都宽广的马路上，从此相依为命。

至于那些被我当作筹码的、与陈云开之间不可复制的记忆，即将被另一段更深刻的记忆覆盖了。

想到这儿，我有点惆怅，却生怕被人看出，只好不断地热场：“看这画上的教学楼，和川城医学院没什么区别嘛，有的楼估计还没我们的新呢。”

黑暗中，陈云开似曾睨过我一眼。

半晌，他忽道：“你最棒。”

他居然让我赢，这太神奇了，我却更失落——他都不愿意跟我斗嘴了，我真想大声哭。

陈云开自然不清楚我内心的OS，肩一耸：“赶紧把蚊香买回去，烧烤店等你。”

烧烤店营业已近二十年，就在家属院外不远处。其味道正宗，孜然香麻辣，许多外地游客都做了攻略慕名而来。而我更是烧烤爱好者，当即鸡啄米似的点头。

过了一会儿，我又摇头：“你们先把菜点了，我还得做件事。”

陈云开狐疑：“什么事？”

“回去把《五年高考三年模拟》那玩意儿撕了。”我说，“没有这个仪式，总觉得明天又要五点四十起床似的，都不敢纵情地浪！”

二人同步翻白眼。

“做作。”陈云开吐槽。

但人生中总有些事情，是你明知做作，却还是想去做的。

它们没什么意义，唯一的作用大概就是让你好受些罢了。

譬如，失恋后去远行；遇见倒霉事去拜佛；明知有些远方到不了，却还是在日记里给自己打气加油：Tomorrow is another day.

不过，撕练习资料的事，我必须瞒着我爸。

他教了一辈子的书，爱书可能比爱我还多。即便那些书没用处了，他也见不得我这么糟蹋，于是我只能躲在房间里偷偷地进行这个做作的仪式，自己兴奋取乐。

夜。

雪白的纸片洋洋洒洒的姿态格外清晰。忽来一阵风，半空中更是千树万树“梨花”开，扑扑簌簌的。

我捧着脸看那万千轻盈，心终于跟着轻了起来。

没一会儿，视线所及处有道影子，高高的、瘦瘦的。不过眨眼的工夫，他已经由远及近地到了楼下。

无声往下砸的“梨花”好多片都落在影子主人的头顶，却不滑稽，反倒为他添了几分雅致。那人抬头往上瞧，与我的视线相对，然后，我的眼睛噌地亮了几度，转身便冲出卧室往楼下跑。

“你怎么回来啦？”

我立定，因为兴奋和急切，气息不太稳。

江忘扬了扬手中的塑料袋，一贯的“慈眉善目”：“怕你想不开。”

接着，他扫我一眼，而后蹲下身子，将我穿反的两只凉拖鞋给换过来。

这个姿势能让我看见男孩头顶残留的几张纸片，我顺势捏起扔掉，一如当年他孤零零地坐在秋千上，我为他摘去雪花那样，动作自然而然。

江忘带来的是炒板栗，他们川城医学院后街的独门秘制，栗子被炒得又香又糯，叫人吃过一次就难以忘怀。

“良心小弟！”我接过袋子赞叹，而后拉他的衣袖，想将他带去小区外的烧烤店，“走，去宰陈云开，他请客吃烧烤！”

江忘有点为难：“今天恐怕不行，我得尽快赶回学校。老师最近主持了一个科研基金项目，关于Cathepsin-X信号在调节胶质瘤干细胞辐射抗性中的作用，需要人帮忙展开旁支工作。”

他有一说一，仿佛我真能听懂。

虽然不懂，但我知道没阻止的可能，撇嘴作罢：“行呗，那我送你去公交车站。”

公交车站就在小区外，距离烧烤店不过百米。

远远闻到香味，我舔了一下唇，被江忘发现，将手抵在下巴轻咳：“不然，你先去吃烧烤？我可以打车。”

我一边剥栗子解馋，时不时塞他嘴里一颗，摇头：“这么晚了，你打车，我也得记下车牌号啊，现在的变态司机……”

晚上九点多的光景，公交车站没人，只有我俩坐在铜制的长椅上等候，享受了片刻清凉。

后来，我叽里呱啦说了一堆，江忘却好似没听，借着站内的一盏昏黄的灯将我打量，目光比灯光炽热，连愚钝的我都察觉到了。

我不禁抬头，没想好说什么，背后就传来陈云开惊天动地的吼叫——

“林月亮！”

我莫名又有种被“抓奸”的错觉，浑身一震，腾地站起来。

与此同时，一辆疾驰而来的出租车被叫停。江忘趁机钻进后座，面无异色地与我告别：“帮我恭喜他们，改天再约个时间一起庆祝。”

我拎着装板栗的袋子猛点头：“你路上小心！”

言辞间，我根本没把他当作一个已经一米八几的大男孩。

只是，江忘一走，他那阵打量我的眼神还是让我念念不忘，搞得我连烧烤都没吃出什么味道。

错觉？

真实？

两个问号在我的脑海里交替闪耀。

我满腹疑虑地回到家，竟发现被我妈锁起来的电脑又重新出现在了书桌上。我欢天喜地地登录QQ，看见江忘万年空白的签名档里出现了五个字——

细看诸处好。

——初相见，朱粉不深匀，细看诸处好。

关了电脑，我睡不着。

十八年来，我首度尝到失眠的味道，居然并非因为陈云开，而是为了那个除了脑袋好使外，便不再打眼的小弟——江忘。

但这和谁更重要扯不上关系。我想，这应该属于成长的烦恼。

还有半个月就是我的成人礼。在这逐渐懂事且敏感的年纪，我已无法忽视一些根本不能无视的细节，却也在毫无经验地去验证什么……

为了斩断这个烦恼，我翻来覆去，终于做了一个决定——向陈云开告白，在十八岁那天。

“等等。”得知我的伟大计划后，禾鸢蒙了，“江忘让你失眠，你却向陈云开告白，这两者之间到底有什么关系？”

讲起来，真是一把辛酸泪。

尽管我嫉妒禾鸢，但身边让我能坦然地讲心事的姑娘，我思来想去，就她一人。

“关系不大。就是突然开窍了？虽然陈云开老和我作对，长得还是很帅的嘛。”

我一边说，一边自我认同地点头：“况且，如果未来我不能嫁进陈家，陈阿姨就不会再给我那么多压岁钱和礼物了，嘤嘤。”

“最重要的是，”我一咬唇，“我得给青春一个交代啊，禾鸢。”

——不管好坏。

禾鸢勉强提起兴致："请开始你的表演。"

"听说十八岁以后，就是另一段旅程的开始。很明显，我的新开始可能与陈云开无关了，因为他要和你去北京。你们在北京一起生活，一起学习，或许未来还定居在首都……"

说这话时，我强颜欢笑，禾鸢的表情却有点感伤、有点复杂。

"禾鸢，其实真正舍不得的是我，你知道吗？"

我感到自己的喉咙动了一下——

"你为了保持身材，什么好吃的都不和我抢，包括陈云开的零食都进了我的肚子。以后，你们离开，我交再多的朋友，估计也不会像你们这样让着我。所以，如果陈云开的缘分是你，我难过一下子，也可以接受。但，我挺烦那些揣着心事猜来猜去的桥段……一生说长不长，何必留遗憾？！所以，不管陈云开对我的感情如何，该说的话，我想去说。至于你，也不用顾忌我的想法，该怎么抢就怎么抢。喏，我现在告诉你就是不想遮遮掩掩的，影响我俩的关系……"

"我俩什么关系？不就是情敌关系吗？！"我的内心戏丰富得让禾鸢别扭，她忍不住哼了一声，打断。

于是，废弃的卡车旁，只见两个青春少艾的姑娘晃着小腿，各怀心事地沉默着。

良久——

"月亮，你和陈云开太像了。"是禾鸢的声音。

我侧头，见女孩嘴角的弧度弯得漂亮。

"你和他身上都有种天生的自信，一看就是被父母无限尊重、悉心宠爱出来的。是这些尊重与宠爱给了你们勇气去做任何事，包括任性。譬如，陈云开一声不吭就敢把志愿填成北京的学校；譬如，你睡一晚，便下决心要为自己的青春画好起点或句点。这些，我做不到，江忘也做不到。因为我们做不到，才被你们吸引吧。"

禾鸢那剪水双瞳微闪："我就不多说了，早有逃离的心。至于江忘，虽不愁吃穿，却来自离异的家庭，外面的风言风语，你也听过一些。别看他平日连句重话没有，其实很难搞……"

"江忘难搞？"我不赞同，"世上没有比他更好摆平的人。"

"那是对你而言。"禾鸢眨眨眼，语气陡然暧昧起来，"别告诉我，你没察觉到，江忘对你是全然不同的。具体哪儿不同，我暂且形容不出，只能说，如果今天是我高考失利，他绝不会为了我跨越半座城，只为送一袋板栗。"

我察觉到了，我当然知道。

然而，我三番五次地从陈云开手下解救他于危难，他对我特别不是应该的吗？！

可如果仅仅是这样，为何到十八岁生日这天，禾鸢的话仿佛还在耳边，弄得我心烦意乱。

"买条花鲢做水煮鱼片，江忘喜欢吃。"当日去菜市场采买，我妈念念不忘她的乖邻居。

他不一定会来。我差点脱口而出。

按理说，他应该来。但以往每年都是我傻兮兮地提前通知他，逼他准备礼物，从没试探过他到底记不记得我的生日。

因为川城人都习惯过农历生日，光记住几月几号没用，得查询今年农历生日那天对应的是阳历哪一天。而江忘的脑子里一般只放药物、实验、仪器等这些冷冰冰的东西。

今年，我故意没说。

不过，我也喜欢吃水煮鱼片——

"买买买！"我豪气冲天。

十八岁的意义特殊，连陈爸陈妈都刻意抽出时间来帮我庆祝。陈妈更是送了我一个好大的美少女蛋糕和一枚镀金的小皇冠吊坠，被穿在链子上。

陈云开眼红：“我的妈，你这阵仗，别是要在今天公布她是你失散多年的亲生女儿吧。”

“亲生女儿算什么？！”陈妈柳眉微挑，“我一看见月亮，就好像看见当年的自己，连成长轨迹都和我年轻时差不多！”

“怎么就差不多了？”

她掰着手指数：“你看，成绩不上不下，是吧。勉强考上医学院却只能学护理专业，对吧。将来嫁给鱼塘主的儿子，不也就是塘主夫人了？！”

“哦，不。”说着说着，陈妈一副扼腕的表情，“月亮比我幸福。她要嫁的不只是鱼塘的继承人，还是治病救人的医生呢！”

忽略成绩不上不下……勉强考上医学院……这些言论，我还真有点被幸福砸晕的意思，差点就转身问陈云开：“谈恋爱吗，亲？算计你家产的那种。”

陈云开还是老样子，不反驳，也不回应，将手插在口袋装大爷。

晚餐即将开始，我爸说忘了买饮料。陈大爷终于有了反应，主动提出去跑腿。我见机会不错，跟了出去。

此前我做过准备功课，搜索了许多告白大法，最值得借鉴的一条就是“出其不意”，听说成功率较高。

陈云开出门买饮料，就听到一番告白，够让他出其不意了吧。我跟在后面，满头大汗地揣度。

然而，直到他买完饮料进小区，我都没胆子说出那四个字。

果然，想象很丰满，现实很骨感。

最终，我决定，开不了口……就动手吧！

我想象的画面是，我出其不意地冲上去，抓住陈云开的手。他会挣扎，但挣扎不掉，最后只能顺从我。接着，他一只手拎着饮料，一只手拎着我回家，完美。

好吧……

你们是对的……

我连话都不敢讲，还有贼胆动手？！

幸亏那时的旧小区没安装摄像头，没能录下我滑稽的样子。所以，没人知道，从小区铁门到单元楼这段距离，我曾好几度伸出手向前，试探又试探，却始终不敢往那指尖上凑。

等我真的鼓足勇气豁出去，陈云开行走的步子忽然停住，我撞上了他挺直的脊梁。

“喂，过来。”

他侧身，朝我招手，让我站到他的位置上去。

紧张得迷迷糊糊的我听话地移动了脚步，而后发现，他让我看的是头顶的月亮。

从这个角度望去，那一轮月亮正好与单元楼下的一盏路灯互相倚靠着，有点怪模怪样。陈云开贱兮兮地道：“和你挺像，好胖。”

突然，我就不想告白了。

“陈云开，如果未来你成为孤家寡人，好好想想为什么。”我学着我妈那恨铁不成钢的口吻，狠狠一下踩在他的脚背上，看他在原地跳脚，冷笑。

至于我对青春的交代……

还不允许烂尾了？！

总之，那一整晚，我都郁郁寡欢。

“怎样，怎样？”晚饭后，禾鸢迫不及待地跑来打听我告白的情况。

我还没说话，她看我一脸斗败的公鸡的颓唐样，放心了，翻起白眼来都止不住眉开眼笑：“还以为你多成气候。”

我在床上挺尸，半个字都不想接。

“嘿。”她踢我几下，将包装精致的小盒子扔给我，“成人快乐。”

瞧着那份来自赢家的施舍，我更是怀疑人生。

禾鸢趴下来，与我头挨着头，海飞丝洗发水的香味盈满鼻腔：“听说长得好看的都去学医了。等你开学，进了川城医学院，哪儿还会记得谁叫陈云开？！实在没人选，江忘也不差啊，你考虑……”

我终于转了一下头：“你别这么说，不然，我真会以为他那什么我。”

“难道不是？！”她发出直击灵魂的反问。

“如果你那什么谁，会忘记他的生日吗？”

禾鸢笃定：“当然不会。”

“那不得了。”我更加有气无力，语气却肯定，“他不那什么我。”

他完全忘了，别说礼物，连句走形式的“生日快乐”都没有。

一时间，禾鸢也不知道怎么安慰我，只是瞧着过于丧气的我，忽然问：“我比较好奇的是，你究竟是因为告白没成功而伤心，还是因为没接到祝福的电话……”

这个问题直到禾鸢离开，我也没回答。

甚至，那整个暑假，我都在伤春悲秋地想答案，玩乐的心早已退潮。

但渐渐地，我发现，答案是什么或许只有我自己觉得重要。

因为等禾鸢与陈云开背起行囊北上的时候，我们都没能见到江忘一面，更别提得到一句迟来的“生日快乐”。

陈云开离开川城那日是清晨。

为了将就禾鸢，他也选择坐火车。我去送他们，临出门前还穿上了陈云开送的生日礼物——一双粉色的耐克运动鞋。

“说好的高跟鞋呢？”收礼物时，我不满。

陈云开：“耐克不产高跟鞋，怪我喽。”

他永远答非所问，妥妥的直男了，气得我想抡起刚买的饮料砸死他。

不过，离别那天，在我被陈云开拉着飞奔于人潮汹涌的火车站时，我一下觉得他很有先见之明：得亏不是高跟鞋。

但我最终只能将他俩送到检票口，没法儿去站台追着火车跑，生生错过一场痛哭流涕的表演。

不过，川城的火车站还挺人性化，一早就开始放有关离别的抒情歌。

我抓紧机会含情脉脉地对他俩讲："歌词代表我的心。"

哪知陈云开这个不怕死的，嘴贱道："你的心是不是太多了？"

我脑袋瓜里一下子嗡嗡的——

"滚！"

谁能预料，我和陈云开的第一次分别，全然与泪水无关，只有一个"滚"字。

可估计只有我自己清楚，在看着他俩拉起行李箱并肩进站的背影时，我的眼睛泛起过酸意。

我以为，只有电视里那种声势浩大的别离才能激起我心中的涟漪，却不料，那些朝夕相对的故友，他们仅仅需要一个背影，就能让我措手不及。

那日，去火车站时，我们还是鸡飞狗跳的热闹的三人，再回来，闹腾腾的家属院已如一座空城。

明明只走了两个人。

回到小区，经过那棵越来越茂盛的大树，我情不自禁地停住了脚。

这棵树好像不会再长高了，恰恰遮住江家的窗，枝叶茂盛。我看了没一会儿，那茂盛仿佛忽然变成一簇簇热烈的火苗，迎风舔着我灵魂中最脆弱的地方。

我的脑子里不断闪过禾鸢回首挥别的动作，以及回家的路上，撞见的常婉与江忘。

他俩结伴进了川城最大的图书馆，不知道是去借书，还是找资料。明明距离那样近，我却一下子觉得，很多东西都远了。

虽然很多人对我讲，分别是成长的第一课，但没想到，这一课，比预想中让我难过。

Chapter 4
忽近忽远，忽浓忽淡

许多的恨之入骨与爱之入骨，
等到二十八九、三十八九岁时回头看，
都变得不值一提。

A：“现场环境安全。小花、小花，你怎么了？病人无反应，心电图显示有室颤现象，准备除颤。”

B：“除颤仪、导电糊、生理盐水已就位，请求操作开始。”

A：“电击一次、电击两次……病人持续无自主呼吸，准备胸外心脏按压。”

B：“01、02、03……”

嘀，嘀，嘀。

A：“抢救失败，小花彻底死亡，可以吃了。”

东门小卖部，我静静地看着店员从电器里取出的那桶爆米花，不太敢伸手拿，感觉跟接尸体似的。

进了医学院，我才知道，大家耍宝或骂人都不用俗语，只用专业术语。谁听不懂，谁就是傻子，连小卖部和食堂里的阿姨大叔们都耳濡目染，信口就能拈来几句，譬如现在。

“再、再来三杯奶……”话没完，戏精店员疑似要开始念泌尿方面的专业术语，我瞬间就不想喝奶茶了，抱着那桶甜香的爆米花挤出人群，捧给杜婷。

有个成语怎么说来着——冤家路窄。

谁能想到，我一个护理学院的居然和杜婷分到同一间宿舍。

不止杜婷，还有刘萌萌——之前也住家属院，是杜婷的小跟班。这姑娘很没主见，从小受杜婷的挑拨，和我不对付。

但那都是过去了。

因为，如今我也成了杜婷的小跟班……

没办法，我这个人吧，特别识时务，觉得初来乍到新环境，有几个熟人总比孤军奋战好，尤其在寝室。

毕竟，根据小道消息，医学院里的宿舍内斗比普通大学里的更厉害，因为各专业的互相看不上。

不得已，我一个学护理专业的只好牢牢地抱紧杜婷的大腿，主动给她买零食。

谁叫她读的传染病学是川城医学院最新确立的人才培育方向，学校提供的资源和关注程度都较高，在我们六人间宿舍里理所当然地排第一，成为老大。

“那我呢？”刘萌萌刷存在感。

她人如其名，偶尔犯点傻，长得不算漂亮，却自有可爱之处。

杜婷默默地背着川城医学院的专业鄙视链，直言不讳：“你们普外的……呵呵。”

尽在不言中。

明明杜婷话没说完，刘萌萌却“啊”了一声，课还没上呢，我们已经被吓得生无可恋。

“没事。虽然累，却赚钱多。”我迅速谄媚道。

我哄了老大，对老大面前的小红人，我也不能怠慢。

那二人果然被我取悦，尤其杜婷。她拍拍我的肩，表情轻松：“月亮，你也别灰心。你们护理学院虽然没什么闪光点，但至少有怼天怼地怼世界的特权。”

“还有这种说法？”

我当即觉得厉害，杜婷继续笑嘻嘻地说：“因为江湖地位没办法再低，不需要畏忌。”

正如一只野生猴子也能毁了天庭，只要有胆子。

相处几日，我发现，杜婷虽傲气，还嘴坏，却没坏到骨子里。否则，她堂堂宿舍老大，还不抓紧机会抱团修理我，更别提和我聊什么鄙视链的问题，还警告我哪些能惹、哪些不能惹。

这不，现在她还来鼓励我，说我可以招惹全世界，只要我敢。

尽管事后我才反应过来：“你确定不是想推我进火坑……”

总之，刚进校，一切都是崭新的。

我兴致勃勃地拉着杜婷和刘萌萌到处踩点，一圈逛下来，一个上午就过去了。

到饭点儿的时候，我们恰好路过蔷薇餐厅，听说是川城医学院最著名的食堂，今日还有“糯米排骨”限量供应。我拉着杜婷和刘萌萌一阵狂奔，生怕抢不到它闻名遐迩的招牌菜。

结果，到了食堂，只有我们三个乡巴佬在紧张，其他大多数学生都井然有序、步伐轻盈。

“不好意思，紧张的只有你。”杜婷和我撇清关系，“大家看惯了生死，谁还在乎一碟菜，就你没出息。”

呵，我没出息……

你倒是别夹我碗里的排骨啊！

坐定后，杜婷风卷残云地解决完了自己的那份，开始将魔爪伸向我的餐盘。

没等我骂一句“得寸进尺”，那块排骨又骨碌一下滚回我的餐盘。我顺着她的视线抬头，终于发现江忘。

为什么用上“终于”二字，我没空细想，不过，我知道杜婷收敛的缘故。

据她所言，在川城医学院的鄙视链上，肿瘤学专业吊打其他所有专业，其上可申请“973”（国家重点基础研究发展计划）、下可发送到新英格兰——就是那个拥有全美国乃至全世界最好的教育基地，名校随便一指都是麻省理工级别。

杜婷：“出来就业也是妥妥的人生赢家，典型的钱多、事少、医患关系和谐。所以，看见他们就绕道吧，人家属帝王蟹的，活该横着走。”

肿瘤学专业的是帝王，那在博士后科研流动站研究肿瘤的是……

“王中王？”我忍不住嘴贱，“你以后要我怎么直视火腿肠。”

好的，我承认，我还介怀江忘那句没能传达给我的“生日快乐”。

错过了时间不要紧，好歹补上啊！补上的疤，总好过灌着风的伤。

况且，我实在不信江忘忙得彻底忘记了我生日这件事，毕竟我可是很有心机地在QQ空间挂了整整一个月的说说：祝我成人快乐。

这条说说，连久未联系的小学同学甲乙丙丁都跑来点赞，偏偏缺了他。

我觉得他是故意的。

所以，我也要故意和他过不去。

食堂。

江忘距离我不远，却好似没发现我，正与另一个轮廓出众的硬朗型帅哥并肩朝饭菜区走。不知那帅哥在说什么，忽然笑嘻嘻地将胳膊搭上江忘的肩。江忘没躲，还是老样子，对谁都温和。

不过片刻，食堂里有了骚动的迹象。

女A：“喂，那不是科研流动站的常放吗，流动站不是有专门的餐厅？”

女B：“这是重点？重点是他旁边还站着江忘。”

男C：“看来两人的‘关系’实锤了，否则，干吗绕远路跑来蔷薇餐厅吃饭？！肯定想避开流动站的耳目腻歪。啧，世风日下。”

女A：“瞧把你酸的。就算是，什么年代了？你要不服气，也十八岁念博士、进流动站试试。不行就别叽叽歪歪，先把医用物理考过再说。”

以上对话信息量很大，至少我弄清了几点——

江忘身边那个帅哥叫常放，两人过于亲密尽人皆知。

可我的关注点是，为什么他身边的人都姓常……好像上辈子纠缠不清，这辈子来续前缘似的。

女A：“不过，你们猜，他们俩究竟是不是我们想的那种关系？”

女B：“看性格，不像啊……”

女A：“那也难讲？！”

……

当话风越来越歪，我情不自禁地将筷子一摔，动静略大，引来侧目。

尽管某人遗忘了我的生日，尽管他有时间陪常婉，却没空给我这个大哥打一通电话，尽管他把那句“有空一起庆祝”只当作随口一说……我依旧没办法听除我以外的别人诽谤他半句。

得亏我反应快，刚摔筷子，一个周详的计划已在脑子里形成——

此时，在大庭广众之下，如果我刻意与江忘表现亲昵，甚至叫他几声 honey，一传十、十传百，他和常放的流言不就不攻自破了？！

打定了主意，我说干就干。等江忘打完饭菜往回走的当头，我咻地从椅子上站起，眉开眼笑地冲他招手：“嘿！”

青年的视线果然准确地投来，包括整个食堂的人。

众目睽睽之下，我鼓足勇气，张嘴一句：“亲……”

结果“爱”和“的”字根本没机会说出口，我便见那束目光里竟闪过冷淡的痕迹，最终悄无声息地移到别处，当我不存在。

立时，我感觉脸上火辣辣的，周边的讥诮声更大。

“哈哈哈。”

杜婷也发出小声的嘲笑，再无所畏惧地将我的排骨重新夹到自己的餐盘里，阴阳怪气地说：“林月亮，想蹭热度想疯了吧，这脸打得啪啪响。”

我表情生硬地坐回去：“这不是……为了红吗。”

刘萌萌咬着骨头，若有所思：“婷姐，我觉得月亮这么做有道理。你想，如果全校都知道我们 301 宿舍住了江天才的大哥，以后走哪儿不威风？！”

她们讨论着威风，我心里却刮起龙卷风。

大哥都是用来出卖的。在那一天，我接受了这个血淋淋的现实。

我生气了。

真的生气了。

夜晚的宿舍台灯下，我戳着十二岁那年江忘送的日记本，愤怒地把中性笔笔尖儿都戳断了。

我思来想去，也搞不明白，前阵子他还好好地给我送板栗，怎么朝夕间就成为熟悉的陌生人？！就算他情窦开了，被常婉吸引，想谈恋爱了，也不至于不认大哥啊！

难不成，他知道我会搞鬼？

还是……常婉要求的？因为我在小吃店和她树敌？

可是，就算要划地绝交，至少在食堂的时候，他也应该与我敷衍地讲几句啊！

让我红一把，再绝交，也不迟嘛……

想到这儿，我更加愤怒，爬上床的动静不小，惹得下铺的杜婷象征性地踹了顶板一脚："赶紧睡觉！你不想参加开学典礼，我还想。"

"我不！"谁还不是个宝宝了！

"……神经。"

开学典礼无趣得紧。

唯一与高中不同的是，在室内的大阶梯教室举行，不用受太阳暴晒。加上我昨晚没休息好，便在一阵阵的讲话声中昏昏欲睡。

我当然不期望谁会站上讲台发言，毕竟我与江忘之间岂止隔着银河。作为梁钦的学生兼助理、科研流动站新锐，新生典礼这种场合，哪需要占用他的时间。

但我不期待，杜婷和刘萌萌却表现得很积极。两人一大早就起床化妆，搞得跟来相亲现场似的。

要不怎么说，杜婷的高冷仅限于表面，骨子里还是小女孩儿呢。

她估计期盼着跟《恶作剧之吻》里的一样，偶遇一个"江直树"，来场酸酸甜甜的恋爱，以弥补过去十八年牢笼生活的缺憾，不料代表新生致辞的是个女孩。

杜婷哀号："这下好，本来还想报名参加新生运动会的，瞬间觉得没意思。”

世上哪儿有那么多的江直树。如果一定要在川城医学院挑出一个，我家江忘还靠点儿谱。

毕竟，他脑子不错，还姓江！

但可惜，他已经不是我家的了。

不过，讲到新生运动会，我倒蛮感兴趣。

听说医学院的运动会别开生面，比赛的方式趣味横生，全然不是普通的田径赛。

川城医学院的新生运动会是历来传统，每年九月底开始，以每个学院为单位，自发报名，为学院争光的有现金或其他等值奖励。学校举办活动是为了大家强身健体，更为增强同窗之间的凝聚力。

鉴于我运动神经不太发达，所以，去院里拿报名表的时候，我很有自知之明地选择了两个比较轻松的项目：担架传递、以形会意。

前者的规则为五人一组，每组挑选四个学生抬担架，剩下的那位则扮演病人一动不动地躺在担架上。待哨声响，大家一起与“死神”争分夺秒，为将来真正上“战场”救死扶伤做准备。

至于后者，娱乐性更多一些，类似许多综艺节目里面的“你比我猜”。

“有的患者被送来时意识不清，无法开口说话，医护人员只能通过观察来进行初步判断，所以要锻炼你们的观察力和想象力。”负责运动会的老师说。

总之，训练过程中，大家果然快速记住了许多同系学生的名字，有的更是迅速地建立起友谊，默契越来越好。

“默契？”杜婷翻白眼，“你就一个负责躺尸的，需要和谁培养默契。”

我不服气：“躺尸也是个技术活好不好！”

“比如？”

“比如我可以提前一周少吃点儿，给他们减轻负担。”

事实上，我也挺争气，居然真管住了嘴，一周没动零食，体重迅速下降了三斤。

然而，意外大概就是生活的常态。

比赛前一日，我们组负责担架传递的一个男生打篮球时不慎拉伤了肌肉。可临时换人已来不及了，看着简单的项目，实际特别讲究平衡训练，他只能硬着头皮上。

那是我人生中离后悔最近的一次——后悔为什么会觉得躺尸是最轻松的活儿。

老实讲，我想过会输，但没想过是大型“人仰马翻”现场。

他们都是群新手崽子，求胜心切，根本没把我当病人。我感觉浑身的肉都在风中不规律地抖。

恰好在高速前进时，受伤的那位同学体力不支放弃了。大家即便有黑绑带束缚，还是被倾斜的重量坠得松了手，我悲催地翻了个个儿，脸朝地摔了下去。

我条件反射地微微曲腿自我保护，于是，凸出的一双膝头和鼻尖在与塑胶跑道摩擦间起了“火”。

跑道两旁设有专门的医护点。我刚落地，身着白袍的师兄师姐们已经迅速出动，身体力行地秀给我们看，什么才叫专业。

师兄：“有外挫伤，不过创面不大。”

师姐：“脊柱无明显侧凸，关节也没有脱位现象。”

……

和他们相比，我们这些新生根本连菜鸟都算不上，难怪需要开展运动会和训练。

其实，当初想报考医学院只是我一闪而过的念头，我妈与江忘的影响都有一点点。后来，则听大家都夸医生护士是天使……我为了当天使，也是很努力了。

可直到摔在运动场上、身临其境被关怀的那一刻，看着面前那些立志为生命护航的白衣青年，我才真正对进入这所学校感到无悔。

“你一会儿后悔，一会儿无悔的，到底悔不悔？”

事后，我与禾鸢聊 QQ，她一如既往地挑我的刺。

“不悔！”我说。

如果我的工作能够让所有惶然无措的心安定，那我会觉得自己的存在有意义。

一想到，以后我也会有和师兄师姐们一样，拥有雷厉风行的作风、全神贯注的眼神、极专业的判断……

“既然没事就赶紧让开吧！”

被确认伤势无碍后，我下一秒就被无情地逐出跑道，立刻怀疑起刚刚那一腔热血到底有没有沸腾过。

很幸运，担架翻了，却并未给我造成活动受限的情况，只不过，我的膝盖还是被磕伤了，只好缓缓地挪去医务室上药。

医务室不小，配套设施也齐全。每个小块区域都被墨绿色的帘子围起来，跟三甲医院没两样。

今天运动场上受伤的人不少，大多是新生。看见他们，我一下忘记了丢脸这回事，反正菜鸟不止我一个，谁会注意到你姓甚名谁。

不过，校医和助理忙不过来，我只能暂时候着，百无聊赖时，给我妈打电话诉苦。

“腿蹭破了皮，鼻头也是。”我哼哼唧唧的。

陈妈好像在我妈旁边，姐妹俩逛街呢，一听我受伤，立马把电话抢过去说：“月亮啊，实在坚持不住就回家。就算你妈不管你，还有陈阿姨啊！”

因为顽皮，我从小到大挨过的打不少，这点小伤算不得什么。

可一旦有人呵护着，我就容易蹬鼻子上脸，仿佛天都要塌下来似的，当下也有点眼泪汪汪的意思：“阿姨，我好想家，呜呜。你说我长得本来就不是特别好看，现在更丑了，怎么办……”

“再丑也是我们陈家的媳妇儿！”

她的声音震耳欲聋，我妈受不住了，重新抢过手机：“你想回家，就出校门坐二路汽车，半个小时到，装什么苦学子？！”

我所有的委屈鸣金收兵。

“行行行，不打扰你俩逛街，有好看的裙子，记得给我买啊！”我吼完，手机屏幕黑了。

与此同时，在那黑下去的镜面里，若隐若现地映出一张清俊的脸。

我以为出现了幻觉，抬头打量，直接与江忘眼对眼。

他估计是听到了我受伤的风声，这才从实验室赶来，鼻梁上的银边眼镜还没来得及取下，一身白袍有些空荡，手边还有个白瓷托盘，上面放着许多瓶瓶罐罐。

我粗略扫了扫，都是些过氧化氢、碘酒和红药水什么的，应该是刚从校医那儿拿的。

被墨绿的帘子围起来的小天地中，男孩笔直地站着，身高给我带来无形的压迫。

没多久，笔直的身子弯了。

“外挫伤首先采取用盐水冲洗、过氧化氢消毒，接着擦碘酒。碘酒与红药水不能混用，红溴汞与碘相遇会生成碘化汞，对皮肤黏膜产生强烈的刺激作用，引起黏膜溃疡。这种基础题，你们第一次测试时应该会考，记好。”

他一边端详我的伤口，一边不忘帮我普及基础知识，实在很有诚意了。

但，我没法原谅。

不是我得理不饶人，也不是我小题大做。而是我的心在说，做不到像从前一样，对他的忽近忽远轻而易举就释怀。

我想，有句话，禾鸢只说对了一半。

去北京前的某个夜晚，她说，我对江忘而言是个很特殊的存在。

其实，江忘于我的意义，何尝不是这样呢？！

尽管某些念头实在是我痴心妄想，但我总控制不住地觉得，江忘应该对我好，对我好一辈子。

但就是这个应该对我好一辈子的人，忘记了我的生日，错过了我人生中第一个重要的时刻……并且，无视了我。

天知道，我多想红啊！

我真的想体验一把当校园红人的感觉，他就是不成全！

这比陈云开堂而皇之地吐槽我胖，说我不漂亮，说我成绩不好，还令我抓心挠肝。

“不劳大驾。”

碘酒刚擦到一半，我就忍不住挥开膝盖处那只脉络清晰的手，起身往外走。

膝盖还痛，我只能龟速前进，挪动三步才抵得上江忘一步。可他始终跟在身后，与我保持着距离。

他大概深知我的脾气，逼急了，我完全能咬咬牙开跑，导致伤口处反复弯曲不容易愈合，所以并不激进。

耐心这个东西，他有的是。这点，我是清楚的。

当日，我俩就这样一前一后，从医务室走到了女生宿舍附近。

下午四五点的太阳依然毒辣，但我难得不厌恶。因为它能让我看见地上那道修长的影子，是否还跟着我。

然而，我专心顾着看影子去了，没注意朝我飞奔而来的啦啦队员。

江忘比我先发现情况，眼明手快地拎过我的后衣领，几乎在原地转了一圈。

可我们旁边就是自行车棚，避开了冲撞，我又差点因为惯性栽在一堆单车里。他只好略用力地将我拉到车棚支架上，两只手抓着我的肩膀，帮我稳住重心。

我背靠金属支架，刚挺过几个来回的眩晕，就想起我俩还闹别扭呢，立马想把人推开。

江忘对我的意图似有所感，一贯温和的面容突然出现裂痕，透明镜片背后隐约露出凶光——

“月亮，不要闹了。”

他侃然正色。

他叫的不是“大哥”，而是“月亮”。

青年那一身白袍与墨色的眸子辉映着，深沉得厉害，而我有些崩溃。

我在心里惨叫：妈妈啊，您老人家是不是对“乖”字有什么误解？

这哪是什么乖小孩儿，分明攻击值爆表！我现在示弱还来不来得及？

真的，都怪我。怪我欺软怕硬，一直拿江忘当软柿子捏。

我没办法让陈云开听话地做竹竿陪我跳绳，只能欺负什么都好说、好商量的江忘。现在触底反弹了，报应来了，我被他那束咄咄逼人的目光弄得快窒息了……

还好，上帝仿佛喜欢听忏悔。

一听见我的心声，上帝立马让江忘的眼神变回寻常的样子。

他估计自我平息了一下，这才微微退开身，两手一捞，将我抱到不知哪个倒霉蛋的自行车后座上。

片刻，清凉的药膏点上我的鼻头。

那管药膏估计是他刚刚从医务室顺来的，一直放在他的白袍口袋里，还带着若有似无的消毒水的味道。

距离近了，不止嗅觉灵敏，连睫毛扫在脸上的触感都似吹过一阵风。

所幸，江忘在我脸上没多做停留，没一会儿便蹲下身去撸我的裤管，继续处理膝盖的伤。

自行车后座是常见的井字格铁架，其间，我不舒服地扭了一下，觉得硌屁股。无奈我刚一动就被拍了拍小腿，立时不敢造次，内心却生出不该有的激动。

因为，我终于要在进校的第二十九天，火了！

这众目昭彰的……风云人物帮我上药……还不引起话题？天理难容！

虽然我那时还不清楚，此举真正的目的，究竟是我虚荣心作祟，还是我想借机帮他澄清与常放那莫须有的假新闻。

反正，当我思考着回宿舍要发表什么感言的时候，江忘又开了口："这是扶他林，镇痛效果还行。不痛的时候也记得定时擦，直到结痂，近期尽量别碰水。"

我说了，我的特长可能就是脸特长。

于是，我赶紧趁机演一个娇气的人，委屈地控诉——

"江忘，你为什么老这样。"

男孩涂抹的动作一僵。

我努力假装眼里有泪意，喋喋不休的架势："老是莫名其妙不理人。十岁那年你去秋令营就这样，我抢陈云开的零食，你也不高兴，我又没抢你的！我还偷偷留给你呢！还有很多时候……反正，拒绝冷暴力，从我做起！"

脚边的人忍俊不禁。

他微微偏头，不想让我看清神色的样子："你倒记得清楚。"

"你以为我和你一样健忘？！连大哥的生日都敢忘！想当年，我背诵课文那也是过目不诵，啊呸，过目成……不对，博闻强……算了！反正就是记忆力好到爆的意思！"

我一说就来气："还有，阴晴不定是病，咱得治。早诊断，早治疗……"

"没忘。"

突然被打断，我激烈的情绪悬在半空中：“啊？”

江忘缓缓扯下我的裤管，讲话的速度和动作一样慢条斯理：“没忘记你的生日，还送礼物了。”

说完，那只骨节分明的手就顺着裤腿往上攀，按了按我裤子口袋里鼓起来的那部手机。

青年微微仰头，又是干净无辜的眼神，像极了儿时示弱邀宠的前兆。

我立刻有点浑浑噩噩：“手机是你送的？”

要不说呢，我妈怎么舍得下血本，买这种新款的。而且，她从没向我打听过，为什么江忘最近都不出现。

敢情这俩才是母子？他们竟然偷着见面！

“你为什么不自己送？”我打破砂锅——问到底。

男孩抿了一下嘴唇，依旧没把背挺直，反而用两只胳膊撑着膝头，轮廓离我更近。

“大哥。”

他终于把称呼改为正常的，语气却柔软得让我心悸了一下。

“你是不是真的很喜欢陈云开？”他问。

九月的阳光太盛，照射在薄镜片上，让我看不清江忘此刻的眼神究竟是怎样的，只觉得浑身的肌肉都发紧，着魔般想伸手去摘眼镜，去确认后面的认真有几分。

我一度以为他会躲，可他并没有。

当眼镜被拿开，我没能看见可能会出现的一双深情的眸子，反而是盈满笑意的。

渐渐地，那笑意不满足只在眼里，更蔓延到唇边。

“我知道了。”江忘终于直起身，用整个身体的阴影罩着我，下定论。

他知道什么了，他就知道！

我自己都不知道！

我本来很坚定的。

如果不是禾鸢问我，究竟是告白计划失败更难过，还是没能接到祝福电话更失落……我会一直坚定地认为，我就是喜欢陈云开，我想永远做他的皇后。

但……

“特别特别喜欢一个人，是不会犹豫的，月亮。”

糟了，他又要抽风了。

江忘是不是真的有人格分裂症啊！

我努力使自己转移注意力，顾左右而言他：“你上哪儿学的这些乱七八糟的？！”

见我挣扎着要跳下自行车，他下意识地扶了一把，不着痕迹地勾了一下唇：“不是大哥自己写的吗。”

少不更事的年纪，我曾有三个梦想。

第一个梦想是成为医生，因为受到我妈和江忘的启发。

第二个梦想是成为律师，受《律政俏佳人》里那些漂亮的 office lady 的影响。

第三个梦想，和许多小姑娘一样，我希望能成为自由自在的作家。

为此，我还努力过，经常给杂志投稿。那时《美少女》还没停刊，是班里女孩人手一本的读物。

我在家属院出了名地胆大，第一次投稿时，却有些害怕，于是将稿子交给众所周知的“天才江”去审。那篇稿子里，好像是有句这样的话——

真正很喜欢很喜欢一个人，当别人问起，你不会犹豫。

“那我回去了。”

我轻咳一声掩饰尴尬，转身欲走，却局促得左右不分。

江忘大概也觉得不方便，没坚持扶我上楼，只让我把杜婷的手机号码给他一下。我快速地调出通讯录，报了数字，接着头也不回地蹿进大楼。

根据经验，大多数人在吵架的情况下总发挥失常，事后恨不得组织语言再战一场。

当晚在宿舍的床上，我睁着眼睛，回想白日发生的一切，也有期望再来一场的念头。

如果再来，我一定怂恿自己问出那句——

“江忘，我生日那天，你是不是回过家属院？”

并且你回来的时候，兴许，就那么巧地撞见了我和陈云开一起去买饮料……以及我上蹿下跳，试探着靠近男孩的举动。所以，你才会离开，才会不开心。

如果我敢问，许多事情是不是就能快速明朗？

这样，我们错过的时间，又能再少一些。

川城医学院博士后科研流动站。

常放瞅着那换了一身新白袍进实验室的人，神色充满玩味：“月亮好看吗？”

说来，报信的人还是常放呢。

虽然我与他尚没有过交集，但他早就知晓我的名字。方才他去实验室的路上，经过运动场，听见现场喇叭高声喊我的名字，说我受伤，他才多此一举。

江忘瞄一眼对方跟前的活体成像系统，淡淡地提醒：“降零点八摄氏度，结果更准确。”

“老梁说站里正着手引进新版本，采用绝对零下九十摄氏度的超高灵敏度CCD，成像视野五到十二点五厘米，检测波段覆盖五百一十五到八百七十五纳米，还配有一体化的小动物醉……欸，不对，我和你聊的是月亮。”

“太阳还没下山，聊什么月亮。”

小子，打太极的功夫不弱啊，常放觉得自己应该重新认识一下他。

从医学少年班同窗到现在，除了导师，江忘是常放唯一服过的人。

常放家境殷实，全无后顾之忧，更胜在敏而好学，那股敢冲敢干的劲儿，周边鲜少有人能比得上。偏偏江忘总能找到他完美表象下的细微漏洞，哪怕一丁点，一如方才。

“装，继续装。”常放满脸写着看好戏——

“老梁可告诉我了，你管他要后勤部主任的联系方式。我听了，还纳闷儿，我们的宿舍是卫生厅出资筹建的，不归学校管，你一个搞科研的，和学校搞后勤的能扯上什么关系？！敢情是为了一轮明月去折腰。”

江忘依旧默不作声。

不否认就等于默认，常放更来劲了：“我去，我猜得没错？！你是卖了人情才把她安排到和熟人一间宿舍的？”

又一阵死寂。

常放不再淡定：“完了，完了。”他崩溃地摇头，“我这千防万防，连我俩关系匪浅的假新闻都放出去了，到头来却没防住你的发小！我要被我妹弄死了。”

“没事。”

江忘一边摆弄切片流式细胞分析仪，一边一本正经道——

“我也没防住。”

杜婷和刘萌萌又晚归了。

新的宿舍楼正修建，如今的老宿舍楼则有处矮墙，宿舍门也是配的旧式的大别锁，任何人都能从里打开。

每次晚归，刘萌萌就负责用身体托着杜婷，等她翻墙进去了，再利用视线盲区避开宿管阿姨去开锁，将刘萌萌放进来。

为什么不是我做内应？

因为我最近和杜婷的关系有点紧张。

这还是她俩晚归惹的祸。

刚进宿舍，我就打定了主意做狗腿子，自然愿意做内应，可鉴于我经验不足，有次不小心弄出动静吵醒了宿管阿姨，结果她俩被当场抓包，差点被上报系里。

杜婷以为我是蓄意陷害，刚刚建立起来的一点友情灰飞烟灭。

后来，我听其他室友八卦，才知道原来杜婷和刘萌萌加入了学校很多社团，不是今天这个社团有聚会，就是明天那个社团要开会。她们的会员证被杂乱无章地摆满抽屉，会费也交了一大笔钱。

毕竟我们是在家属院一起长大的，我了解杜婷。

她长得不差，成绩也好，初高中阶段也是学校里的一个人物，习惯了被捧着。

然而，大学并非中学，多的是来自四面八方的远乡人，也多的是能人。她估计受不了星辰埋土，才四处加入团体，期望广交朋友，多得机会，为日后大放异彩铺路。

但我认为，靠不停的聚会才能维持的朋友，并不值得深交……

可我显然没资格，也不打算管她的事。

虽然我口口声声说自己是出了名的“圣母白莲花”，不过，我交朋友也讲究原则。

在一段友情里，我可以卑微，但我没法儿忍受对方觉得我的卑微是理所当然的。

就像我的口头禅说的，谁还不是个宝宝？！

于是我和杜婷开始针尖对麦芒，谁也不让谁。

正当我俩互相较劲时，江忘却来了通电话，打破了僵局。

电话是他打给杜婷的，她没课，昨夜晚归正在补觉，一见是陌生号码，口气极不耐烦："谁啊？！"

"你好，杜婷吗？我是江忘。"

"什么旺？不认识！管你陈旺、李旺、刘旺，还是旺旺……是的，好，我立马去提醒她，嗯。"后半程，估计她清醒了，态度来了个大转弯。

没一会儿，下铺传来抖动，应该是杜婷用脚在踹，却没叫我的名字，只吼道："说你手机关机，叫你记得擦药！"

片刻后，她又道："伤得很重？不擦能死？！"

话不好听，然而，她想表达的重点应该在前一句。

她的想法估计是怎么着也是多年邻居了，没必要弄得跟仇人似的，毕竟两家大人还是同事，不痛不痒地关心一下还是有必要的。

既然台阶来了，我也不想小气，当即和她聊了点昨天的情况，包括我怎么从担架上翻下来的，最后颇为不甘道——

"我以为我要红了。结果，江忘给我擦药的时候，大家都去看运动会了，基本没人路过，心好累。"

下面疑似传来笑声。

现实生活鲜少有深仇大恨的戏码，有的不过是最平凡的人和最寻常的情绪。

十八九岁的年纪，我们能因为一个白眼而绝交，也容易因为一句话就和解。

许多的恨之入骨与爱之入骨，等到二十八九、三十八九岁时回头看，都变得不值一提。

Chapter 5
月亮惹了祸

不停地靠近，不停地分开。
亲近过又失去，
比从未拥有过更难受。

新生运动会上，我还有一个项目要参与——以形会意。

比赛在室内篮球场举行，趣味性比担架传递浓厚，现场观看的人不少。

起初我是被安排进行演示的，膝盖受伤后，我只能安静地坐在泡沫板前，去猜测对手抽的什么牌。

不过，我方负责演示的队友还算给力，完全不讲究形象，怎么好猜怎么来。我连对三道题后，找到了自信，一路过关斩将，甚至逼对手用掉了场外求助权。

场外求助权就一次，还得看运气。如果现场观看的学生也无人猜出答案，对方的分自动归我们。

我方势头很好，连消带打的，眼看着要结束战斗，江忘突然出现。

他进场迟，坐在最后一排，没引起什么注意，大家都因队员们乱七八糟的演示乐得不行。

可因为座位高，我猛地看过去，恰巧与他四目相对。

见我发呆，他居然好像比了个心的手势，给我加油。我立刻忘记自己还在参赛，猛地转头，脑子陷入缺氧状态。

“啊，这个，马、马到成功？不是？那……”

就这么我接连猜错好几道题，让对方迅速追平了比分。

眼见连连失利，自诩心理素质过硬的我也忍不住紧张了。及至最后一道关于歌曲的决胜题，我因为太想赢而弄巧成拙，我方演示的队友都要把自己的脸打烂了，而我模模糊糊意识到他在演示什么，可答案就是具象不出文字。

逐渐地，我察觉抓着板凳的手指都出了汗。

“场外求助！”我一慌，自作主张地开口。

反正比赛到了最后，权利不用白不用，挣扎总好过等死。

犹记得念中学时，老师让我们解释“默契”的含义。

“默契指的是心意相通，配合得特别完美。”身为语文课代表的我首先答。

老师点点头："没错，书面意思是这样。不过，还有别的答案吗？同学们可以暂时忘记书本上的东西，拓展一下你们的总结和想象能力。"

这时轮到陈云开被点名了。

他仗着自己天赋异禀正睡大觉，突然被叫起来，嘴硬心软的我便侧过头去，冲他挤眉弄眼提醒他。

他终于弄懂提问，略一沉默后，道："默契是……"

"你什么都懂，当我看向你。"

教室迎来片刻的鸦雀无声，接着有人带头鼓掌。

而此时，新生运动会的比赛场上。

当我的目光一落到江忘的身上，他便心领神会地起身接话筒的时候，我陡然想起陈云开的那句话来——

你什么都懂，当我看向你。

于是，那日比赛结束后，校园论坛出奇地热闹。

"江忘当众唱歌了……"

"等等，是我以为的那个江忘？"

"听说是为了帮护理学院赢得比赛。"

"所以，他到底喜欢谁？！"

"谁知道呢。"

……

总之，这么历史性的时刻，我不配拥有姓名，是吗。

不过，到底有姓名还是没姓名，在江忘开口的一瞬，已经没那么重要了。

我只记得万众瞩目下，他疑似做了一会儿心理建设，旋即将话筒轻轻抵在唇边，深情地唱——

我承认都是月亮惹的祸

那样的月色太美，你太温柔

才会在刹那之间，只想和你一起到白头……

江忘的声线和张宇厚重的嗓音不同，是浅淡温谦的。

对、对、对！张宇啊！《月亮惹的祸》啊！

我方队友一直在指着我，都快把我指穿了，就差用那根手指戳到我的脸上了：月亮！月亮！

这么给力的提示，我有想法，可硬是没讲出来，差点浪费了一道送分题。

不过，比获胜更让我惊讶的是，江忘居然跟我一样，会背歌词的吗……

“就会这一首。”事后，他瞧着我，若有所思地说。

我的心莫名怦怦乱跳了一阵，那些看起来特别自作多情的问题越堆越多，却就是不敢问，只好顾左右而言他，说领到奖金后请他吃饭，接着跑回宿舍。

根据新生运动会的奖励机制，每个项目的赢家队员都能获得两张新开的游乐园体验票以及六百六十六元奖金。

这对高中时零花钱日均十元的我来说简直是笔巨款，于是，我很有心机地将杜婷一起拉去院办领奖，企图在她面前逞威风。

“川城医学院这块肉果然肥，说发就发。”拿过钞票，走出院办，我感慨。

杜婷鄙视：“这才哪儿跟哪儿？！就上次开学典礼上台致辞的那个，记得吧，助学金好几万。”

我忽然想到江忘送的手机：“那我怎么听说搞科研的都比较惨？”长时间窝在实验室，不分黑夜白昼，要是为了送我一部手机省吃俭用，那我……只能以身相许了。

但杜婷压根不给我以身相许的机会。

“得看和谁比。”万事通·杜不以为然道，“搞科研的与经商大佬比财富，肯定是以卵击石。不过，和你我相比嘛，我们才是卵。”

我怎么觉得她在骂人呢？！

杜婷：“不过，成果若出来了，社会地位差不了。就拿江忘来说，他从事肿瘤医学研究，如果在攻克某种癌症的道路上能有所突破，名垂青史妥妥的。但好多科研人员一辈子都在做同一道题，你懂不。”

“我懂，但我问的不是他！”我心虚地飞快反驳。

“急什么，不就举个例子吗。”她表情带着点嘲笑，好像在说我“此地无银三百两”。

我整天自诩察言观色厉害得很，殊不知，女孩子天生就有捕捉细节的本事，杜婷自然不例外。

“林月亮，挺聪明啊。”她语气阴不阴阳不阳的，“知道陈云开去了北京，你没戏了，立马换目标，转头来祸害我们江天才，简直令人发指。”

我可不是包子，立即翻白眼回怼：“你嘴这么欠，也能在社团混得风生水起？”

她得意不减：“哟，你不说，我还忘了，姐今晚还有一个聚会要参加，你就自己回寝室躺尸吧。”小鼻孔朝天。

“算你狠。”

看着杜婷，我不禁再度想起禾鸢。

她说我和陈云开无论成长环境，还是三观都相似，就算遇见悬崖，我们也敢往下跳。因为我们相信悬崖下面会有父母的两双手托住自己，所以，我们做事随心，不计后果，更不怕得罪谁。

“至于杜婷，和你们差不了多少。”禾鸢讲，“她做事目的性强，自身又优秀，很难屈服于谁，进入社会迟早吃苦头。”

不料，才刚入大学这个小社会，禾鸢已一语成谶。

第二天凌晨四点，我接到杜婷的电话。

荧幕的光反反复复地亮，我挣扎着醒来，发现学校道路两旁的路灯还站着岗，灯光透过单薄的窗帘投进房间。

“有本事别求我。”这句话原本是我准备的开场白。

白天还口口声声聚会啊、人缘啊、社团干事啊……那你继续翻墙进来啊！

可我睡意实在太浓重，只想快点儿解决麻烦，于是到嘴边的话一变，言简意赅道：“等着啊。”

扔了手机，我翻身要下床，听筒里却传来疑似哽咽的声音——

“月亮，你现在能不能来一下拉图 KTV ？就在云光广场……我也不知道找谁了，我和刘萌萌都在这儿，我、我……”

她已经语无伦次。

意识到情况不对劲，我彻底醒了，将床尾的衣裳一把抓过换上，以至于错过了她那句：“多带点钱。”

还有一阵就天亮，我现在溜出去，应该不会被发现。

然而，一想到停尸楼就伫立在必经之路上，我就惴惴不安，打开手机电筒时，不小心按出快捷键“4”，是陈云开的号码。

陈云开这家伙懒得出奇，懒得到了北京就给我打过一通电话，发过一条信息。

信息是张天安门的照片。碧蓝如洗的广阔天空，迎风飘扬的五星红旗和立得笔直的子弟兵。

儿时，我常常代表班级表演节目，一首《我爱北京天安门》就是我的拿手好戏，每次都能得奖。

看着那些奖状，陈云开嗤之以鼻：“知道天安门长什么样吗？你就爱得深沉。”

于是，我就指天誓日，有生之年一定要亲眼看看天安门。

所以，收到照片的时候，我还挺感动，发表了一大串心得，跟获奖感言似的，假装关心他在外面习不习惯，什么时候放假，回川城吗……结果，发过去的信息石沉大海。

原因是陈云开觉得打字麻烦。

“打长途电话又太贵。”他的语气贱兮兮的。

那时，几大通信运营商的竞争还没到白热化的程度，各家都有设置长途漫游费。

由此，我怀恨在心，发誓他不联系我，我也不联系他，谁的钱不是钱啊！这个暴发户的儿子，差评！

所以，在电话拨错的第一秒，我就迅速挂断了。不过，托他的福，走神间，我总算成功经过停尸大楼，抵达校门口。

一上出租车，我就开始发挥想象力，猜测杜婷和刘萌萌到底怎么了。

被抢钱，遇见流氓，还是被流氓得手……

所幸到了现场，事情比想象中好很多。

无非是杜婷的快嘴得罪了他们社团某姑娘，那姑娘故意整她，把她捧得老高，说她是团花，是实力担当：“今年川城医学院传染学系的分数仅低于肿瘤学系。婷婷，你简直了，这次学生会大换血，肯定有你的位置。”

杜婷被夸得飘飘欲仙，无论对方说什么，都好、好、好。

那姑娘趁机蹬鼻子上脸：“正好今儿大家伙都在，那我们来帮婷婷提前庆祝嘛！就，祝贺她即将成为学生会干部，成为我们川城医学院的门面担当？！”

既然有人搭台子，大家乐意起哄，毕竟目的是祝贺杜婷，埋单的自然也是她。

杜婷心高气傲，就算隐隐察觉出对方的用意，可自尊心作祟，她实在张不了嘴说AA制。

况且，大家聚餐的KTV是综合自助型娱乐场所，人均七十多元的消费，她咬牙算算，大不了这个月喝白开水当减肥了。

结果，那姑娘简直不是善茬，偷偷在服务员那里点了许多并未包含在自助餐里的进口食品。这不，十几号人吃吃喝喝的，总消费额迅速从几百元变成了一千八百元。

关键是，请客归请客，那姑娘为了避免杜婷反悔，趁大家玩得七七八八的时候，吆喝着走人，将沙发上已醉醺醺的杜婷抛下，根本没想过 KTV 这种鱼龙混杂的地方，万一发生点什么……

反正等我赶到时，刘萌萌已被灌得人事不省。

杜婷醒了大半，见我进来，就紧紧地依靠着我，仿佛抓到救命稻草一样。

然而，我这根稻草实在弱不禁风，刚看见账单上的“天文数字”，瞬间就瞠目结舌，禁不住咽下口水：“如果，我告诉你，我身上就一百零九块……”

“不是叫你带钱吗？！”

身边多一个人，杜婷好像有了安全感，说话声音又大一些了。

“我没听见你说让我带钱，顾着穿衣服去了。”

就算听见了，她是哪里来的自信，我有一千八百元？！这几乎是我两个月的生活费，姐。

但我此时顾不上落井下石。早上还有两节医学生理学，我必须尽快赶回学校，思来想去，只好给江忘打电话。

听说他们流动站的人都是带薪学习和实验。我不清楚具体金额，但他好歹进去一年多，应该有点积蓄。毕竟，看杜婷的意思，她不想惊动大人，否则也没必要找我来。

“云光广场，拉图 KTV。”

我三言两语和江忘说明了情况，他那边窸窸窣窣的，好像一边在听我说话，一边已经在穿衣裳。

江忘来得很快，过程没费什么周折，刷卡、交钱、走人。

KTV 楼下有间二十四小时营业的便利店。

江忘进去买矿泉水，我和杜婷则一起扶着烂泥般的刘萌萌站在门口等。

“你故意的吧？”

忽然，耳边飘来阴森森的几个字。

转过头，我发现杜婷正用比语气更阴森的目光瞧着我：“林月亮，我错看你了。”

她说：“你一下拿不出那么多钱，我能理解，大家也都不是什么千金小姐，但好歹一个院儿里的，你至少有多少拿多少，假装一下诚意吧。我明明告诉你要带钱来，你昨天刚领到奖金六百多，加上你剩的生活费，好歹能给我凑一千吧。结果呢？你告诉我身上就一百，还做作地把江忘叫来，感觉像是你多善良，以此来让我难堪，对吗？”

真是……

“是的，你高兴就好。”

半夜三更跑来收拾烂摊子，还被数落一通，我已经不想说话。

“你承认了？！”她一下激动起来，顾不得还扶着刘萌萌，一把推开她——

“我就知道是这样！从小，你就见不得谁比你好！陈云开不过给我捡一下文具盒，你就立马回去告状，说我乱花钱买卡通贴纸，你这个小心眼儿、叛徒！”

江忘恰好从便利店出来，攥着三瓶矿泉水，不知听了多少。

他看看我，再看看杜婷，聪明地沉默着。

女孩间的摩擦是容不得男孩插手的。

这个道理，在我与禾鸢PK无数次又无数次和好以后，他深以为然。

那头，刘萌萌整个身体被推到墙壁上，撞得悠悠转醒。

醒来，她就发现我动作飞快，不由分说地抢过江忘手里的一瓶矿泉水，拧开，从头到脚浇了杜婷一身，引起两声尖叫。

“杜婷，你就是个傻×。”我冷笑着说。

对面的人眼里迅速有了杀意，一副要抓扯我头发的架势：“你！”

“你好不容易考进川城医学院，继承你家的衣钵，却不琢磨怎么学习，反而将时间花在赚取莫须有的群体认同感上，不是傻×，是什么？！”我难得正经地说道，“当然，不是说融入群体不好，而是你太激进了。难道九年义务教育都没教会你，交朋友也要讲究价值观？！三观相同的人交往起来完全不需要费力气。你还真以为人家当你是太阳、是宇宙中心，你散发点光芒，别人就心甘情愿地围着你转啊？！像你这样，成日大把大把地交会费，不停地参加团体活动……学东西反而成了走马观花，你觉得值得吗？！你真的开心吗？！”

开心吗？

这三个字对杜婷的意义，我不清楚，但它对我很重要。

曾经我很喜欢一部青春小说，尽管它后来被文人大家们批得一无是处，但我始终记得里面某个角色，他坚持要离开熟悉的朋友，孤单地远赴异国。

大家问他，为什么？

他只说了一句话：“I am not happy anymore.”

我不再快乐了。

对我而言，无论朋友，还是恋人，我只信奉一个原则：合则聚，不合则散。

我想，我一辈子都学不会的事情，估计就是强求。

如果有人觉得和我做朋友让她难受，那我就识时务，离她远远的。

如果有人觉得爱我让他疲惫，那我……就放他走。

那可真是兵荒马乱的一宿。

回到宿舍，我根本没时间补觉了，肿着两只眼睛，拿起书就往学院走，忽略刘萌萌好几次欲言又止。

十一点半下课，我本来饿得要直奔食堂，忽而想起什么，回了趟宿舍。

见我进来，刘萌萌终于鼓起勇气站过来，惴惴不安地问：“月亮，你去吃饭吗？我们一起吧……”

咋的？

换套路了？

想打入敌人阵营，找机会报复我？

我定定地审视刘萌萌半晌，却没发现什么做作的迹象，女孩的脸颊反而有几丝暗红。看样子，她估计是觉得我凌晨说的那番话有些道理，一语惊醒了梦中人，想示好。

与此同时，杜婷正坐在下铺绑头发。

镜子里，她疑似横了刘萌萌一眼，把刘萌萌吓得条件反射地缩脖子，最终却难得硬气了一回：“我、我饭卡里还有钱，我们可以去蔷薇餐厅吃排骨！”

她楚楚可怜中又带点坚强。

我仔细衡量了一下，骄傲诚可贵，排骨价更高……反正还是排骨重要，所以，我当即决定接受敌人的投诚，默不作声地拿了要找的东西，就和刘萌萌一起往外走。

可我忘了旁边还有一个大活人。

事情发展到这个地步，杜婷如何忍？！

今天早晨，我不仅让她在江忘的面前丢了脸，还淋了她一脸水，现在更抢走了她的小跟班，这下她不仅是要扯我头发，而是完全可以拼命了。

“站住！”

果然，她当机立断地起身。

杜婷身形一动，我就做好了全方位的戒备。我能如此机警，不得不感谢陈云开这个跆拳道业余选手往日对我的操练。

来吧，让暴风雨来得更猛烈些，我要做那只横渡大洋的海鸥……

结果——

“我、我也要去。”

女孩跳过来，不甚清楚地说。

等等，那别扭的声音和表情是什么意思？我抬头错愕地看着她。

这下不仅我，连刘萌萌都蒙了：“婷姐……”

她却两手一插口袋，比我们更趾高气扬地往外走：“废话少说，我很饿。”讲完，她又想了想，道，“蹭完这顿就要勒紧裤腰带还钱了，求不要再给我添堵。”

注意着她俩的转变，我莫名想起三个字：受虐狂。

我要做“舔狗”的时候，你不接受。我给你会心一击，还把你打舒服了是怎么的……

OK，得饶人处且饶人，谁叫我成日自称仙女？！

仙女是不会那么小气的。

“你拿的什么呀？”去食堂的路上，刘萌萌没话找话。

我扬了扬手中的信封，里面装着运动会得来的奖金。

“我打算再取点生活费，先还一部分给江忘。”我说。

闻言，杜婷浑身一凛，我立马宽她的心：“以某人的名义还，免得又丢她的脸。”

女孩更别扭，身上的肌肉却统统放松下去。

老实说，如果这钱借的是陈云开的，我兴许没那么急，甚至可能厚颜无耻地不还了，谁叫他成日拿我开涮？！

对一个人最狠的报复，就是借钱不还。

可江忘不行。

他没有对不起我。于他，我自是不愿亏欠，更不愿我们之间的革命感情被任何流俗的事沾染。

“看把你骄傲的。感觉立马要开班教学，教大家怎么认小弟似的。”食堂里，杜婷的嘴贱没什么改变，但她看我的眼神变了，我能感觉到。

但其实，我能有多骄傲……

不堪一击好不好！

尤其是当服务生告诉我账单一千八百元的时候，我到现在还能回想起自己那没见过世面的样子，以及给江忘打电话时哆嗦的声音。结果，他听了却没什么反应，我一下觉得大哥的威严被挑衅了。

所以，为了面子，这笔钱，我也得先凑出来还上！于是，我吃完午饭就去了科研流动站。

川城医学院的科研流动站是卫生厅筹建的重地，有严格的进出制度，我没员工卡，只好到了楼下给江忘打电话。

哪知我运气挺好，江忘就在大楼门口。

高个儿青年被一棵梧桐的阴影罩住。他侧对着我，身着白大褂，轮廓流畅，眉清目秀。

不过，那块阴影罩住的，是两个人。

常婉估计经常出入科研流动站找江忘，以至于周边路过的知情者们都眼神暧昧。

常婉冲每个眼神暧昧的路人笑，似乎在回应他们的猜想并非空穴来风。

一个月不见，女孩漂亮不减，连穿衣打扮也开始光明正大地亮眼。

只不过，她说话的神情多了几分羞涩，一改大姐大的人设，变成了小鸟。

常婉是常放的亲妹妹。

他俩的外公，亦是江忘的博士生导师、肿瘤医学界的大牛——梁钦。

这就难怪她与流动站的各学生以及工作人员都相熟了。

并且，常婉对江忘产生印象，并不是我们所认知的高三下学期，B中门口的小吃店，而是更早，在常家，那个专门存放小东西和相片的房间里，来自常放与江忘的一张合照。

两人不过十四五岁吧，照片上的常放做了个又痞又帅的怪相。至于江忘，眉眼还没完全长开，只看得出清秀，也对着镜头温和地笑，却和常放呈现出的温暖截然不同。

常婉无意间发现这张照片，观察了一下，不知为什么，突然很希望这张面容有朝一日能出现惊天动地的情绪。

这么讲，我俩还真的挺像，至少我也曾经走在企图弄哭江忘的道路上。

那双黑白分明的、清澈的眼睛，即便流泪，也一定是很美好很美好的画面，美好得足以让我为他打家劫舍。

也正是这股说不清、道不明的魔力，在十五岁那年，同样影响过常婉。

不过，那时的常婉还懵懂，并不知晓它的意义，很快将这段小插曲遗忘，继续自己的生活。

直到人和医院六十周年纪念日那天，江忘从北京落地川城，到学校来接我。常婉在小吃店见到他，惊鸿一瞥，模模糊糊的印象被唤起，这才鬼使神差地坐在了男孩的对面。

我送别陈云开那日，在街上遇见他俩，也是常婉打着她哥的幌子才将人约出来。

当然，这所有的所有，后面我才知情。

彼时，站在川城医学院科研流动站那幢大楼前，瞧着这幅岁月静美的画面，我生平第一次有了踌躇的情绪。

没错，连浇杜婷一头水都没犹豫过的我，本人，居然在距离江忘不过十几米的时候，不知道该不该靠近了。

我犹豫间，手机的和弦铃声响起。

我手忙脚乱地在背包里一阵翻找，而后看见屏幕上闪动着“陈大爷”三个字。

“林月亮，你这个心机girl。”我一接电话，陈云开劈头盖脸就骂，“为了骗我的长途漫游费，连半夜打骚扰电话这种馊主意都想得出。”

他睡觉时也有给手机设置静音的习惯，起床才发现有通我的未接来电。然而，等了一上午，见我没有再打过去的意思，他终于忍不住打破僵局，主动给我打过来。

我知道不说出个所以然来，陈云开不会罢休，干脆把昨晚发生了什么，起因、经过、结果统统实话实说："你是不是知道总有一天我会找你借钱，所以才把手机设置成静音的？"

陈云开听了半天，不知如何感想，有那么十几秒没讲话，最后扔下两个字："无聊。"

我！

有种别回川城！

我愤愤地挂了电话，而后发现自己的一双腿早在不知不觉间移动了，方向却不是朝着流动站大楼，而是回宿舍，仿佛背后有什么让我急于逃避的画面。于是，我并不知道在接电话的时候，有人发现了我。

"江忘？"

常婉唤他，见他的视线从某个方向上收回，立马又说："周末是家宴，外公组织的。之前我也奇怪，干吗叫你？后来经常在他嘴里听见你的名字，都是引以为傲的语气，估计已经拿你当自家人啦。"

江忘思忖片刻："周末得去附院值班坐诊，还有几个病历报告要写。"他歉然一笑，委婉地拒绝。

川城医学院附院是川城医学院的附属医院。

前不久，作为省会的川城正式带头贯彻刚出台的《意见》，全面启动住院医师规范化的培训工作，新晋的医疗岗位和临床医师都要接受住院医师规范化培训。

江忘虽然被卫生局纳入科研流动站的人才计划，却也得抽出一点时间参加培训，走走过场。

常婉被拒，却没知难而退，甚至有点激进："你手里都有什么活儿、重要不重要，能瞒过我哥和外公？！找个好点的借口敷衍我，或许我会罢休。"

这么有底气地讲话，估计连陈云开都做不到。

没办法，谁叫陈云开只是鱼塘继承人，常婉却是集团继承人！

常婉的母亲那边的家族是医生世家，听说祖上还有人在清朝做御医。父亲那边则主要干经营，也和医药沾边，与全国许多大医院都有合作。

但凡干过这行的都知道，光是个医药代表就能赚得盆满钵满，常家什么家底根本不需要刨根究底了。

于是，常人不敢做的事，常婉都敢做。

我不敢说的，她也敢说。

未料，僵持到最后，江忘更狠："我不想去。"快刀斩乱麻。

没想到他这样直接，常婉错愕："为、为什么？"

"因为——"

回宿舍的路刚走一半，我的手机又响。

看着"小弟"二字，我心里赌气似的，居然有一瞬间不想接。

可赌气只是一瞬间，我的手还是很诚实。

"喂？"我贴着听筒，尽量使自己的声音不露出异常。

"跑什么？"

那头尾音上扬，竟略带着肃穆，差点颠覆他往日的形象。

我当即反应过来，他刚才肯定看见我了，立马清了下喉咙："杜婷想把钱还给你，又不好意思自己出面，只有我来。不过，我看你挺忙，就想换个时间……"

江忘不疑有他，想想后，道："常婉约我吃饭。周末，去老师家。"

我心下一咯噔——

怎么现在都流行直接的吗？

不流行误会了吗？

那我这伤春悲秋的心情该何处安放……

"我拒绝了。"他紧接着说。

顷刻，我有些难以言喻的紧张，明明捧着手机、晒着太阳，牙关却仿佛给被得打不开，好半晌才找回声音：“怎、怎么拒绝的？”

这么傻的问题一出口，我就后悔了，好像我很想知道他俩的谈话细节似的，忍不住想原地捶爆自己的狗头。

江忘仿佛能猜到我现在的想法，疑似在发笑：“大哥当初怎么教的，我就怎么做——”

“我不想去。”那人毫不拖泥带水。

常婉为他的直接错愕：“为什么？”

“因为……常婉，抱歉，你不是我的菜。”菜不对口味，自然没胃口。

梧桐树下，他用我曾经教授的方法，毫不掩饰地打消常婉的非分之想。

博弈到最后，常婉完败，弄得我都替她扼腕了一把。可实际上，我心花怒放。

“这么不留情面，不怕梁教授徇私给你穿小鞋啊。”我掩饰着喜悦，嘴上嘟囔。

男孩口吻笃定：“老师不是俗人。”

好吧，我狭隘了。

“那你周末到底有没有事？”我不知哪来的勇气，脱口而出。

“没有。”

一见橄榄枝来，我立马傻傻地攀上去：“那要一起去游乐园吗？城郊新开的那家！上次比赛赢来的体验券还没机会用，奖励你这么听话！”

所以，不知不觉间，变成我主动……

周末。

家住本地就是好，每逢大假小假都能往回蹿，压根不用体会什么叫“独在异乡为异客”。

而且，那天我妈逛街还真给我选了一条连衣裙，薄荷绿的蝴蝶袖样式，光是看看就清凉，盛夏专属。

我和江忘约的早上九点出发。

翌日大早，我亢奋地爬起来收拾，洗脸，洗头发，还动用了禾鸢送的生日礼物——一瓶丹桂香水。

我没注意时间，一直在镜子前搔首弄姿，思考究竟是脖子上系条丝巾看起来优雅，还是头戴一顶小草帽看起来俏皮些，背后就传来认认真真的提议："帽子吧。"

回头，我发现倚门而站的江忘，正静静地看我表演。

不怕丢人地告诉你们，这是我人生中第一次正儿八经的约会。

为了不让江忘产生心理阴影，我一路都压制着灵魂里的自我，想尽量淑女些，结果一路都在出丑。

这班公交车是通往游乐园专线。一般新建的游乐园都远离市区，越走越荒无人烟。

我坐在靠窗的地方，抬眼发现不远处立着一块广告牌，牌子上四个大字在艳阳下发亮：太阳不锈。

"太文艺了吧。"我对江忘感慨，"既形象，又富含哲理，这人不去当作家可惜了。"

江忘闻言也抬头望去，车辆已经越来越近，然后我俩一起清楚地看见了最后四个字：钢制品厂。

太阳不锈钢制品厂。

与此同时，坐在我们附近的乘客统统递来一个眼神，顿时我脸上大写着"尴尬"。

装文化人失败，为避免做多错多，我默不作声直到下车。

游乐园建设得挺有意思，风格和迪士尼大相径庭，反而更倾向于黑童话主题。

刚入园子，我们便见到一座特别引人注目的雕塑。一男一女面对面站着，然后通过机械运动不断使他们接近，拥抱。

我折服于设计师的脑洞，觉得浪漫，江忘却和我唱反调。

“不停地靠近，不停地分开。亲近过又失去，比从未拥有过更难受。”他眉间笼着不知名的忧郁。

见状，我心一抽，立马拉他：“前面好像在表演童话小品，去看看！”

游乐园的风格像黑童话，但设施和小品内容还是蛮适合儿童的。不过，那些演员实在不容易，得戴上厚重的头套蹦蹦跳跳。加上周末人多，有小孩儿跑上台去拉扯，看起来危险系数极大。

“我终于知道某某的百来块钢板是怎么打在身上的。咦，想想都疼。”

某某是我爸特喜欢的一位小品演员。

有一次，我陪他看采访，这位小品演员历数出道以来的辛酸，说他当年就是因为表演的节目不好看，被人从台上拉下，结果摔得全身骨头都碎了什么的，还下了二十多张病危通知书，听得我都想去给他捐款。

“百来块钢板？”果然，江同学不淡定了，“搞……装修？”

鉴于我还是医学院菜鸟新生，被他这么反问，立刻信心全无：“难道不能打？”

江忘评估了下可行性，诚实道：“也不是完全不可能。”

听见这句，我一颗心落地，没想到还有长篇大论——

“人体一共二百零六块骨骼，颅骨二十九块，这个部位通常不能打钢板。脊椎骨第五、十二、五……一般也不用内部固定。所以，综合来讲，双侧四肢骨骼、肋骨、髋骨等全部粉碎，是可以有上百块的。然而，要造成这个伤情，难度系数太高。摔一次不可能，得全方位不停地摔，至于存活概率……”

一定要和我作对吗？就让我当傻子不好吗？

显然他的答案是，一定要和我作对。因为在他向我解释了打百来块钢板的可行性后，还给我致命一击：“不过，比打钢板更让我觉得神奇的是，居然下了二十几次病危通知书？”

他表情天真地问。

糟了，我看情况不对，立马踮脚往他的嘴里塞几颗爆米花，企图堵住他的嘴。

结果，他好像以为我高兴呢，鼓励他呢，更来劲了——

“大哥，你脑补一下。如果你是主治医师，在病历报告上写——昨日新收病人 ××，因主诉病情入院。下一次病危通知书，下两次病危通知书，三次、四次……估计你们主任没看完，就会让你先去挂个脑科，并怀疑你的毕业证也是靠作弊得来的。”

江忘一说完，我就觉得自己这个川城医学院白考了。

原本我来游乐园是真心找乐子，这下乐子没找着，还自闭了。

但我还是竭力想挽回点颜面：“主要我们吧，好像还没学到人体骨骼这块儿……”

“也对。”他终于大发善心，想想又茫然道，“不过，其实和钢板关系不大。”波澜不惊的声音继续说，“患者需要三百六十度无死角地摔，还得摔 N 次，还得存活下来，这个传奇故事究竟要脑洞多大才想得出，居然有人信？！”

是……

生而为人，我很抱歉……

不，我不配做人，还不行吗……

我感觉脑子里顿时有许多弹幕在飘，以至于我完全没注意到，那个举着卡通气球和爆米花的男孩，眸底有一闪而过的恶作剧成分。

听说喜欢一个人最明显的表现，是你特别乐意欺负她。

哪怕你在全世界面前都是谦谦君子，但在她的面前，你总忍不住化身成魔。

可你甘愿当恶魔，只要地狱里有她。

Chapter 6
本能

只要他别这样看着我，什么都可以。
否则，我会自作多情地以为，他刚刚几乎错失的，
是他世界里所有的光。

“江忘，老实说，你是不是真和常放有什么关系。”

游乐园的小吃街上，我眼睁睁地看着青年朝我们走来。

近了，他自然地接过江忘手中的卡通气球把玩，笑得跟钻天猴似的：“这么巧？”随即，他看向我，算是正式打招呼，“你好，师妹。”

常放比我和江忘大两岁，行为却幼稚，倒是牙齿挺白的，晃得我眼花，差点晕晕乎乎地脱口而出：“你好，弟妹。”

我是江忘的大哥。根据外界传言，他可不就是我的“弟妹”吗……

直到常婉现身，我才意识到，“弟妹”另有他人。

常婉好像不知道她哥已经找到了我们，手里正端着一盒臭豆腐，面上满满的辣子油。她一反常态吃得津津有味，一边走，还一边用眼睛搜寻。

好在江忘与常放的身高都打眼，女孩的视线没费什么波折就落在了这头。

我在常婉面上捕捉到惊喜，但她很快聪明地掩饰掉了。

“你说周末有事，我当多大事儿呢，原来就是逛游乐园啊。”她看着江忘，天真地讲。

言下之意，她并不清楚我们的行踪，就是偶遇。

我不知道江忘有何感想，反正我的天空飘过了五个字：我信你个鬼。

但我还是没出息地被食物的香味吸引，开口就问：“臭豆腐哪儿买的……”

常放失笑，自来熟地搂过我的肩膀：“师兄请你吃。”接着，他半拖半拉地将我带远，替他妹扫清障碍。

江忘没阻拦，好像有话要对常婉说，我隐隐约约只听见几个词——不太、喜欢、下次……诸如此类。

接着，我和常放进行了同样深刻的谈话。

“师妹，别见怪啊，你要摊上这么个难缠的妹妹……”

“那我能打死她。”我斩钉截铁。

立刻，搭着我肩膀的手很识相地放下了：“惹不起，惹不起。”

不过，我对常放的印象还是有变化。

我从杜婷嘴里听说过常家的各种版本，每个版本无外乎都是家世优渥。原以为他在这样的环境下长成，还智力过人，会比较傲慢自大，不料竟是妹控一枚。

“婉婉不是你以为的那种千金小姐，她其实挺有自己的想法。”趁着炸豆腐的间隙，常放说，“只不过全家的注意力基本在我的身上，我是男孩子嘛，她因此受过不少委屈。”

能想象得出，有常放这颗珠玉在前，常婉身上那微弱的光芒自然被遮掩，难怪她有那么多叛逆的举动。

“至于江忘……”常放组织了下措辞，“对婉婉的意义很不同。她能考上这个正正经经的二本学校，完全是因为他。”

因为那日，在校外一角，有个男孩用温热的掌心撑着她的额头轻声说：我的名字叫江忘。

于是，她回去就上网搜索所有关于江忘的信息，那些铺天盖地的获奖证书与报道压弯了她。

然后，常放就接到他妹的电话：“哥，回家给我补习啊。”

然后，她学着收敛性子、与对手言和、成为在外人眼里应该有的美好样子。

然后，她站到了川城医学院隔壁的学校里，距离我们只有一条街。

常放：“总之，说一千，道一万，我老觉得自己的存在无形中伤害着她，以至于无论她想做什么，只要不违法，我都百依百顺。”

常放这招挺高的。

他先改变我对常婉的偏见，同时给我打预防针，让我原谅常婉之后所有的举动。

譬如，原谅她怂恿我去坐海盗船，想让我出丑。

"抱、抱歉，您说的是它吗？"我瑟瑟发抖，指向那条在半空中荡漾的大船。

常婉很享受我的恐惧："害怕的话，别去。"

我哪儿受得了刺激，当即咬着牙关应战："笑话，大家都是有志气的中华儿女，你不怕死，我能怕？！"

见我拉紧了裙子的腰带就要上战场，江忘忍不住出声——

"别太过头了。"他说。

一开始，常婉还有点儿伤心，以为江忘那句"别太过头了"是对她讲的，直到我的声音在海盗船上冲破云霄——

"再荡高一点儿！"

她才明白，他那句"别太过头了"，是在劝我……

海盗船上，江忘和常放分别坐在首尾，将我与常婉夹在中间。此刻两个男生端坐着装镇定，脸却早就煞白。

常婉也喜欢这些刺激的东西，一定要和我比个高低，叫得比我更大声。有那么几秒，她脸上的愉悦没法儿遮掩，大概很久没这么放飞自我过，早忘记"狂野"二字怎么写了。

于是，我和江忘的双人约会，最终变成了一场势均力敌的表演。

不过，我光顾着给常婉下马威了，竟忘记有个词叫乐极生悲。

海盗船荡到最高处，我腰上那条扣得好好的安全链忽然从接口处断裂，我整个人差点被甩到空中去。

江忘最先发现不对劲。

他坐在我的前边，听我不同寻常的一声尖叫，偏头便见我半个身子都探到了船舱前面。

"月亮！"他赶紧条件反射地将我捞回。

是时，江忘用一只胳膊当作链条紧紧地锁着我的腰身，另一只手则死死地攥住船身的栏杆，稳住我俩的重心。

好在常婉对我的恨意没到想我死的地步，发现情况后，她只怔了半秒，紧接着就朝下面控制游乐设施的工作人员喊话，却不是“再高一点儿”，而是“停下”。

“有意外情况！停下！”她叫得惊天动地。

紧接着，常放和其他游客也开始加入呐喊的阵营：“安全链断了！快停下！”

慌乱间，其实，我自己都没意识到发生了什么，只觉得整个人要栽出去了，呼啸的风刮过皮肤，汗毛直竖。

平日的一分钟，放在此刻实在漫长。

好几次，江忘明显已经快抓不住了，是常婉伸出了援手。他俩一个抱，一个摁，钳着我，企图用自身的重量来对抗惯性。

抱我的是江忘，他的呼吸离我很近。恍惚间，我听见过几声极重的鼻息，心里的害怕禁不住更多。

我怕我就这么死了，没人给我爸妈养老送终。我怕我死得这么不漂亮，江忘觉得丢脸，干脆重新认别人做大哥。

终于，在我怕这怕那、将哭不哭的情绪中，海盗船缓缓落地。

一接触地面，我嘴里灌的风已经将嗓子割得不成样，整个人瘫软着挂在栏杆上。

与此同时，江忘的手也像生在了我的身上，常放和工作人员过来掰，他才僵硬地拿开。

劫后余生。

江忘好像吓得比我厉害，下船的时候，表情还是木然的。

作为怂恿我上海盗船的人，常婉特别过意不去，也不讲究什么丢不丢脸，犹豫着过来想道歉。

常放明显觉得时机不合适，将她带走，说去给我们买水压压惊。

游乐园的长椅上，好半晌，我才缓过来。尽管我的双腿还在下意识地发抖，可我的手还是安抚地摸了摸江忘的脸，企图用手心的温度融化他脸上的冰。

冷与热碰撞，江忘总算有了反应，却是一下子偏头呕吐起来。

我这才注意到，他手臂因用力过度而鼓起的青筋还没消下去，足见他刚刚的状态有多紧绷，如今忽然松懈，造成了自然的心理性应激。

一时间，我心中五味杂陈。

“江忘，对不起。”我说，忐忑无比，“我不该太好强，不该和常婉争高低。”

青年平静无波的眸子渐渐有了起伏。

须臾——

“我们永远都不要来游乐园了行不行？”那人气若游丝，“可以吗？”

可以，可以。我嘴上没说，心里却回答了一万遍。

只要他别这样看着我，什么都可以。

否则，我会自作多情地以为，他刚刚几乎错失的，是他世界里所有的光。

我带着江忘偷偷跑了。

我不恨常婉，甚至挺感激她伸出援手，但我不愿别人窥伺这个男孩的脆弱。

很早之前，我就知道，江忘有他自己的世界。这个世界开遍鲜花、铺满绿草，让每个走进来的人都兴味盎然，甚至连个守卫也没有，好像你能在里面为所欲为。

其实，那不过是因为，他从未真正住在这世界里。

这个用褒奖堆起来的世界，是他觉得世人想看见的，所以，他展现。可他不经意间流露的无措，才是他真正的少年模样。

“给你做水煮鱼？”

跳上回城的公交车，我见江忘还没什么想说话的欲望，开始百般示好：“上次我过生日，我妈为你做了好大一盆，谁知道你不来，只好委屈我解决。”

他的理智慢慢归位，给我一个“真委屈”的眼神，缓缓接话：“大哥做的水煮鱼，是我以为的那种吗？”他还没忘记我小时候骗他吃没蒸熟的红薯。

“……是你以为的那种。我们逛超市，把鱼买回去给我妈做。”

我自知没本事，可我会借花献佛啊，哼。

周末的超市人满为患，促销标签随处可见。本来我的目标只是一条鱼和配料，结果不小心看见大闸蟹，顿时垂涎三尺。

金秋十月，正是出好蟹的时候，一只只肥肥的螃蟹挤在透明柜里，爬得生龙活虎。

我眨巴着眼看江忘：“好可爱呀。”

江忘一时没反应过来，以为我说他呢，大脑皮层受到冲击，当时就忍不住低头避开了我的目光，脸略略泛起潮红。

我假装没看见，扒着玻璃柜趁火打劫：“这么可爱的螃蟹都不忍心蒸它了，不如我们爆炒吧！”

青年的呼吸才终于自在，抬头对导购员说抓几只螃蟹。

导购员操着地道的川城口音：“买一只单价十九块八毛，买十只打对折，女朋友喜欢吃，可以多买点嘛。一部分蒸，一部分爆炒，很划算的。”

这下，一朵红云生在了我的脸上。

但学医以后，我对许多神色的理解渐渐变得客观起来。

我们学院的指导老师曾说，种种爱恨情绪，不过是人在某种环境影响下的自然生理反应，只要对身体掌控自如，就能达到所谓的圣人境界。

显然，我和江忘都不是圣人。

所以，我们在突变的情景下呈现出的反应，属于身体机能的自然应激，见怪不怪。

但十只蟹，我们确实吃不了。

“美女，你买不买？”环顾一周，我询问在玻璃柜前逗留了好一会儿的姑娘，“我们可以拼单，一人五只，这样就只要九点九元一只！”

优惠力度难得，对方轻而易举地被我说动。

但我们三人都不太会挑螃蟹，导购员又忙。我们面面相觑时，一只素手伸进池子，准确地将一只看上去品质不错的螃蟹抓起来，放进我们的塑料袋。

“谢谢。”我下意识地偏头，对上江妈妈认认真真的眼——

“母蟹的肚子和公蟹的形状不一样。圆润的为母，尖的为公。底部的白色皱褶越多、越饱满，蟹黄也会越多、越好。”她耐心地解释道。

“阿姨！”

“妈。”

我和江忘几乎同时出声。

多年过去，江妈的发型和穿衣风格基本没怎么改变。

一身颜色淡雅的碎花裙子，一头自然弯曲的长发。长发被她用深绿色的绸带懒懒散散地束在脖子后面，加上岁月对她的恩赐，迄今还有种 20 世纪的复古少女感。

曾经我还模仿过，偷偷涂抹我妈的口红，梳一样的发型，结果鼓捣出来跟大妈似的。

看见江阿姨，我惊讶，却也欣喜，毕竟找到帮手了。

然而，江忘的语气平淡无波。

“回来怎么不通知一声？”她看了看我们手里的鱼和作料，“昨晚我还问你周末回不回家，你说不回。”她这句话明显是对着江忘讲的。

“他说要给您惊喜。”我鬼使神差地抢答。

我没见过江忘的父亲，不过就目前看，江忘无论是清淡的外形，还是内敛的个性，都隐约向着江妈靠拢。

按理说，母子俩相依为命，关系应当比正常家庭的更深厚。可江忘与江妈妈的相处方式，怎么形容呢，也不是不好，但总觉得中间隔着一道屏障。

彼此在屏障的两端平静地生活，没有谁试图去搬开障碍。

大概他们都明白，谁去搬开，结果都是血雨腥风。

我偶然经历过一次“风雨”，正是十三岁那年，江忘发生煤气中毒事故的时候。

江妈妈怕他做实验走火入魔，自作主张地拆了他房间的锁，希望能时时刻刻关注他的动态，却不料让他有种被监视的感觉，于是我第一次看见他发火。

少年的眉头层层叠叠地堆起来，神色也完完全全冷下去。

“请您离开。”他指着门口，尽量克制。

那时那刻，那被整个家属院的人都贴上清高、孤僻等标签的女人，在十三岁的少年面前竟全无威严。

“小忘……”

她试图解释点什么，饱满的唇瓣微抖。对方却砰地一下摔上门，连同我也被关在外。

这大概是禾鸢觉得江忘难搞的缘故。

因为陈云开生气会摆在脸上，阴和晴，她明明白白，能知道底线在哪儿，但江忘不同。

他的底线，兴许连他自己都不清楚。

超市。

“惊喜？”

江妈大概太了解自己的儿子，不太信我的说辞，立刻向江忘投去视线。

我用肩膀轻轻撞了江忘一下，他接收到信号，估计也于心不忍，终于若有似无地嗯了一声。

立刻，女人保养得当的面容像要开出花。

既然我们答应了江妈妈，鱼就不能拿回我家了。我赶紧通知我妈，结果，她老人家暴跳如雷——

“先前打电话吼着要吃鱼，现在我底料都炒好了，就等鱼，你跟我说不回来了？！林月亮，你最近是不是皮痒？你妈快更年期了，你知道吗？打死人不负责的！”

“老婆，更年期打死人还是要负责的……”

我爸在旁边小心翼翼地提醒，有意分散我妈的怒气，中国好父亲无疑。

“突发情况，我也没想到呀。”趁江妈选作料的空当，我蹿到旁边微微捂着嘴打电话，“在超市碰上江阿姨，总不好当着她的面把她儿子拉到我们家来！”

“江萍？”我妈顿了顿，情绪渐渐平复，“那行，你们好好吃。”

她转变如此之快，让我傻眼。

“顺便问问小忘，她妈上周在医院开水房被烫伤了，情况好些没？我们虽然挨得近，可她一向独来独往，我和你陈阿姨也不好太殷勤。”

这下轮到我心里咯噔一下，明显江忘不知道这件事。

否则，再有什么解不开的心结，他也断不可能过家门而不入。

前阵子报纸统计数据说，百分之八十的年轻人在外学习拼搏，都报喜不报忧。现在看来，百分之八十的父母何尝不是如此？！

收了线，我打量着前方努力与儿子搭话的女人，有种难以名状的感触，当下有个念头猛地跳出。等我意识到，胳膊已经亲亲热热地挽住了江妈妈的，而我明显地感到她的身体僵了僵。

“阿姨，我们买点年糕吧？螃蟹炒年糕也很好吃的！”

很快，我察觉到她在竭尽全力使自己放松：“年糕啊？年糕的话，买宁波产的，有嚼劲。”

"您说好就好！"我完全忽略江忘的意见。

一时间，仿佛江忘和她并非母子，我俩才是母女。

禾鸢与我聊QQ："看你这一出，不像母女情深，倒像是逢年过节和老公商量究竟回娘家还是回婆家。"

"那你见过儿子在自己家跟个客人似的吗？"

这点我真没夸张。

江忘回到家的感觉，竟比我还拘束。

虽然我对下厨没什么经验，可洗菜择菜，我还是会一点，于是全程帮江阿姨打下手。

江忘倒来问过有没有什么他能做的，被江阿姨一句"有月亮就够了，你难得休息"拒绝了。

不一会儿，他大概觉得无聊，回房间去看书了。我则和江妈挤在厨房里，有意无意地向她说起学校里关于他的一切。

女人基本都是听的状态，偶尔露出欣慰的笑，偶尔秀眉微蹙替他担忧，怕他不懂得处理人情世故。

江妈妈："小忘朋友不多，幸亏搬来家属院，认识你们几个。虽然他不善言辞，但我知道他非常重视你们，否则当初也不会拒绝京大医学院的邀请，执意留在川城。可惜造化弄人，陈云开与禾家那姑娘竟考去北京了……"

这话让我一怔，江妈的话锋一转："不过也好，至少你俩现在离得挺近的。他要是在学校发生什么不能解决的事情，你可要第一时间告诉阿姨啊。这孩子吧，打小就倔，从不向我求助，更不求饶……"

突然得知这茬，我惊讶，茫茫然胡乱地应着江妈的话。

傍晚时分，大餐上桌。

五只螃蟹。三只清蒸，两只炒年糕。外加一个水煮鱼，一个番茄蛋汤，看得我垂涎欲滴。

江忘估计也闻到饭香，适时现身，被正在摆菜的我招呼着去拿碗筷。

他径直往冰箱旁边走，找了半天无果，江阿姨这才想起什么似的告知他，说家里买了消毒柜，现在碗筷都在厨房的消毒柜里。

原本是很寻常的一句话，江忘的表情却滞了一下。

我大概猜到他的心理活动，也能估算到他究竟多久没回家了。所以，今天一听他回家吃饭，江妈竟如此兴奋，连我刻意的亲近都不躲避，甚至努力迎合。

不过，那顿饭还算和谐，因为我百般找话题。

江妈心领神会，也时不时地与我搭话："年糕没炒完，你要是喜欢，等会儿带回家，明天让你妈再给你做一顿。我的手艺比起你妈妈来，还有很长的距离，以前小忘老爱上你们家蹭饭，我有次厚着脸皮尝了尝，哈哈，真的很好吃。"

还有这回事。

对啊，大人也是从小孩儿长起来的。

因为有比她更小的孩子需要她引导，所以，她必须强迫自己变成大人，变成肩能扛、手能提，更会审时度势的人。

然后，全世界就顺理成章地忘记，她也曾有过少年心气。

"明天有事吗？"这时，江妈看向了桌子对面的江忘。

江忘端碗的姿势很规矩，从每个角度都精密地控制着它不掉落在地上，和他此刻精心装饰过的表情一样："学校没事，医院有，明早巡诊。"

江妈妈有些失望地点点头："哦，那等会儿吃完饭，你和月亮就先走吧，碗筷我来收，早点回宿舍休息。"

半晌——

"不用，不想折腾了，明天早起去医院一样的。"江忘放下碗，视线不自然地落在桌面。

江妈一时半会儿没反应过来：“这意思是，今晚睡家里吗？”

男孩沉默。

噌地，女人的眼睛亮了：“那我现在去把床单换换，铺久了不睡有灰尘。”她站起来，又顿住，“不急，我还是先洗碗吧……”整个人看起来毫无头绪。

见状，我自告奋勇地帮忙洗碗，促使她和江忘一起去换床单，增加母子俩的相处时间。

等我将厨房收拾完毕，外面天已擦黑，家属院的老路灯却还没亮，窗外的绿叶被罩上一层灰扑扑的颜色。我洗好手，信步逛了一遍江忘的卧室，还是没什么改变，桌上除了书，就是我曾经送的卡通手办。

此刻房间里就剩我俩，他终于放松了些。

看看时间，七点整，男孩坐在窗边的书桌前，忽然冲我招手，要我过去。我以为有什么好风景观赏，结果只听见别人家传来《新闻联播》的音乐。

渐渐地，我听出意思了，《新闻联播》的音乐是从我家传出来的，因为其间还穿插着我妈怒怼我爸的声音。

我爸身为人民教师，坏习惯很少，偏偏就爱饭前饮两口酒，长此下来，肝功能不太好，却就是戒不了。

所以，每天的《新闻联播》开始，基本都是我家鸡飞狗跳之时。我在家的时候，总有这样那样的情况，闹腾得更厉害，家属院这种老房子隔音效果又不太好……

“那，十三岁那年……我……”

须臾，我的脸涨红了。

十三岁的暑假，我来初潮。

本来小学的生理卫生课上有讲过一点点，可我当时根本没把它联系起来，就在上厕所的时候，突然发现有猩红，当时就惊得哭叫起来：“妈！妈！”

我用比高音喇叭还大的分贝喊："我流血了！你快来啊！都沾到裤子上了！好多！我是不是要死了？呜呜呜！"

如今回想起来，我老说江忘是智障，其实在他的心里，估计觉得我才是个傻子吧……

"呵，我不活了。"

就在此刻站的窗边，我羞愤得作势要往下跳。

江忘来拉我，原先隐忍的笑意越发蔓延，眉眼都是弯的："大哥，算了。"他劝导，"我们换个别的死法好吗？这样跳下去，血更多……"

然后，我不想跳楼了，我想打死他。

于是，我回头和他闹在一起，女孩擅长的抓、挠、掐统统用上了。他闪躲着，却不求饶，眼角眉梢洋溢着愉悦。

江妈妈洗完被套没事做，给我们一人冲了杯麦片端进来，恰巧撞见这幅画面。

女人一愣，旋即将麦片放在桌上，同时叮嘱我们："小心点，别摔了。"

我俩下意识地站直了些，隔开点距离，她已经放下杯子往门外走。

到了门口，女人忽然想起什么，回头犹犹豫豫地对我们道："如果你们有什么高兴的事……可以和我讲讲。"说完，她又表情局促地加上一句，"当然，不高兴的也行。"

孩子一旦长大，就注定要飞走，飞到有着无限可能的天空去。

悲伤的是，那对翅膀，往往是父母精心打造为他插上的。

其实，关于未来，我们都不确定好不好，但如果父母在……至少，我们不惧被沿途的风雨折了翅膀。因为你清楚，他们还会竭尽所能地为你再造一双。

尽管他们知道，你还是会再一次地离开他们。

有的爱，关乎人性、欲望。

有的爱，却只是本能。

入校前几个月，算是医学院里最潇洒的日子，要记、要背与操作考核的任务尚且不多，我们还有时间搞些有的没的。

等真正进入专业课程，杜婷率先崩溃。

“以前吧，每当看到那些年轻的帅哥哥主动敞开衣襟供我妈听心音，我就觉得医生是这世上福利最好的职业。现在，但凡听到‘心’和‘音’两个字，我的神经就开始传递恐惧反应。”

我不以为然：“比起让小哥哥敞开衣襟这项福利，我愿意接受被心音支配的恐惧。”

“呵呵，”杜婷冷笑，“等你先弄清楚什么是二尖瓣听诊区、肺动脉瓣听诊区、主动脉瓣听诊区、主动脉瓣第二听诊区……再来对我说大话吧。”

很好，我感谢她，没继续数第一心音、第二心音、第三心音、第四心音……

否则，我可能当场选择退学。

我和杜婷专业不同。我们学护理的虽然也要学心音听诊，但终归只是皮毛，就一本《健康评估》的书，考试难度没有他们临床专业的大，自然不能切身体会她的痛苦。

听说他们第一次诊断学心音考试的时候，百分之九十的学生都对着电脑发蒙。

剩下的百分之十退学去了。

“收缩早期喷射音、收缩中晚期咔啦音……都是什么鬼东西！”杜婷将砖头一样的书砸在桌上，咆哮。

这次轮到刘萌萌犯难：“婷姐，咔啦两个字……到底咋写啊？”

看着那二人痛不欲生的脸，我有种报应不爽的快感——

叫你们刚进宿舍的时候排挤我！

不过，报应确实从不爽约，包括对我的。

因为，第二日，我们就被通知做人体解剖课的准备，大概是为了报复我小肚鸡肠吧。

“人、体、解、剖？！”乍听消息，我嗓音立马颤抖，“护理专业的学生也要学人体解剖的吗？！”

旁边与我同桌的，是班上为数不多的男生之一，叫闻多。这孩子老爱迟到，他进来的时候，只有最后一排、我旁边的位置，遂落座。

闻多：“进校都不做功课？”

他闲闲的、悠悠的，一副看不上我的样子：“人体解剖是护理专业第一堂大课，居然还有白痴为它震惊。”

不可思议，陈云开离开后，居然有人代替他来歧视我。

但我毕竟长了一岁，所以，我告诉自己，心智应该成熟了。于是，我假装没听见、不反驳，只在心里默默地记下一笔：千万别哪日犯在我的手里。

虽然心理上的不适暂时得不到缓解，可众所周知，解剖课上的遗体来之不易。

身体发肤，受之父母。不敢毁伤，孝之始也。

大多国人思想传统，所以当下愿意捐赠遗体的人少之又少。为了表示对逝者的尊重，我们都统一称之为“大体老师”。

彼时，也是全国开始普及普通话的年头。川城医学院上下，无论刚入校的初级教师，还是名望高的老教授，都得开始使用普通话教学，这可苦了给我们上人体解剖课的老师。

他四十来岁的年纪，操着并不熟练的川城普通话向我们介绍各种器官的名称。他说几个字，全班就哄堂大笑几次，倒是对紧张的气氛起到了缓和的作用。

“林月亮，你来指一下，肛门在哪里。”突然，老师为了立威，故作严肃地点了我的名，因为我笑得最大声。

这下，我笑不出来了，在众目睽睽之下，“大体老师”又是位男性……老师第一次就让我当众指肛门，这个下马威是不是下得太重了。

再说，白痴应该都知道在哪儿好吗！

“快点。”见我迟迟没反应，老师推了推眼镜，催促。

迫不得已，我心一横，这才竖起拇指朝着隐秘的地方去。

“我说的是肛门。”老师隐隐要炸了。

我觉得委屈：“是、是肛门啊！

结果，又引起一阵让耳朵嗡鸣的哄笑声。而后，我察觉伸出去的手被人拉了拉，拉到遗体的上半身部位，“肛（肝）门！这里！”

妈耶，他说的是肝门。

普通话不好，真要人的老命了。

就因为我当众指肛门的这件事儿，杜婷不知在我面前嘲笑了多久。反正从那以后，我再也不敢说她智障，再也不敢说她连听心音都不会什么的。

总之，那阵子，学习时间开始紧凑，我和江忘虽说是同校，可见面的时间并不多。

要么我泡在寝室背人体结构表，要么他待在实验室，或者在川城医学院附院坐班巡诊。

我见过江忘穿白大褂的样子，却没见过他面对病人的模样，一直想哪天抽空去转转。

川城医学院附院没有北京协和名气大，可它的几项新型临床技术专利以及综合设施，让其不久前挤进了全国最佳医院排行榜前十。这无疑给后来考川城医学院的孩子又提升了难度，想来，我其实已够幸运。

“要探班的话，周日下午可以。”江忘发来QQ消息，“我巡诊完，可以一起吃晚饭，然后回学校。”

我抱着手机斟酌字句，不想立刻答应，怕表现得太急迫，又不想拒绝，最终迂回地问：“吃什么？”

“你喜欢的，炒香锅？”

为了这顿炒香锅，那兵荒马乱的一周，我才顺利熬过去。

自打上了人体解剖课，我们护理学院又迎来采血实训，我和闻多被分到一组。

闻多嘴是毒，机灵劲也挺足。他看出我想报仇，赶紧凑到我的耳边说：“小月亮，我们是互相采血哦。”意思是，我怎么对他，他肯定十倍、百倍地还给我。

话至此，我没什么好说的。反正认㞞是我的专利，打不过就跑呗。

可我没想到，闻多斤斤计较的劲儿已经到了炉火纯青的地步。

我不过在采血的过程中多抽了他一百毫升，他就当场叫唤起来：“唉，我不行了！我失血过多，要晕了！快！快给我打回去！”

我当时吓得也手足无措，条件反射地放了针管：“怎、怎么打回去啊？！”

结果，我就跟着他被带教老师罚，留下来反反复复地进行血液采集流程。

“见多了奇葩，就觉得你可爱多了。”当晚，我真诚地对杜婷说。

杜婷怼了句什么，我没注意听，因为我的手机正好收到一条来自陈云开的短信——

我周日回川城。

Chapter 7
他的痕

十八岁那天，
我选择为青春画句号，
并不觉得多疼。

陈云开此次回川城，是沾了他们京大医学院导师的光，去附近某城市参加一个医学项目计划。

那城市没机场，只好降落在川城，再经大巴车周转。周转中间有几小时的空闲，他说给我带了礼物，叫我有空去大巴车站拿。

杜婷："那你周日到底要去医院探江忘的班，还是去见陈云开？"

"亲，有冲突？"我不解，"陈云开上午到，我下午去医院。"这又不是演电视，非此即彼。

杜婷失望："还以为能看见三角恋的场面。我爱你，你却为他放弃了我……"

"哈哈。"我笑疯了，"陈云开听见这句话估计会揍死你。"

没缘由地，我就是觉得，陈云开不可能喜欢我。

欢喜冤家的戏码在现实中虽然很多，但在陈云开每一次的选择中，每一次，我与禾鸢，我都是被放弃的那个。

我可以十分笃定地说，如果有朝一日我与禾鸢双双被绑架，绑匪说只能有一人活下来，这个生的机会，他肯定不是给我。

我不知道从什么时候起有了这样的笃定，反正从有这样的笃定开始，我就在心里慢慢擦掉那些不该被放大的细枝末节。

尽管嘴上还习惯性地嚷着"我喜欢陈云开，他好帅，他是土豪"，但内心深处，我比谁都清楚，对他而言，我是重要的朋友，却不是意义非凡的那种。

所以，十八岁那天，我选择为青春画句号，并不觉得多疼。

因为，我早有心理准备。

我甚至不是为了得到才去告白，更多的是为了给自己一种仪式感，去心甘情愿地放弃。

反之，更诡异的是，我几乎从没怀疑过，我对江忘的重要性。

他未曾真正表达过什么，但我总下意识地把他当作我的所有物。他可以对全世界凶，唯独不能对我，哪怕就一点冷落。

结果……

“飞机晚点了，下午到。”周日早上，我收到陈云开的短信，顿时风中凌乱。

杜婷这张乌鸦嘴，我回去就要撕了它。

正当我纠结应该怎么回复，陈云开像是隔空察觉到我的犹豫，又追加一句：“保证是你很喜欢的礼物。”

我这人，好奇心重，一下被他要给我的礼物吸引。思来想去，我终于老老实实地向江忘坦白：“要不，我下周来探班？”语气那叫一个小心翼翼。

我忐忑地等了好半天，一个辨不出喜怒的“哦”字传过来。

“你，不高兴啦？”

这句话始终没得到回应。

一下子，我的心情也有点 down。

“江医生。”护士敲门唤回盯着手机的人，“院办主任让您现在去会议室一趟。”

“说什么事儿了吗？”

“应该是商量小蔡的去留问题。”

小蔡和江忘都来自川城医学院，几乎同时进的医院。

论年龄，小蔡长江忘几岁，却不善言辞，两人几乎没交集。唯独一次，护士们议论这位年少成名的天才时，拿小蔡比较，被小蔡撞见，呵斥了一句：“该干吗干吗去。”

从此，护士间就流传着小蔡嫉妒江忘，两人不和的流言。

不是冤家不聚头。

前不久，有位刚做完手术的病人交给小蔡负责。病人血清钾浓度2.6mmol/L，心率每分钟达一百多次，小蔡下达了每日静滴三克氯化钾的医嘱，来帮病人恢复正常的食欲和减去肠鸣音。

不料，第三天，病人就出现高血钾症状，开始烦躁不安、意识不清。

值班护士发现情况不太对，就近拉了已经下班的江忘说明情况。他立刻注射利尿剂为病人排钾，一系列措施后，才免去严重后果的出现。然而，小蔡坚持认为，这是护士的锅。

“她没及时将病人的血钾情况报告给我，才导致我继续开出了每日三克氯化钾的剂量。”

护士也是初来乍到，护理经验并不足，当着众院领导的面哆哆嗦嗦：“我……蔡医生要我怎么做，我就怎么做的，他没叫我查血钾……”

“小江，你怎么看？”院办主任听了个大概，偏头问江忘，“这次医疗事故是你处理的，院里觉得你有发言权。小蔡又和你一样来自川城医学院，他的情况，你可能比我们更了解。”

言下是问小蔡平日的表现，这个人值不值得留下来。

“双方都有不可推卸的责任。”青年不知在分神想什么，表情有些漫不经心。

“那你个人觉得，这件事应该怎么处理？”

江忘略一沉默：“公事公办。”

小蔡是正规年限毕业的医学生，二十来岁，目前处于实习阶段，并非合同工，院办主任处理起来倒也不困难。

眼看现场没有谁要帮腔的意思，院办主任当即有了主意，辞退小蔡的正式文件下午就到达了当事人的手上。

“江忘！”下午三点光景，走廊上的病人和护士们都看见一个气势汹汹的身影，狂风一般冲进某间办公室，“我不清楚你听到过什么鬼话，对我有什么意见，但好歹我们是一个学校的，就算不帮把手，也不必落井下石！”

小蔡确实存有过嫉妒之心，认为江忘不过二十虚岁的年纪，已经触到自己努力十年都不见得能触到的平台。但这份嫉妒里没有恶意，不过是一个普通人在仰望高山时自然发出的唏嘘。

这份嫉妒里，夹着欣赏。

“问题不大，拿着处方，缴费取药就行。”长白桌后面的青年始终按捺着，诊治病人。

“谢谢医生。”

病人起身走到门边，贴心地想关门，被江忘微微一笑制止：“不用，丢人的不是我。”

小蔡的脸一下子由通红变成青白。

“呵，”片刻后，小蔡冷笑，“江忘，你是不是觉得自己挺了不起？”

“如果是和你比较，也许有那么一点。”

小蔡彻底被噎住。

外界传闻的天才，温文尔雅、待人有礼，根本和“刻薄”这个词没关系。今天不知他受了什么刺激，浑身是刺。

江忘：“医生一次失误，最严重的结果，是根本没机会问患者一句能否原谅。公平是相互的，任何人都没霸占它的特权。你要是觉得我公报私仇，我可以很明确地回答——我不认识你。”

不认识，哪儿来的仇。

“那就一视同仁啊！”小蔡激动起来，猛一拍桌子，“错误是一起犯的，为什么被开除的只有我？”

初出茅庐的那位护士不知什么来头，不过在公开批评栏上出现了一会儿，之后便再无水花。

“申诉也不该找我。”

“可我以为你会不一样，江忘——我以为大家都是普通家庭成长起来的，选了一条不好走的路，辛辛苦苦进入大医院实习，会更理解彼此的处境与辛苦。就算非亲非故，谈不上扶持，至少说句好话给对方一个改过自新的机会，不管结果如何……这种小事，我以为你会做。”

两人隔着长桌四目相对，一个站着，一个坐着，不寻常的气氛越来越强烈。

“看来我想多了。”小蔡明显不理智，开始口不择言，“见惯了绿灯，十八岁就成为人和医院高层座上宾，攀天梯一样进入科研流动站的你，怎会和我们这些普通人感同身受？！你和我讲公平，讲无法原谅？行啊，江忘，今儿我俩要是在办公室动起手来，我倒要看看医院会给你什么处分？！你嘴里所谓的公平到底长什么样儿！”

小蔡说着就要动拳头，可江忘岿然不动，一副“你的剧本，我没兴趣参演”的表情。

不料小蔡不知从哪里听来的流言蜚语，为了激怒江忘，捕风捉影地又接了一句：“正好我也想看看，人和医院的院长是不是真会为了你妈，爱屋及乌地为你撑腰！”

后面的对话，我便不再清楚，因为这次，江忘主动锁了门。

我能得知大体的情况，还归功于八卦的小护士们。

抵达医院，一听他俩独处一室，我下意识觉得不好，没多想就在众目睽睽之下踹了门。哐啷一声，保安和我同时冲进去，恰好看见江忘手里有把锋利的手术刀正银光闪烁。

而比那刀光更寒意四射的，是青年的眼睛。

小蔡被江忘以身高优势压制在壁上，本能地躲闪着。眼见制止已来不及，千钧一发之际，我伸出手去。

哗地一下，肉过刀锋。

刀锋很薄，伤口面积不大，却正好切在中指上，过了一会儿，血才慢条斯理地渗出来，越渗越多。

起初，我也没察觉多疼，被江忘急急地一捧，我才像突然吃了口辣椒，钻心地痛。

我的伤口说大不大，却见了肉，江忘临走前将我交给某个缝合挺厉害的女医生。这场交锋惊动了保卫室，自然瞒不了院领导，两人被叫去问情况。

等他再出来，早过了晚饭的点，说好的炒香锅自然落空。

江忘因滋事被记过处分。据说，梁钦还为此打了电话，用了自己的面子，医院又看在他刚立了功的分上才从轻处理，让他回家休息一周再来坐班。

这没什么大不了，反正医院那边的流言蜚语已经传遍了，他不去听也好。

从医院大楼出来，男孩周身寒气还没散，仿佛要与初冬的雾气融为一体。

我知道他在难过什么。

他难过的是小蔡一语中的了。

同样犯错误，医院对待小蔡不留余地，面对有后台的新手护士和名声在外的江忘，却更倾向于网开一面。

江忘宁愿没有这些光环和若有似无的保护伞，至少脊梁不会被戳弯。他想要的世界非黑即白，可生活里多的是模糊地带。他再不想踩，深一脚浅一脚的印子却早已成形。

初尝社会的规则和人心，江忘难以面对，哪怕是自己。

那夜，我难得安静地跟着江忘跳上公交车，跟他在川城医学院后门下车，全程没说一句话。

雾蒙蒙的夜稍微一点光就能引起注意，炒板栗的香味更是突出。

卖板栗的是个四十多岁的妇女，行动特利索，旁边还有个十来岁的小孩儿正借着昏暗的灯光做作业。我向老板娘买了一份板栗，同时微微一拽江忘的袖子，强行搭话——

“帮我剥。”

江忘的目光这才落在我拽他的手上，正是受伤的那只。

“自己剥不行？”青年眸子深深，语气中夹了嘲讽，“大哥什么场面没见过？！这点痛，不值一提。”

“这点痛的确不值一提，”我呼口气说，“只要你没事就行。”

青年视线中的凌厉瞬间少了一半，却好似还气不过。

“知道那一刀下去最严重的后果是什么吗？”江忘努力想做出恐吓的表情，“最严重的不止伤筋动骨，还可能永远没办法再自己剥栗子。”

“那不正好？我本来就不喜欢剥栗子，趁机赖上你。”

江忘的气就彻底没处撒了。

看来，没事翻翻《说话大全》还是管用的。

炒栗子的老板娘布置了一张小桌子，用来供孩子写作业。我看江忘脸色渐渐好些，趁势拉他坐下，三人挤在一张小桌前。

“来嘛，来嘛，剥完再走，回寝室后，杜婷才不会帮我！”

其实我是不想给他太多独处的时间，避免他想东想西。

江忘的手指好看，骨节分明，干净修长，连剥板栗这么烦琐的动作，他都做得十分有条理，像在分解什么细胞似的。

“陈云开送你什么礼物了？”中途，青年佯装无意地问起。

我智商不高，情商却绝对不开玩笑，当即反应过来他是在试探，试探我究竟有没有抽空去和陈云开见面。

“压根没见到。”我塞了两颗栗子进嘴里，含混不清地道，“上了出租车，我才发现钱没带够，到不了车站，只能到半道儿，恰好就是你们医院附近，所以……”

没等江忘说点什么，同桌做作业的小孩先嫌弃地看了我一眼——

“没钱谈什么恋爱？！”他稚气未脱地讲。

“胡说什么！”刚忙过一轮的老板娘比我更先跳脚。

我为了让自己看起来像和蔼可亲的、善良的女大学生，立即摆手装大方：“没事，没事，小孩子嘛。”

老板娘似乎在教育孩子礼仪方面挺有原则，当即板起脸威胁：“闻小，立马给姐姐道歉，不然，抽你，信吗！”

“不信。”小孩嘴犟，“老说抽我哥，也没见你抽。”

“回去我就抽，你俩一起抽！螺旋转那种！”妇女真生气了，扔了锅铲就想现场动手。

小少年下意识地躲，我半开玩笑地拦：“阿姨，您先忙，生意重要。一会儿我就把这小家伙带回家，让我妈来打。反正她平常就打我一个，力气怪浪费的。”

“那敢情好！”

妇女一边应付新来的客人，一边配合我演：“把我家老大也一起捎回去？他学护理的，哪儿磕磕碰碰了，自己就能上药，很扛揍。”

我俩的对话估计让江忘想起儿时什么片段，有些忍俊不禁，眉头疑似更松动了一些，紧接着，不远处传来一声大吼——

“有您这么坑儿子的？！”

与此同时，我身后的小少年一蹦三尺远，跳到对方的身边去，兴冲冲地喊：“哥！”

然后，我与闻多大眼瞪小眼。

起初隔了点距离，闻多没认出江忘，直到走近后，神色才有点慌。尤其在看见江忘面无异色地替我剥栗子的时候，他脸上写满“三观俱碎”四个大字。

“能别大肆宣传吗？”

回学校的路上，我求闻多。

闻多彻底生无可恋：“林月亮，其实你不这么加戏地说一句，我真没多想。”

“哦，呵呵呵，也对。我和江忘本来就没什么见不得光的关系，一个院子里长大的小伙伴而已。”

“那你还要我别说出去？”闻多觉得更不可思议了，“上次你发小考京大医学院，你吹嘘了大半个月。现在和风云人物青梅竹马这种爆点，你居然想隐瞒？！画风突变了？不想红了？”

“我想啊！我怎么不想。我巴不得全世界最牛的人物都围着我转圈圈，巴不得他们得道，我也能跟着升天！”

在发生今天这场意外之前，我依旧这样期待着。

可当我领教过流言的威力，发现它竟能让那样温和无害的青年掀桌拔刀，我便不想再给他增加额外的心理负担了。

我不乐意看他闷闷不乐的模样，更不希望造成他闷闷不乐的原因是我。

流动站的宿舍比我们的宿舍近，江忘提前告别，此刻就剩我和闻多。

他大概看我难得正经，一时没再毒舌，只和我讨价还价："保密可以，以后上课点名的事，你就负责吧。"他每晚都会去后校门帮闻母收摊，习惯了晚睡，早晨的课经常因为起不来而赶不上。

不是我不愿意——

"可我是女声啊？"

"你扯开嗓门，和男声有多大区别？"

……

我只听说过，为了红不择手段，没听说过为了低调"割地赔款"的。

江忘这熊孩子，真是我的克星。

不过，熊孩子还是有点用处。

没几日，他给我打电话，要我趁中午吃饭的时间去他宿舍一趟。

"你的伤口该换药了。"他低声道，似乎还在实验室里。

不瞒各位，从小到大，我天不怕地不怕，独独怕痛。

天知道十几岁的我中了什么毒，居然甘愿为一个少年爬树，还从树上摔下来，差点半身瘫痪。如今情况不仅没改善，甚至恶化到用身体去对抗薄刃的程度。

"还是，你希望阿姨帮你处理？"怕我不去，江忘搬出我妈来威胁。

说到这，题外话，我妈疑似阻止过我考医学院，在我填志愿的时候——

"想好了，你。"她表情严肃，"攥在你手里的不只是病人的生命，还有病人的未来。"

就拿她所在的妇产科举例，听说观摩的第一台手术就是人流。那画面怎么形容，就像将一把竹刷硬戳进一颗柔软的草莓，再来回刷掉它身上每一颗草莓粒。

最后草莓的身体变得单薄无比，脆得用手一碰就变形，一不小心就终身不孕。

“医生和护士的使命除了治病，还要对患者保持怜悯之心，在不可逆的伤害面前尽量去保全病人的身心。你向来毛手毛脚，说实在的，我真不放心谁落在你的手里。”我妈循循善诱。

后来拜她所赐，我还看了部分纪录片，提前做好心理建设。

所以，江忘不主动找我，我也是要找他的。

我得拿出大哥的架子，郑重其事地告诉他，医生这个职业多重要、多神圣。而他那样好看的一双手，手握利刃，不该是为了伤人……

可我始终没能给江忘灌下这碗鸡汤。

因为去他宿舍那日，在我还没组织好开场白的时候，他竟反过来先告诉我，其实做医生不是他的梦想。

江忘：“小时候本来对物理感兴趣，但后来发现坚持不下去。”

他在准备消毒水和拆线钳的时候突然冷不丁说了一句，接着便有些走神。

我察觉其中隐藏着什么不可告人的秘密，下意识不想追究，没想到江忘先打开了话匣子——

“我爸年轻那会儿也搞过物理研究，但那时大环境不行，后来不了了之，至于我妈……”他一顿，“常为了我爸不切实际这件事吵架，可能对我造成了影响吧。”

来之前，我并未期待某些难以启齿的往事，会真的被他摊开在我的面前。可他叙述时的表情太平静，让我觉得他好像在讨论今天的好天气，以至于我忘了打断。

江妈和人和医院的院长，的确是旧相识。

说来寻常，两人年轻时在一次乡村医疗支援行动中互相倾心，有过一段人人都艳羡的纯真恋情，然而那段好日子，随着支援行动结束就也跟着画了句号。

因为江妈妈陡然发现，院长下乡之前便有婚约在身，对方是卫生部某领导的千金。

得知真相的江妈大受打击，冲动下答应了追求者江爸的求婚，和那时的院长断得一干二净，连书信往来也没有，直到江忘出生。

江忘的到来很突然，并未在江妈妈的计划之内，以至于他早产，一出生就进了无菌室，花去一大笔医疗费，让原本拮据的家庭雪上加霜。

揭不开锅的时候，江妈妈试图将自制的治疗皮肤过敏的膏药拿去药店销售。

但她是半路出家的实习医生，感情受创后，也没心思继续学业了，理所当然资质不合格，不得已只好摆地摊，属于无证经营。

后来，她就被人举报了。

距离支援活动五年过去，院长已经是当时小有名气的外科主任，按照既定的路线与千金结了婚，拥有了自己的人脉关系，并一直默默地关注着江妈。

江妈一出事，率先得到消息赶到派出所的竟不是江爸，而是院长。

江爸是县里一名中学教师，教物理，理想为先的人格典型，因个性偏执，和好几次晋升机会擦肩，最终只能留在县里，但他不泄气。

对他而言，教书只是他搞研究的一个旁支而已。

他坚信，有朝一日，自己能发现和牛顿引力一样厉害的定律。

但江妈没等到这一日。

艰苦的生活环境，她能克服，可体弱多病的江忘让她身心俱疲。

最初控制病情的时候，医生建议江妈用进口药，说副作用小。为了江忘，她咬咬牙，用了。一连几年下来，家里的积蓄所剩无几，已经是强弩之末，没想到又出了因无证经营面临天价罚款的意外。

亦是同天晚上，江忘吃了不干净的食物高烧不退、呕吐不止，被送到医院，连吊水的钱都是拼凑出来的。

关键时刻，院长伸出援手，并表示自己只是出于补偿心理，从此两不相欠。

终于，接二连三的打击，孱弱求生的儿子，都让江妈的骄傲史无前例地落了下风，伸出了接信封的手。

不过，她终归是有原则、有底线的女人。

江妈收了钱，坚决要打欠条，谁知拉扯的时候被县里的人看见，从此漫天风言风语。

江爸穷，却心气比谁都高。他认为江妈即便借钱，也不该借院长的钱，两人三天一小吵，五天一大吵，更在推搡间伤到前来劝和的小江忘。

那是压死这段婚姻的最后一根稻草。

两人离婚无须费什么劲，毕竟没财产纠纷，唯独拟离婚协议的时候，江妈坚持要儿子，江家不同意，骂的话出奇地难听。

江爸凭着对江妈的最后一点爱意，和家人据理力争，被气得哮喘发作，撒手人寰。

所以，江妈不是离异，而是丧偶。

这么多年，她毫不解释，估计是不想再触碰那段分不清谁是谁非的回忆。

又或者说，在她的内心深处，是认为自己有罪的。

她并未真正做出寡廉鲜耻的事，可她冒着甘愿被误解的风险，也要接受院长的帮助，这是事实。

江爸离世后，江家彻底容不下她。孤儿寡母生存困难，她再一次按照院长的安排，继续学业，考取医师资格证，进入人和医院工作……

所有的细枝末节，都让她无法挺起腰杆对每个看热闹的外人说——滚。

这便是江忘和江妈产生隔阂的真正原因。

无论站在什么角度，他当然都不希望自己的母亲被诟病行为不端。

可江忘又比谁都清楚：若非为了自己，若非不想他再受颠沛流离、连病都看不起的苦，江妈不会铤而走险，给自己的人生泼一盆洗也洗不清的脏水。

他们原本该是世上最亲密的人，却不想，竟成为最亲密的陌生人。

“基因遗传吧，我从小也对物理感兴趣。”江忘端着器械转过身，坐下说，“我妈表面上支持，其实内心煎熬。兴许她看见我，就不自觉地想起我爸，所以……”

所以，后来，他放弃了。

半路出家学医，估计也是受了些童年记忆的影响，他不想轻易让生命掌握在别人的手上。

谈起往事，江忘尽量简而言之，却听得我莫名不是滋味。

“江忘。”我叫，“没有伤痕累累的过去，就不会有新的开始啊！你看，如果你依然钻研物理，我们就没办法上同一所大学了。到时我的板栗只能自己剥；我的饭卡透支了，也没办法蹭你的；你拿了奖金，我也没机会敲诈你吃顿好的……”

我的天，我本来想继续走鸡汤路线的，结果说一通后，发现，他的人生若没有我，兴许会过得更快乐些。

“但是，但是，”我试图挽回形象，“如果有一天，有人让你觉得自己的存在没价值，江忘，你千万别在意他，只要记得我今天说的这些就好。你可以为我剥板栗，可以救济我这个难民，可以给我买很多好吃的。哪怕这些意义很微末，但它们从来不是为了伟大而存在的。它们只是为了在你灰心失望的某一天，让你记得，你曾经对别人而言，多么重要。”

你对我很重要。

我努力睁大眼睛传递信息，期望小说里描绘的眼神真能讲话。

亏我讲得那么深情，江忘竟神色微妙地避开了视线。

“伤口比预想中的深。”他突然没头没脑地说了一句。

不知什么时候，我左手中指上的纱布已经被小心翼翼地拆开。有人盯着粉嫩的肉，眼睫颤动。

我被他瞬间闪过的愧疚之色刺激，没经思考就唰地抬了抬手，将像树皮纹路一样的伤痕凑得离他更近：“吹一下？”

男孩总算肯正视我，眼神充满不解。

我保持着姿势，强行撑住我的厚脸皮：“不懂？那换个说法，呼呼？韩剧里都是这么撒娇的，好像呼完真不痛了似的。”

而后那双眸子里的不解，悉数化成了春日里惊艳的闪电。

江忘偏头忍笑，最终没忍住，下意识地用手掌的虎口掩了一下嘴，点头如捣蒜地附和：“到底痛不痛，大哥验证下就知道了。”说完，他真的捧住我的手放到嘴边，试探地吹气。

我原本只是开玩笑，想缓解下有些压抑的气氛，哪知他当真。

窗户旁、沙发上，初冬难得的暖阳，照得江忘的侧脸一片金茫茫。我感觉手上曾来过几阵温和的风。风过留痕，从伤口卷进血肉，叫我所有神经都沸腾，以至于我懵懵懂懂的，也不知有的对话到底是不是真的发生过——

“喂……你这么认真的表情，好像我和你的实验标本一样重要，必须配高倍显微镜才能看清。”

捧住我的手掌疑似僵了僵。

良久——

“不是。”他讲。

“你比标本更重要。”

北京。

还身处南方川城时，一到冬日，禾鸢的手指就会冻出一个个小冻疮，又疼又痒，以至于整个冬天跟废人似的，什么都干不了。今年，她到了北方，有了地暖，冻疮竟没作乱，不禁让她对这座帝王城市平添许多好感。

陈云开好像也挺喜欢。

前不久，她去京大医学院寻他，发现他与舍友PK打篮球，向来吊打家属院小伙伴的他如今棋逢敌手，在刺骨寒意中与队友一起挥洒热汗。

禾鸢故意跟在一个姑娘的身后一起递水，看陈云开半点没犹豫地接过自己的，给对方难堪。

那女孩下意识地转头看禾鸢，对上她姣好的面容与略带侵略性的眼神，立马瑟缩地收回手，小步跑开。

类似这样的戏码层出不穷，她对林月亮也做过。

她喜欢看陈云开做选择，更喜欢看他每一次的选择都是向自己伸手。

好笑的是，在外人眼中天生一对的两个人，在高中就被全世界误认为早恋的她和他，时至今日还没谁捅破那层窗户纸。

陈云开对她的确好，但这种好不足以支撑她在旁观者问起时，颇有底气地回答说："对，他是我男朋友。"

她甚至利用同校男生去试探，却发现他总能滴水不漏地将话题转开。

就在她几乎要对某些坚信的东西产生怀疑，陈云开又做了件让她动容的事情，打消了她的顾虑。

事情还得从头说起。

前不久，禾鸢在学校试镜时，认识了一个拍摄短片的导演。这位导演在业界初露头角，想选温和有朝气的演员，可惜禾鸢的五官够精致，却偏凌厉，最终失之交臂，但两人还是客套地交换了联系方式。

没几日，她在这位导演的QQ说说上发现，对方正在广求协和医院某专科主任的联系方式。

这位主任的号很难挂，按照正常程序，估计得排到明年，家人的病情等不了，导演只得广发"英雄帖"。禾鸢大概模模糊糊地意识到，这对自己而言是个机会，思来想去，终于抛下自尊，问了陈云开。

之前，她无意间听陈云开提起，这位主任和他的导师是知交。

其实，禾鸢一开口就做好了心理准备，因为陈云开不见得会答应。他看似吊儿郎当，实则骨子里傲娇过头，这种牵线搭桥走后门的行径，他不屑做。

消息发过去，果不其然，那边很久没回复。

等到翌日午后，她才得来他迟迟的三个字："我问问。"

禾鸢惊呆。

如果为她违背原则还不是出于喜欢的话，那她想不出到底有什么理由，能驱使他对她鞍前马后、唯命是从了。

就在那一天，禾鸢甚至想过，要不自己先开口？反正这年头，女生主动已经不算什么稀奇事了，路人都拍手点赞呢。

为此，她斟酌了很久，还想向林月亮取经，问她当初准备的表白词是什么样儿的——

"既然你没用上，我帮你试试效果怎么样。"言语里头杂着试探。

可林月亮和江忘留在川城不知经历了什么，如今的注意力好似全被拉扯去，没心没肺的劲儿超出天际："我忘了……网上找的，你搜索试试？"她还发来一个诚恳的表情。

禾鸢真羡慕她。

林月亮活出了最肆意的少女样子，完整地拥有了青春期该有的一切——暗恋、失落、为目标努力、想做什么就做什么……哪怕目标没了，也可以快速重整旗鼓，开始新旅途。

她不留恋过往。

"她留恋的。"忽然有一日，聊起这个姑娘来，陈云开难得情绪化了一会儿，"只是对某些人而言，抱头痛哭是留恋的表现。可对另一部分人来讲，真正的念念不忘根本都不敢流于表面。"

禾鸢怔了怔。

"不过，"他戳着意大利面，撇嘴吐槽，"那家伙，花心是真花心。"

她以为自己不知道，小学一年级，她给那个写字很好看的男同桌送铅笔刀，哄得对方答应为她写老师规定的字帖。那阵子，她见谁都是“同桌好，同桌妙，同桌呱呱叫”。

结果，后来男同桌说每天写两份，手疼，能不能不写了，她立马翻脸不认人，夺回铅笔刀。

初一，做值日，为了偷懒在黑板上“消失”掉，她给负责值日的班委带了一个月的早餐，吃得人家再也不想看见豆浆、油条。

高一，她学会下围棋，兴许是有些机灵，棋艺横扫千军，弄得班里好几个男生都暗地里对她刮目相看，并在各种节日投其所好地送这、送那。她来者不拒，回头还对他百般炫耀。

陈云开总忍不住骂她：“傻子。”

她倒伶牙俐齿：“我这叫‘识时务者为俊杰’。”

谁对她好，她就喜欢谁。哪天对方要是对她不好了，她就不喜欢了。她投入的时候，忘我；抽离的时候，忘你。这不是世人皆所求吗？！怎么会和“傻”字沾上边。

“那你这些没谱的烂桃花就别给我报了，免得我每天回去给你妈打好几次小报告，累得慌。”

陈云开睨她：“等什么时候，你遇见一个……”

少年一只手拎着校服，一只手搭着单车车把想了想：“遇见一个对你不那么好，你还是狠不下心转身就走的人，再来通知我棒打鸳鸯。”

“不可能。”

少女笃定：“真有那天，你别打鸳鸯了，就打我吧。用力抽醒我，但我不会给你出手的理由。”

陈云开被她认真的表情逗笑，心里模模糊糊地闪过一些什么。

还没来得及确认，他就被禾鸢远远的一声叫唤打断了。

Chapter 8
要伤害，只能我来

很想打一个不用说话的电话。
只要你在电话那端，
我可以枕着电话筒就好。

今年川城的寒流比往年来得晚。

及至圣诞节前后，人们一个个才裹得跟粽子似的。

没去医院那段时间，江忘基本都和常放混在流动站的实验室里。我后来还听说，医院事件当日，常婉也在场。

她陪常妈妈去进行每年的例行体检，撞见江忘和保卫一起进了院办主任的办公室。经过旁人东拼西凑，她听了个大概，立马通风报信。这也就能解释，为何梁钦如此迅速地打出那通维护江忘的电话。

但江忘没空深想。

他正在观察的细菌标本到了尾期，分裂结果特别重要，连我俩的联系频率都明显减少。

倒是我和常婉在学校里遇见过一次。她存心来找小蔡麻烦，想为江忘出口气，被我撞见。

常婉："同学，我这包可不就是你烫坏的吗？我又没要求你赔正品，就想要一句道歉。怎么，你们医学生这么高贵，道个歉这么难，连基本的素质都不具备？"

胡搅蛮缠的架势快赶上我了。

为什么讲她胡搅蛮缠？因为我目睹了事情的全部经过。

公用的开水房离男生宿舍近，相对来讲比较有秩序，运气好还能遇到一个师兄帮忙做苦力。于是，我经常舍近求远跑这儿来打水，恰巧撞见常婉自己开了随身保温杯，对着她的名牌挎包兜头浇下，接着扯开嗓子无理取闹。

小蔡不知她什么来头，不想搭理，谁知围观的人越来越多。

"毁了人家上万元的包，道个歉应该的吧。"有识货的学生帮腔。

小蔡："你哪只眼睛看见我把水洒到她的包上了？！真这么泼上去，她还能好好地站在这里，就为要一句道歉？！同学，你药管专业的吧？平常都不用动脑子。"

个人矛盾上升到专业矛盾，一时人群哗然。

我有些可怜小蔡。

他来自某县城，家境貌似不太好，深信心灵鸡汤，觉得只有知识能带他走上罗马大道，于是一门心思钻研专业课本，两耳不闻窗外事。但那些鸡汤没告诉他，为人处事也是知识——

社会知识。

如果他一点儿不懂得变通，说话不分场合，全凭心直口快，恐怕罗马的影都没瞧见就被打死在路上了。

医院事件就是顶好的例子。

原本事情没闹开，医院对他只是私底下劝退，并未大肆宣扬。可他故意和江忘起冲突，人多口杂，一传十、十传百，以后还有多少大医院敢要他？！

“刚刚我也在现场——”

思索了一下，我从人群中站出来，迅速对上小蔡求救的目光，我却不着痕迹地将视线投到常婉的方向。

“虽然他烫坏你的包是事实，可人这么多，一个大男人拉不下脸面道歉也正常，这位同学，得饶人处且饶人吧。”我面不改色地讲。

而后，常婉惊呆了，小蔡暴走。

周边人头攒动，声讨他的声浪一波接一波，什么难听的话都有。

不开玩笑，有几秒，我觉得小蔡握紧了一下拳头，是要揍我，就像他对江忘下手那样，但我并不害怕。我甚至逾越雷池主动上前，用只有我们两人才能听见的声音说：“被冤枉的滋味怎么样？”

造谣一时爽，迟早火葬场。

“那个替你收拾烂摊子，才没造成重大伤亡的人，让你逃过了灭顶之灾。你非但不感恩，反将自己受的不公待遇归咎到他的身上，说些捕风捉影的东西让他沦为话柄……当你这么做的时候，应该想到有今日吧？毕竟报应不爽。”

一席话，小蔡总算隐约将我认出，我就是那日在医院替他挡刀的

“田螺”姑娘。

他当然没傻到以为我是为了保护他才硬着头皮往上冲的，而是为了不让江忘受到更严重的指控。如果江忘伤了他，那个如一张白纸般的男孩恐怕如今已经深陷牢狱之灾。

我从小守到大的男孩，如果一定得有人伤害，也只能我来。

说完，我掉头就走，不管当事人如何瞠目结舌。

常婉本来有些无措，见我离开，立马跟来，到了没人的地方，才不轻不重地扯我一把。

“喂，林月亮！”她叫，“没看出来啊，你比我腹黑好多！成天在江忘面前装得跟清纯少女似的，让他生怕谁把你欺负了，不料你不算计别人都阿弥陀佛了。”

她的口气一下子让我想起了闻多。

每次我对他使坏，报复他在解剖课上难为我，他就阴阳怪气地来一句：“林月亮，你真的是 bad girl（坏女孩）。”我并不反驳。

人需要一点伪装色。

这个认知，在禾鸢抢走陈云开的注视的时候，我就明白了。如果我拒绝伪装，那我和陈云开早就闹掰，分头老死，连挚交好友都没法儿做。

正因为如此，我才默认了江忘的保护色。

他表面上对谁都和颜悦色，其实内心冰封千里。

以前我不清楚，他为何这样做。现在，我明白了，他是怕被人疏远、讨厌吧。他不期望得到全世界的爱，但至少别被大家讨厌就行了。那些人看似天生享受孤独，其实都是融入人群失败后的唯一选择。

“那你去江忘面前拆穿我啊。”我底气十足地怼常婉，“然而，结果只会是他更感动，觉得我这个大哥简直尽职尽责，说不让他被欺负，就真的不让他被欺负。或许我某些行为不那么正确，但他依旧会选择站在正确的反面，与我一起，和世界为敌。”

常婉傻了。

她个子比我稍高些，直直地杵在我的面前，跟没思想的竹竿儿似的，静静地聆听我说的一字一句。

“不过，常婉，你合格了。”

半晌，我不情不愿地道：“如果有天我逼不得已离开江忘，或是他选择离开我，那你有资格站在他的身边了。我不放心把他交给别人，至少你和我一样，有迫切想维护他的心。”

我语似机关枪，以为彻底打垮了常婉的心理防线。

不料，片刻后，她反应过来：“不对！我想和江忘在一起，凭什么由你来评判有没有资格？！你是他妈？！”

这个问题，陈云开也问过。可如今，妥帖的答案还是没寻着。

典型的“一顿操作猛如虎，回头一看零比五”，我自闭了。

自闭的我和杜婷在图书馆厮混了一阵子，准备期末考试。我们考完那日，江忘也忙完手中的细胞分裂实验，与我一同回家属院。

行李太多，我俩花大价钱打车回去。

晚冬的傍晚很快就来了，下午五点左右的光景就霓虹四射。我和江忘坐在后排，被堵在学生放假返家的长龙中，看新春的彩灯一串串在树梢上亮起。

江妈妈提前得到消息，老早就在院门外候着，帮江忘弄这弄那。

江忘下意识地避着，有些抗拒这样的热情，我只好打圆场，说他是男孩子：“应该做点苦力。”

江妈接受了我的善意，邀请我去他家吃晚饭，估计是怕一时半会儿和江忘单独相处说不上几句话。我刚要答应，我妈打来电话，说我爸亲自下厨，弄了他拿手的丸子汤，江妈只好作罢。

一到家门口，我就把行李箱扔得砰砰作响，生怕邻居不知道混世女魔王回家了。

我妈顺手拉过箱子，我已经循着香味蹿到厨房，用手拿了一颗浮在汤面上的丸子扔进嘴里，被我爸一顿夸："好家伙，也不怕烫！"

我妈远远地扔来一句："还不是随你？！皮厚。"

院子附近有环卫工在烧麦秆，烟熏火燎的味道飘来，竟没有从前那样让人讨厌，反倒平添了归家的真切感。

饱餐一顿后，我忽而想起江妈来。

我想起她在江忘面前的胆怯与不自在以及母子二人间的扭捏作态，不由得感慨，往我妈的肩上一趴，情深意切道："妈，谢谢您。"

突如其来的一句让她老人家眼中不禁泛起星光点点。

"谢谢您虽然嫌弃我爸没出息，却还是没离开他。"

这下轮到我爸热泪盈眶了。

然后，两人一起站起来，准备操家伙揍我。我在客厅上蹿下跳，尤其靠近窗户的时候，响动更大，因为之前有人对我说，其实我在客厅的动静，他基本都清楚。

我不知那人能不能从这样的场景里感受到多一点的熟悉与温情。

我希望他能。

"我可能不回来过年了。"

晚上聊 QQ，禾鸢开门见山地说。

她第一次出远门求学，没经验，不知道放假需要提前订票，尤其放春节这样的大假，以至于火车票早被抢购一空。陈云开说要给她买机票，她不乐意接受，怕两人扯上金钱，很多感觉就不再纯粹。

我："那我倒是愿意和他不纯粹一点的。"

结果，我手快，打错拼音，把"粹"字打成了"睡"字。

禾鸢："你不想纯睡，你还想做点啥？江忘知道吗？"

女孩之间私下聊的话题偶尔比男生还邪恶，也不知道陈云开看见这段聊天记录会不会一掌劈死我，说我带坏他的小鸢鸢。

"不过，上次陈云开经过川城说有东西给我，到底是什么？"我默认禾鸢应该知情，毫无保留地问。

她回复得很快："应该是南锣鼓巷的榴梿芝士蛋糕，你喜欢吃榴梿不是吗？！我俩上次买过，味道不错，说有机会给你捎一块儿回去的。"

好吧，算他有良心，没彻底忘记我这个小青梅——

"你不回来，陈云开应该也不回吧？他不可能把你孤孤单单一人扔在北京。"

"他是有这个打算，陈阿姨好像不同意，两人在电话里闹得挺不愉快，我有点不知道该怎么处理了。"

"没事，我明天串门的时候劝劝。"

一到冬天，陈叔叔就会比平时忙，因为鱼塘的养殖管理方面需要比平时更加强。低温天气，鱼儿没什么摄食欲望，活动量小，稍不注意就死一片，白白浪费好鱼苗。

于是，我第二天去串门的时候，只有陈阿姨一人在家。

"你再不来看阿姨，我就要死乞白赖地去你家混饭吃了。"陈妈撇撇嘴，可怜兮兮地对我讲，活脱脱一种空巢老人的感觉。

本来我是为陈云开当说客的，一下子，也不忍心她大过年的连儿子都见不到，话在嘴边绕了绕，忽然计上心头。

"阿姨，陈云开回不来，你可以去看他呀！"

我灵机一动说："你和叔叔不也没去过北京吗？听说北京有地暖，比川城好过多了，室内只需要穿短袖短裤，你们完全可以去北京过年嘛。正好我也没去过，我妈之前答应奖励我毕业旅行的，我可以这次就跟你们去见见世面。"

陈妈应该在家里憋了好久，也思念陈云开过久，一听我的建议，眼睛噌噌放光，恨不得立马冲去收拾行李。

看她如此积极，我妈不同意也没办法了，毕竟是为了对方可以折翅膀的姐妹。

江忘："什么时候动身？"

我俩约在楼下打羽毛球时，我随口说起这茬。

他成日泡在实验室，跟冬天的鱼似的，运动量少，又瘦，我生怕他不锻炼，容易生病，死活拉他出门放风。

"后天！"

我一个跳跃，一拍子扣了过去。

江忘没接到，弯腰捡球的时候，面色无异地哦了一声："你一会儿把航班信息发给我，我也去。"

他向来这样，直来直往得毫无神秘感，却总是能莫名地戳中我的萌点，以至于我忍不住叉腰笑着看他。

男孩被我看得不自在，收了姿势走过来，用球拍敲敲我的脑袋——

"怕大哥走丢，北京我熟。"

"嗯，你熟。"

当我和陈爸陈妈大包小包地落地首都国际机场，而江忘弄不清究竟上哪儿打出租车的时候，我用力憋住我的笑意。

他尴尬地咳嗽一声："上次没坐出租车，是电视台派车来接的。"

此行，我们是瞒着陈云开与禾鸢的。

这是我的主意，我想给他们出其不意的惊喜，结果，我挖的这个坑差点把自己给埋了。

等我们好不容易摸清路线，出机场已是晚上七八点。春节前夕，偌大的北京反而像一座伶仃的海上城。然而，视线所到之处皆是壮观的灯海与长街，让人完全能想象出它往日的拥挤和热闹。

道上没什么车，出租车司机忙着多挣一点钱，车速很快，一不留神便在岔路口和拐出来的私家车蹭上了。

出租车司机开门下车查看情况，冷不丁灌进车厢的风让我们所有人打了一个寒战。

陈妈偏过头看我，那眼神好像在说："月亮，是你告诉我北京比川城暖和很多？"

曾经以为它的冬天是青铜，领教过后，我才发现是王者。只不过，我们上车的地方在室内，有地暖，上了车又有空调，浑然不觉，这下总算明白什么叫寒风刺骨。

究竟冷到什么地步呢？

——就跟段子似的，俩车主啥都没说，互相留电话、拍照，接着扭头上车，一边打电话对骂，一边开走。

出租车师傅那一嘴地道的京片子让陈叔叔乐得够呛，连晕机症状都有所缓解。

等我们拖着行李找到京大医学院宿舍，已经九点整，陈云开应该在宿舍窝着打电脑游戏，可能戴上耳机太入迷，电话一直不接，我只好把江忘派出去，利用那张无害的脸向宿管阿姨打探消息。

"阿姨您好，我找一下302宿舍的陈云开。"

没等宿管阿姨回答，一位疑似陈云开室友的男生从楼道儿上下来，拎着两瓶RIO，打量了江忘几眼："云开的朋友？"

江忘点头："他的手机关机，所以……"

对方不疑有他，嗓门没想过往回收："那你打他女朋友的电话呗，他俩住宾馆去了。"

江忘："……"

陈爸："……"

我："……"

陈妈："这死孩子……月亮，你别哭！"

我还真有些想哭。

本来我想着让陈云开请我吃顿好的，怎么也得全聚德起步，毕竟我帮他解决了家人、爱人这样的世纪难题。可看看现今的状况，我的大餐估计没着落了，不沦为盘中餐已足够幸运……

果不其然，我们打禾鸢的电话，陈云开接了。

“什么事？”

我直奔主题：“你俩在哪儿？”

他顿了一下，竟撒起谎来：“吃饭呢。”

“宾馆的饭好吃吗？”我完全不给面子。

陈云开难得语塞，反应却很快：“别告诉我你来北京了。”

“嘻嘻。”我看好戏地笑，“来的人有点多。”

他迅速懂了，崩溃了，不自觉地爆了一句粗口。

陈妈抑郁了。

当她确定陈云开真的与禾鸢在宾馆的时候，她有种生无可恋的感觉，连儿子也不想认了：“我打小瞧那姑娘就不是省油的灯，他怎么就猪油蒙了心？！”

江忘就最初一下下有些惊讶，接着从头到尾表现镇定，陪着陈爸安抚陈妈的情绪。

为了方便，我们下榻的酒店就安排在和陈云开住的同一家。

陈云开好像又长高了，快和江忘差不多了，因为长期运动，身体的线条比原来更好。他的轮廓有棱有角，一双眼睛也好似学会了杀人这招，一看见我就死死地锁住。

“妈，别气了，我带你们吃饭去？”

陈妈压根不理他。

他知道这关过不去，今晚大家都别想消停，只好猛地一下把我拽过来当挡箭牌，揽进臂弯：“我俩但凡有点儿什么，你准儿媳还能这样淡定？！没看她一听吃的，眼睛都放亮了吗？！”

陈妈一想，也是，脸色稍霁。

我则僵在陈云开的怀中，不知该推开他，还是该为了吃顿饱饭舍身成仁。

突生变故，陈云开自然不敢再与禾鸢一间房，只好把我推过去照顾她。她是因为喝醉了，死活不肯回宿舍，陈云开才在饭馆附近开了间房供她休息。

当晚是陈云开的室友请客，非要他把禾鸢叫上，说想认识漂亮的嫂子。

“指不定哪天嫂子就成为娱乐圈的当红炸子鸡，我们这些做朋友的都跟着沾光。”

禾鸢呢，正好借了陈云开的光，在那位新锐导演手里接到一部微电影的女主角，不日便要去香山拍摄，算是正式入行。她心情大好，不自觉地多喝了几瓶。

无奈，我认床，根本没睡踏实，半夜迷迷糊糊感觉有人摸黑过来，吧唧一下亲在我的脸上。

我吓得一个激灵，翻身的时候，不小心撞到那人，而后听到哐当一声闷响和一声闷叫。

“嗯。”

当床头灯被扭开，我瞥见禾鸢扭曲的脸。

“月、月亮？！”

她努力揉眼睛，想确认不是幻觉。

我羞愤地使劲搓脸：“禾鸢，你太色了吧！你不放过陈云开就算了，你还不放过我？！”

……

夜半，无人，八卦时。

“真的，纯睡？”我半信半疑。

禾鸢嘴角抽搐：“你要是不来，可能就不纯了。”

“那我没来之前？”

“纯的。”

“多纯？Kappa 那种？”

“Kappa 是哪种？”

“背靠背啊。”

“……”

北京的商场虽然迎来冬眠期，王府井大街上却满是插着糖葫芦的草把子，节日气息浓厚。

今年的春节临近情人节，我们走一段儿，就有卖花、卖玩偶、推销礼物的。

禾鸢估计觉得丢脸，以醒酒为由头，待在宾馆不出门。陈云开领着我们出去逛，他和陈爸陈妈走在前头，留下江忘看着不太安分的我，以免走丢。

“帅哥，情人节到了，给女朋友买盒巧克力吧？”有个年轻姑娘迎过来说。

江忘连犹豫都没有：“不好意思，我没钱。”

那姑娘瞬间瞳孔发生地震一般。

我的妈，这世上还有男生能把“我没钱”三个字说得如此理直气壮，让准备好一堆推销语言的姑娘彻底没辙了：“好、好的。”

离开时，她还下意识地弯了弯腰，以表歉意。

江忘在生活上真的没那么细致，常恍恍惚惚地丢东西。

从前，他在我这里借的铅笔，没有一支完好无损地回来过。那些铅笔五颜六色，很好看，上面还有“奥林匹克”的字样，是陈云开参加竞赛得来的，我好不容易才抢来。

结果，陈云开有多少给我，我就掉多少。

这不，临上飞机前，我未雨绸缪，让江忘把钱包给我保管。不料，今天我起床晚，出门匆忙，自己都忘了带钱包，他的自然也没能幸免。也不知道我们两个穷鬼哪儿来的勇气，敢身无分文地走进王府井。

我们吃吃逛逛回来，禾鸢已经趁机溜回宿舍，不打算和陈家父母打照面的样子。

“逃避不能解决问题，丑媳妇迟早要见公婆。”我给她发消息。

她迅速回复："我选择'迟'。"

好吧，我还能说什么？！我扔下手机，没一会儿，屏幕又亮起："明天我要去香山拍MV，之前陈云开说陪我的。正好你和江忘来了，一起上去玩？剧组有免费的门票和住宿券。"

逛完我心心念念的天安门和一些必打卡的景点，城区里确实没什么玩的。

"看情况，能脱身就去。"我噼里啪啦地回道。

不过，从小到大的经验告诉我，只要我和陈云开"双剑合璧"，就没什么局不能破，尤其在陈妈的面前。

陈妈太梦幻主义，只要话讲得好听些，她立马就能意淫一出大戏，包括我和陈云开穿婚纱礼服进教堂的场景，都能立刻一一描绘出来。于是，我俩说要去逛香山，她二话没说，拉住跃跃欲试的陈爸——

"有完没完？！就不能给孩子一点单独相处的时间？！不能和我过过二人世界？！你是不是腻了？！不爱我了？想离婚？财产怎么分有计划了吗？儿子那份绝对不能变……"

我俩趁乱溜走。

香山出名的是红枫叶，可我们来的季节不对，枫叶早已凋落不见。

"还有一景。"看我略微失望，陈云开冷不防道，"香山的月亮好。"

他的语气慎之又慎，目光也若有似无地从我脸上滑过。等我准备仔细琢磨，他已经直视前方，好像刚刚什么都没讲过。

陈云开说的好景是看日落月升。

香炉峰顶，太阳西落，月亮隐约露出轮廓。一个下沉，一个上浮，在某时间段里遥相辉映着。但谁的光都不炽烈，只是沉默着，千言万语尽在不言中。

"怎么样？"陈云开挑眉问我们，大有邀功的意思。

江忘很明确地看看我，笑意融融的。

"是很好。"他说。

以前年纪小，很多细枝末节的情绪没办法理解到，如今刚刚好，什么都是朦胧的，每句话仿佛都有弦外之音，能迅速地挑拨一颗心怦怦地跳。

禾鸢所在剧组订的酒店在半山腰，我们下山的时候，突然来了一场雨。

北京的冬雨更不得了，我和陈云开冷得瑟瑟发抖，连鄙视对方的心情都没有。

禾鸢所在剧组订的是家温泉会所酒店，规格不错，好像是免费赞助，最后会出现在谢幕表上算打广告。

不过，酒店要求进门必须换酒店的拖鞋，来来往往穿梭的人都身着酒店的浴袍，基本是刚从温泉池里出来，准备去自助餐厅吃晚饭。

我觉得别扭，但手脚实在冰凉，于是半推半就被陈云开推进了女温泉池的门。

我再出来时，他和江忘坐在最显眼的地方，远远地看着我将浴袍的腰带勒紧，不自然地靠近餐桌。

“哎哟，我俩打小厮混在一起，你什么熊样儿，我没见过？！至于紧张得同手同脚？！”

我不由分说地踹他一脚。

待我坐定，江忘和陈云开分别去拿吃的。我捧着热可可有一口没一口地喝，看前边亲子桌的小孩儿闹脾气，说香山一点也不好玩，没游乐园有意思。

他对面坐着个小女孩，天生脸上一对梨涡，笑起来甜甜的。

可小女孩儿也不知随了谁，一直抓着鸡腿啃得津津有味，口齿不清地说：“东西好吃就行了嘛。”

男孩恼火不已，怒叫她的名字：“叶相思，你这只猪！”

我看得正起劲，一个瘦瘦高高的人先回来了，遮住我的视线。

他将一碟螃蟹和一份巧克力蛋糕放在我的眼前。

“这儿没有纯巧克力，勉强用蛋糕代替吧。”江忘一边入座，一边面无异色地说。

我没反应过来，发蒙地瞧着他。

他又是温和地笑：“昨天没钱买，今天补上。”

敢情他还记着那段。

“可是……”

可是人家推销员说，巧克力应该买给女朋友的。

然而，话到嘴边，我忍了又忍，害怕不是想要的答案，毕竟我一贯擅长自作多情。

少不更事的时候，我还觉得陈云开喜欢我呢。

他这么自命清高、不可一世，竟然肯为我和其他小伙伴干架，难道还不能说明什么吗？！不料，到后来，我出尽洋相。

来北京这几天，我几乎没歇过脚，泡过温泉放松下来，我只想好好睡一觉。

可外面一片漆黑，雨又淅淅沥沥下个不停，我有些害怕。

酒店男女住宿分楼层，禾鸢的房间就在我的隔壁。不过，他们有场雨戏要拍，估计会工作到很晚，意味着这层楼里，我一个熟悉的人都没有，我只好打开手机翻小说看。

小说有悬疑桥段，我越看越怕，干脆闭目养神，直到手机震动。

来电显示是江忘，我接起，听那边一阵窸窸窣窣：“这么快？”

他好像在收拾什么。

“正好拿手机。”

“哦……在干吗？”

是哪位情感专家说的，所有恋爱都是从无聊的日常对话开始。

当江忘打来深夜电话，只为问问我在干什么的时候，我竟尝到了一种该死的甜。

“没干吗呀。”

我连语气都不自觉地温柔起来，用整床被子罩住脑袋，企图隔绝水珠砸在玻璃上的声音。

江忘回答得漫不经心：“行，睡觉吧。”

与此同时，我听到那边笔记本电脑开机的独有音乐，下意识地问：“你不睡？”

“老师传来一份病历，我看看。”

“那也别弄得太晚。早点休息，晚安。”

“不用挂电话。”江忘及时出声，“深山野林，我有点害怕。”

噗。

一瞬间，我开始怀疑，我和他是不是拿反剧本了。

但我还是屁颠屁颠地爬起来找充电线，怕中途电量告急断线，然后心安理得地与他通了一整宿电话。我更自认为是对方的守护神，殊不知那头有人嘴角上扬。

后来，我收拾书柜，无意间翻到一本《蒙马特遗书》——江忘带来的，其扉页上有段话很醒目——

很想打一个不用说话的电话。只要你在电话那端，我可以枕着电话筒就好。

于是，最后那场大雪中，我骗了他。我说我很后悔，其实没有。因为有生之年，我至少接到过这样一通不需要说话的电话。而它，是他打来的。

这一觉，我睡下去差点起不来。

前一晚，我吹了风，受了凉，泡完温泉也没什么用，后半夜晕晕乎乎地发起烧来。

还好清晨江忘来敲房门叫我吃早饭，见迟迟没反应，便通知酒店的工作人员打开我的房间，及时用毛巾给我敷额头降温。

陈云开这个天杀的，得到了消息还对我不闻不问，好半天没见着人影。

我先热，后冷，交替着受煎熬，迷迷糊糊中感觉有热源靠近身体，我急忙凑过去，八爪鱼似的严丝合缝地贴住它，生怕它又退开似的。

良久，等缓过那阵不舒服的劲，我才舍得睁开眼，睫毛却不期然地撞上一片浅青色的下巴，感官逐渐回来。

头顶洒下一阵均匀的气息，我动了动脖子，仰起脑袋，果然是江忘。

他把我摆成最舒服的姿态，自己却堪堪侧身躺在床沿。

或许病中真是防备弱，霎时，我的心像被什么浸过，在清晨雨后的阳光中，软得一塌糊涂。脑子里当即什么都没有，就只剩下一张岁月静美的天真的睡颜。

我魔怔一般地凑近那份天真，再凑近……

终归无距离了。

酒店外，禾鸢终于熬得两眼通红地回来了。

她打着喷嚏，与明显从外面归来的陈云开碰上，一看他手里拿着专治感冒发烧的药盒子，立马感动得无以复加，以为他特意为她去买的。

陈云开尴尬，但还是老实地说："你也感冒了？月亮发烧，等着吃药。一起去她房间吧，你也吃几片。"

禾鸢的眼神立刻有些闪烁："哦、哦，那走吧。"接着，两人一路沉默地穿过酒店的走廊。

去往电梯的路上，有个小男孩不小心将禾鸢与陈云开撞开，正是昨天我在自助餐厅里看见的那个，他后面不远处依旧跟着小女孩。

大人开玩笑："相思，期远哥哥又生你气了。"

相思小姑娘却底气十足："他不会生我气的。"

"为什么？"

"因为……"小少女还有些奶声奶气，"他喜欢我。"

大人乐了："哟，相思从哪儿看出期远哥哥喜欢你啊？他不是最喜欢抢你的东西、揪你的头发吗？"

少女过分机灵，道："但他抢的都是别人送给我的东西。他揪我的头发，可能是因为我接受了别人的礼物。"

几个大人惊得面面相觑。

而后，陈云开摁电梯按钮的指尖也微微一颤抖。

你永远不知道潘多拉的盒子将在什么时候打开，这是成长的乐趣，也注定是成长的遗憾。

我们自己都没想明白的很多事情，或许就在一个寻常得不能再寻常的时刻，悄无声息地破茧而出。然后我们会发现，不是每一只破茧而出的虫子，都能变成蝴蝶。

我不确定江忘究竟是被吵醒的，还是根本没睡熟。

反正等我面容发烫地偷袭成功，他那双湿漉漉的眼睛已经睁开，无比专注地看着我。

我俩僵在同一个被窝中，被角还掖着，想逃都没地方逃，于是，只能大眼瞪小眼地注视着彼此，感受睫毛带来的一阵又一阵微风。不知过了多久，我感觉唇上又有了滚烫的触感，灵魂顷刻间出窍。

初到北京那晚，我差点与禾鸢同归于尽，因为她夺了我的清白。

禾鸢："搞搞清楚，这可是我的初吻，和你有半毛钱关系？！不就被我亲了一下脸，不至于！"

我立刻像得知了什么不得了的秘密，震惊不已："你还有初吻？！"我说，"陈云开怎么回事？对我没兴趣，可以理解。对你……"

我的表情一言难尽。

禾鸢也表示难以理解："都说上了大学就可以自由谈恋爱，童话都是骗人的！"

而此时此刻，我想告诉她，初吻又不是什么好的体验，就别试了吧。

主要是……

容易丢脸啊！

两个没经验的人，只能一下下地试探浅吻。蹒跚学步的过程煎熬极了，可谁都不想停止似的。

隔着衣裳，我都能感觉到，江忘的体温也被我弄得热了。密不透风的小天地中，空气里仿佛有酒味，让人醉醺醺的，门铃什么时候响的，也记不大清了。

江忘起身去开的门，一贯泰然自若的人此刻表情也不太自然，而我则疯了一般裹在被子里继续装不舒服。

身为女生的禾鸢敏感，见陈云开还在对江忘吩咐什么药怎么吃，立马拽了他一把："人家江忘读少年班的时候，你还玩儿泥巴呢，用不着过度操心啦。"

陈云开没有反驳的余地，但还是过来拉我的被子，问我有没有其他不舒服的地方。

"嘴麻。"我条件反射地说。

立刻，房间里的三个人表情各异。

我觉得这一天把我一生的脸都丢光了，晚饭也没下去吃。

听说江忘也没下去，拿看病历当借口。

那时，我才知道他的房间就在我的楼上——307 和 407。于是，我抬起头望着天花板发呆，就好像能看见他似的，并且暗自猜测，他会不会也正呆坐着想我。

我当然知道，从今天开始，我和他的关系，与从前不会再一样。

尽管设想过这天的出现，可我没想过，走出最重要的那一步的人，会是我。

拿腔拿调、讲原则、讲自尊的，我本人，居然对一个叫了十年小弟的人……下手了……

"可真是禽兽啊。"闻多说。

你说奇怪不奇怪，闻多居然是最先知道我和江忘谈恋爱的人。

禾鸢隐隐约约猜到，但她没问，我也就出于想保命的缘故，没主动提。

因为这件事儿我不敢轻易告诉我妈，更不敢告诉杜婷这个大嘴巴，总之，所有熟悉的家属院的人，我都闭口不提，生怕走漏风声，我妈会将我大卸八块。

她不是不喜欢江忘，她是怕没办法向陈阿姨交差。

陈阿姨让她不好受，她铁定会让我和我爸不好受，她们是知心姐妹的典范。

况且，我和江忘开年才二十岁呢，未来什么走向，大家都不确定。

“万一我转角遇到爱，他比你更优秀、更好看，对我更百分百，说不定，我这个花心大萝卜会移情别恋呢。”我对江忘讲。

常婉有个观点错了，她说我在江忘面前装“白莲花”，哪有？！

在他面前，我从来都荤素不忌，想什么说什么，包括有事没事蹭他的饭、占他的小便宜等等。

我倒并非缺那顿饭，就是吧，我可能很早很早就对他起了“歹心”，就总下意识地把我的懒、我的赖、我的坏统统展现给他。如果我不坏，怎会骗他当小白鼠吃红薯？！

所以，江忘和陈云开一样，是最了解我的少年。

不过，现在的情况和以前相比有改变，那就是他对我的态度发生了一百八十度转变，居然敢施压于我了。

“你再说一遍。”他牵着我的手微微用力，非要攥疼我让我吃点苦头才罢休。

然后，我就像个傻子，又说了一遍，似乎我的手越疼，越表示他在乎。

这世上能让人心甘情愿地忍受疼的东西，除了爱情，估计别无其他。

更怪的是，我和江忘之间的相处没有丝毫扭捏。

兴许彼此太熟悉，除了增加的牵手环节和偶尔偷袭的亲吻，日常里，我俩跟平时没太大区别。我们终于可以不需要找理由就能和对方联系，每一天发生的事情都好想和对方分享。

闻小："我就说是谈恋爱吧，你妈还不信。"

我和闻多以及他弟在街上偶遇，小家伙眼睛贼尖，一下把闻多拉到我们面前，与我面面相觑。

快餐店。

我："解剖报告一份。"

闻多："呵呵。"

我："两份，不能再多了。"

闻多："呵呵。"

我："福尔马林一杯。"

闻多："'喝'……"他反应过来，骂了句粗话。

结果，他什么都不要，就要江忘给闻小补课："死小孩马上要考中学，平常成绩还行，如果再努把力，应该能上国重七中。每周抽出一两个小时就行，不会让师兄太头疼的，您考虑一下。"

他对江忘说话的语气明显比对我软很多，太势利了，我当即翻白眼："你俩是一个专业吗，哪门子的师兄。"

接着，我和闻多又开始唇枪舌剑。

闻小和江忘就坐在旁边，一个啃汉堡，一个吃薯条，一副"事不关己，高高挂起"的模样。

其间，闻多带闻小去找厕所，我趁机问江忘："你愿意接这差事儿吗？"

他诚实地摇摇头。

"那我想别的办法贿赂他。"

"如果，"他无端地一顿，"你实在不想让阿姨太快知道的话，就这样吧。"

我自诩人精，哪能听不出他毫不掩饰的失落？！

前几日也遇见相似的情况，江忘兴致颇高地问我，今年春节在我家吃团圆饭，还是他家："或者两家并一家，也行。"

我哆嗦着说，时机还没成熟，没找着好机会向我妈摊牌，希望他也别那么快告诉江妈妈。

他神色哗地一下变了。

我说好话哄他："相隔一幢楼而已，各自在家吃完团圆饭，立马就能溜出来看电影。今年的贺岁档影片好像很搞笑，到时我请你看？"

男孩脸色稍霁，依旧没阴转晴。

"实在不行，我在家吃一半，空一半肚子陪你和阿姨吃！"

感受到我的诚意，江忘没再咄咄逼人："算了，哪有人团圆饭吃一半的。"

"我喜欢开先例。你忘了？当年你给我吃石头，我就真的吃了。"

"当年你傻。"

"现在也是。"

为了逗他开心，我简直豁出老命，当机立断地弯腰捡起几颗小石子，佯装要吃下去。

江忘情急中啪的一下打掉我手里的石子，意识到上当后，黑曜石般的眼珠闪啊闪的——

"你就是吃定了我。"

他毫无办法地说。

"彼此，彼此。"我不甘示弱。

这个"彼此，彼此"戳到了江忘，眼见着他的神色逐渐明朗。

快餐店里，江忘大概不想因为同样的话题再和我争执。等闻多带着闻小回到桌前，他主动答应闻多的请求，并留下联系方式："如果补习时间有变，我会提前通知你。"

"谢师兄！"

后来的日子基本没什么大变化了。

我依旧与杜婷斗嘴，要刘萌萌在我俩之间做选择，而后和好。

解剖课上到后面，我终于不再轻易恶心呕吐，甚至在新来的学妹里充大头：“活人都不怕，还怕死人？！”

静脉动脉，我渐渐分得一清二楚，采血量也能精准到分毫。我还在公交站对一位晕倒的老人进行过急救，成功地为对方争取到等救护车到来的时间。我开始适应在医学院的生活，甚至觉得自己已经彻底和它融为一体。

至于江忘……

和他在一起后，我才发现，原来我的运气差得可以。

我没能在转角遇到某君，给我惊心动魄的热情，倒是经常在川城医学院各种角落偶遇他。

还有学妹为此在校内发过帖子，八卦他是不是谈恋爱了，因为只有恋爱才能让一个人的行为在短时间内变得反常起来。

而有个人在下面狠狠地否认，连 ID 都不带隐瞒的——

常婉。

常婉得病了，得了一种叫“得不到就更想要”的都市通病。

不过，我猜，她背后有常放出招，否则，以她沉不住气的个性，隔三岔五不去流动站骚扰江忘都是活见鬼，但她真的没有。

“如果你喜欢的人有男 / 女朋友，那就做她 / 他的朋友，其他的交给时间。”据说这是常放的情场箴言，坊间更盛传没有他撬不动的墙脚。

我不信邪。

有天在食堂狭路相逢，我开玩笑地说，我有男朋友了，欢迎他撬撬看。

他直接耸肩回我一句：“我不想被踢出流动站。”

言下之意，他已经猜到我男朋友是谁。

如果他对梁钦最爱的弟子下手，把好好一个研究生命科学的地方搞得乌烟瘴气，他外公不会饶过他。

可我根本也没想隐瞒，我来就是为了给常放吃一颗定心丸。

我说这番话的目的，不过是希望他回去敲打敲打常婉，木已成舟，就别做无用功了，世上比江忘好的大有人在，但常放笑我看不穿——

“我记得以前，你们女生之间很流行一首粤语歌，怎么唱来着？”

他调整一下气息：“人天生根本都不可以爱死身边的一个。”

我沉默了一会儿，问：“这首歌还有一句，你知不知道？”

他摆出洗耳恭听的姿势。

“来煽风、来点火，就击倒我吗？”

唱完，我还趁其不备，一筷子抢走他碗里的排骨，气得他直瞪眼。

“林、月、亮！”

Chapter 9
登堂入室

江忘，我害怕。
我怕不抓紧一点，有一天会失去你。
死别可怕，生离又好到哪儿去？！

二〇一六年。

这一年对我的意义并不重大。

仅有的能让我记忆深刻的事件，是一月六日，小寒，我终于下定决心，把江忘领回家，因为一场死别——

闻多的母亲，炒板栗小摊的老板娘。

川城的小寒有讲究，要吃热乎的东西。我大清早也不知怎的，就馋那口软糯的板栗，于是给闻多发消息，问他妈今天有没有摆摊。

也是临近春节的日子，学校早就放假了，我赖在自己的床铺上不愿起来。

闻多的消息回复得很快，说他正应聘某私立医院的实习岗位，要我自己去碰碰运气。

“如果没摆，你就往我家走，她一准给你炒。”

于是，我拉上江忘一起，权当约会散心。

那年闻多的弟弟不负众望，考上全市最好的高中，那股傲慢劲和陈云开越来越相似，弄得我一个大人，每次都忍不住和小孩计较，不愿在口头上输给他。

可我和江忘到他们小区门口，却看见那个在红榜上威风凛凛的少年，正揣着一张白色字条样式的东西，迷茫地站在那里。

我问他等什么。

他难得友好，说等他哥。

我觉得无厘头：“这么冷，进去等啊！”

闻小给我一个“难道我比你蠢吗”的表情：“我妈不让，在门口留了字条，说等我哥回家才能进门。”

我估计是看多了电视剧的缘故，隐约觉得这层刻意背后是不好的信息，不由分说地要他开了门。

旧铁门咯吱好几声，头顶抖落铁锈。我伸手去拍，没注意脚下，撞到最前方的闻小。

“闻阿姨！”

发出第一声惊呼的是江忘。

他鲜少有如此失态的时候，长腿几步越过我，就奔向了客厅。

我循声抬头，便见房梁吊扇上挂着一个人，然后，闻小一米七几的个儿朝我倒过来，砸得我分不出神去害怕。

闻妈妈不幸罹患脑癌，不堪忍受病痛的折磨，更不愿拖累两个儿子，从而选择自我了结。

本来她想买安眠药，但没有医嘱，药店不卖给她，没接受过太多教育的妇女，只能想出这样的方式去结束一切——

对不起，妈妈太疼了。

她留给两个儿子的仅有这只言片语和一串银行卡密码。

我曾无意听闻多提起，闻父是名军医，支援边疆的时候出了点意外，英年早逝，却英名常在。于是闻多的初心和我一样，也想学医，无奈分数不够，这才给调剂到护理专业。

男生学护理专业的不多，然而一想到未来能悉心照料年迈孤独的母亲，他咬咬牙也就克服了心理障碍。

但是，人生有太多太多意外。

最悲怆之一，莫过于“子欲养，而亲不在”。

那几日，我和江忘陪着看似镇定的闻多处理完一切事宜，送走前来吊唁的零落亲朋，我们在楼梯间沉默。

“闻小还好吗？”

我没经历过这样的场合，战战兢兢，生怕说错话。

闻多默不作声地点点头。

江忘想起什么，从裤袋里掏出钱包给我，说陆陆续续应该还会来人，要我随便买点水果放在闻家。

他对吊唁流程的熟稔度，让我出乎意料，心狠狠一扯。

江爸离世的时候，江忘还那样小，该有多孤单无助？！而那个间接害得他离散的罪魁祸首，却偏偏是他仅有的无法割舍了。

于是，他内心想靠近，可他又控制不了生理上的抗拒。

晚间九点的公交站。

“今晚可不可以不回家？”我扯扯江忘的衣袖。

他没多想。

一年前，我就经常出入他的宿舍，许多次测验也是他帮我“临时抱佛脚”，才考过。

偶尔我嫌送来送去麻烦，便会留宿，他睡沙发，我睡床。

最夸张的是今年期末开卷考，生理学老师为了打压我们的威风，故意加大难度：“任何资料或参考的东西都能带进考场，你们能找到答案，算我输。”

然后，我带了江忘。

几年过去，我和江忘的关系在学校已经不是什么秘密，难为杜婷这次为我守口如瓶。

我发誓，公开撒狗粮的事，我只干过这一次，还是为了不挂科。

“确定？”

灯光下，广告牌被打得透亮，他的眼睛亦如此。

我被卷进看似平静的汪洋，无比笃定地点头。

“你知道这意味着什么吗？”

我当然知道。

平常我能留宿他那儿，是因为在学校，我妈鞭长莫及。如今正放假，我整夜不回家，我妈也不是傻子，不追问出个所以然来，怎么都不会罢休的。

如果我不夜不归宿，就意味着我们的关系面临公开了。

“我考虑好了。”

半晌，我企图打消他的疑虑。可他并未露出我想象中的开心神色，反而若有所思。

到了流动站宿舍的门口，踌躇的反而是他。

“月亮，你是不是因为这几天发生的事有感而发？”

他抓住我的手，好像卡着最后一道关口：“如果你的选择是出于同情……我其实没你想象中的脆弱。”

我懒得和他啰唆，抢过他的钥匙，开门就进。

他倒好，跟客人似的，固执地杵在门口当电线杆。

“同情一个人，能同情一辈子？”

我没好气地嘟囔：“非要我说，江忘，我害怕。我怕不抓紧一点，有一天会失去你。死别可怕，生离又好到哪儿去？！一定要我说出这么丢脸的话吗。”

终于，青年眸底的星星缓缓地亮了。

当晚，我们其实谁都没开口，却第一次默契地抵足而眠。

剧本里那些纠结的思绪根本没有，一切都浑然天成，仿佛我们今生注定要这样共枕眠。

不过，我常常忘记，江忘已经是一个不再需要谁保护的大人了，擦枪走火的瞬间常常有。

为了打破尴尬，我故意找话题，他也很配合，告诉我最近附院又在给他抛橄榄枝，希望他能去肿瘤科成为一名正式的坐诊医生。

明星医生对医院效益的增长有多大用处无须赘言，医院那边自然盛情邀请。

可梁钦认为，他是难得的好苗子，应该醉心于研究。这些研究短时间内兴许看不出作用，但十几年、二十几年、三十几年，兴许有朝一日，人类能彻底克服癌症难关。

然而，话说回来，临床实践经验也是出真知的重要途径。

“因为这几天的事有感而发的人，是你吧？”我眼巴巴地望着江忘。

他眼角微垂，不发一言。

在此前，学医对江忘而言，或许真的就只是一个职业，一份可以让他忙起来，不用管外边的世界如何变化的工作。

但我心中有数，闻妈的事情发生后，真正被影响的是他。

半晌——

江忘："你说过，我的刀应该救人。我不确定能救多少人，可如果，类似这样的事情能少一些……"

后面残忍的话，他没再说。

"但我怕你不习惯。"

医院人事关系复杂，他一周只巡诊几次就已经闹出幺蛾子，要一直待在那儿，我根本不放心。

"不进泳池，学不会游泳的。"他言辞凿凿。

良久。

"如果你考虑清楚了，去吧。"我放弃挣扎。

江忘大概惊讶于我的立场怎么变得这样快，我装可爱地冲他吐舌头："因为，这是你第一次在用力地争取什么啊。"

他恍然大悟，却矢口否认。

"不是。"他说，"我第一次用力争取的，是你。"

情话技能瞬间点爆。

对面的人的表情过于诚恳，连我这张厚脸皮都禁不住滚烫，只好慌忙别开视线，转移话题——

"我要睡了！你唱首歌来听呗，帮我酝酿睡意！"

他说他不会，我说骗人。

"大一新生运动会时，你唱过的，《月亮惹的祸》。"

"我只会这一首。"

想来那已经是他所有浪漫心思的巅峰了。

若不是歌词中带有月亮，又脍炙人口，估计他连这首歌都不会。于是，我不再逼迫，拱到他的怀中去，故意暧昧地恶作剧道："好吧，那我给你唱一首？”

他一脸期待，我开口就来——

路见不平一声吼！

他吓得下意识地往后仰了上半身。

我咯咯笑个不停，他却近身摁住我的头，长手长脚地将我整个夹住，捂得我快要窒息。

太幼稚了。

可诸如此类游戏，我俩玩得不亦乐乎。

拼体力，我实在不是他的对手，讨饶认输：“好吧，好吧，我换一首！”

“好好唱。”

他居然义正词严地警告我。

显然，我就是这么听话的人，所以，我好好唱了。

我不愿让你一个人，

一个人在人海浮沉；

我不愿你独自走过风雨的时分；

我不愿让你一个人，

承受这世界的残忍；

我不愿，

眼泪陪你到永恒……

我忘情地唱，感动了自己，却忘记去看听的人什么表情。

我只是在心里告诉自己，从此往后，我不能再让他一个人。

翌日，我家。

三堂会审。

“什么时候开始的？”

碍于江忘在场，我妈隐忍不发。

她和我一样没出息，始终没学会怎么对那个叫江忘的小男孩狠下心肠。

江忘可能真有些紧张，没顾上看我的眼色，老老实实地报了时间。

我妈一听，差点心梗，她这个伶牙俐齿的人，一时都不知说点什么好了："小忘啊，那江萍、你妈妈知道吗？"

他眼睫轻垂："知道。"

？

我唰地回头看他。

好家伙，这么重要的情况居然不上报！

"那她怎么看？"

江忘喉头一动："她一直很喜欢月亮。"

我妈开始找速效救心丸。

她倒不是惊讶于江妈居然喜欢我，而是第一次从江忘嘴里听见他叫我的名字——月亮，以前他来来去去都叫大哥的。

我妈不习惯，就跟当场被人叫了声丈母娘似的。

不怪她。

我第一次听的时候，也震惊得无以复加，恐怕当时江忘亲过来，我都不见得有理智推开他。

"可是，你不是一直喜欢陈家那小子吗……"我妈的戏份还没完，我爸就急着来抢戏了，"高中为了和云开坐一块儿，还没少背叛你妈，替我打掩护呢。"

明显地，我能感觉背后的气场瞬间走低。

哪有这样坑女儿的？！我爸自损三千，伤敌八百，我真恨不得当场断绝父女关系了，好在有我妈解围。

"你不说话，没人把你当哑巴。"她瞄我爸一眼，威慑力十足。

我爸轻咳一声，试探性地问："在成为哑巴之前，允许我说最后一句成不成？"

我们三人直愣愣地瞧着他。

“那么，继承鱼塘的事……就黄啦？”

我快晕倒了。

陈云开老说我是小财迷，看来是因为我身上有我爸的基因。

敢情我都放弃鱼塘追寻真爱了，他还念念不忘人家的财产？！真够丢脸的。

“叔叔放心，我不会让月亮受苦的。”

突然，江忘没头没脑地说了这么一句，想来他是将我爸的话听进去了。

我爸坐在沙发上，老神在在地沉吟，一副分不清真假的表情。

“小忘，你的人品，叔叔信得过。叔叔呢，也不是什么攀龙附凤的人。我就是有些担心，我们家月亮从小被照顾得太好，好吃懒做的德行，你会受不了。”

呵，断绝父女关系吧。我生无可恋地想。

事实上，断头台也没那么可怕。伸头一刀，缩头一刀，干脆早点被砍头算了，还能早超生呢。

得亏我妈这位法官大人一时心慈手软，除了判我自个儿收拾烂摊子外，没再多置喙什么。

走出楼道，我和江忘在门口怪异地站了一会儿，谁都没说话。

后来还是我先平复心跳，向他做了个 High Five 的手势。他意会，抬手同我击掌，却在快撤开的那一秒猛地曲了五根手指，将我的手紧紧地扣进掌心。

“可以秀恩爱了。”

难得的艳阳下，他一直隐忍不发的笑意泄露，像终于集齐限量版模型的孩童。

家属院负责打扫的环卫工也很熟悉我俩，见我们姿态亲昵，握着扫帚开玩笑：“不会再‘下雪’了吧？”

当年高考完毕，我撕书庆祝，害她打扫了一晚上。

中途见江忘出现在楼下，环卫阿姨以为我俩小情侣吵架，我才做出过激的举动。

我当即有点不好意思："抱歉，刘阿姨……"

"没事。"阿姨讲，"小忘后来不是主动帮我打扫过一次吗？！"

什么时候？

我用眼神询问江忘，他不自在地侧了侧头，阿姨还在继续回忆："好像就你十八岁那天吧，我记得清早儿碰见你们母女俩说去菜市买鱼什么的，晚上还碰见你和陈家那小子去买饮料……"

江忘果然看见了，我打算向陈云开告白的那一幕。

一时间，我竟有点厌弃自己。

怎么就那么作，连放弃都要搞场仪式，让他一个人待在不被察觉的角落受着伤，看着热闹的窗内，不知去往何方。

也是那天，我把江忘的手机来电铃声给改了，正是五月天那首《我不愿让你一个人》。

我不会再让他一个人，走过风雨的时分。

科研流动站没有长假之说，随时得为了数据回去。我把江忘送到车站，回头去了陈家。

即便我妈不提醒我善后的问题，我也要去的。

众所周知，我和陈阿姨的关系就差一个喊妈的步骤。她一直待我如亲闺女，并坚持认为，以后我一定会成为他们陈家的媳妇儿，与她相处融洽。

可在我心中，不管她对我的好建立于什么基础，我只记得，十八岁那年，她送我的那顶小皇冠。

她亲自给我戴上，说："打今儿起，月亮就从小姑娘变成大姑娘了。欲戴皇冠，必承其重。欲握玫瑰，必承其伤。阿姨希望未来你无论遭遇什么，都永远记得，你是我们的小公主。”

然后，她捅一捅在旁边翻白眼看戏的陈云开：“是不是，小王子？”

小王子则看起来快吐的样子。

……

陈家客厅。

“对不起，阿姨，我可能没福分继承鱼塘了……”

红木沙发上，陈妈已经蒙了。

“我不同意！”片刻后，她掷地有声，捶桌而起。

我吓了一跳，这反应怎么比我妈还强烈呢，就跟我不是要和别人谈恋爱，而是去送死似的。

陈妈：“是我们家鱼塘不够大，还是云开不够帅？你要是喜欢天才，我就叫他念博士去啊，不是什么大事！”

“阿姨……”我有点慌，“不是鱼塘大小的问题，也和天才无关。就、就当作是陈云开不够帅吧。”

陈云开：“？”

不然，我能怎么办？！说我的人格魅力不够吸引他吗！我也很绝望。

眼见我决心强烈，陈阿姨捶胸顿足：“老天爷，我可怎么办哟。以为煮熟的儿媳妇，啊呸，鸭子，啊呸……”

我看她已经语无伦次，赶紧附和：“说我是啥都行。”说我是白眼儿狼，我也认了。

谁叫我从小到大意志力就不坚定，老容易转移注意力呢。

但也奇怪，几年过去，面对江忘，我越看越不腻。

我以前认为，陈云开轮廓锋利、花言巧语，很有小说男主的范儿，现在却发现，江忘与生俱来的无辜和他常常流露出的真诚，才是每个女孩渴望的归属吧。

他能给人安全感，让你产生一种“他完全没办法离开你”的错觉。

“错觉，就是错觉！”

陈阿姨彻底疯了。

“江忘不适合你的，月亮。”她极力劝导，“你们几个，从小看到大，江忘是很乖，但他太乖了，哪怕在青春期都没有任何叛逆的行为。他比你们更快地过上了大人的生活，心智没你想象中的那样简单。再说，原生家庭对一个人的影响也不是那么容易消除的。兴许现在，对，那种温柔的掠夺方式让你很享受、很开心。但是，快乐过后呢？热情被琐碎的生活消磨殆尽后呢？一个打内心习惯了独处的人，是无法兼顾他人感受的，然而，婚姻生活最怕遇见冷暴力和不沟通，唉，也不知道你懂不懂……”

看我沉默，她叹口气——

“总而言之，你不喜欢云开没关系，但也别太快一跟头栽进去，好好考虑清楚。”

说曹操，曹操到。

自打陈爸陈妈开启去北京过年的先例，每年春节前夕，陈云开就把二老拐过去，要让他俩多走动走动，看看世界，别窝在川城当老头老太太。

“前几年都是我和你爸将就你，今年你必须回来，上面老人家已经有意见了。”

陈云开这才奉召而归。

但他没告诉我回来的事儿。

北京一别，他好像也开始忙起来。经导师引荐，协和医院神经内科的某专家收他做入门弟子，他手头的事渐渐不止学校里的那点，我们的联系自然而然减少了。

陈云开一进门，见到我后愣了一下，没等反应过来，陈妈已经伺候了他一顿小拳拳。

“你是不是我生的儿子？怎么这么没出息！”

见势不妙，我拔腿就跑，刚溜到门口，却被陈云开一把拎回来：“又给我挖什么坑了，你说。”

陈妈见他还凶，泫然欲泣的表情拿捏得极好：“你还理直气壮？你故意想把我儿媳妇吓跑是不是！你个性怎么就随我了？你就不能温柔些？你该随你爸啊，软柿子多好捏！”

陈云开头疼：“刚刚不还怀疑我不是亲生的吗。”

陈妈已经方寸大乱，什么都听不进去，就像下了多年的棋，刚要解开玲珑局，却被人一把推翻，说不玩了。

“你好好劝劝阿姨……”出了门，我说，“再不然，你干脆老老实实交代跟禾鸢的事情，反正迟早得面对，我难道还能做你俩一辈子的挡箭牌？”

陈云开借机送我回家，逃离兵荒马乱的追击，却没直面我的建议。

“你和江忘在一起了？”他问。

他一把刀插过来，我差点没躲开。

“明知故问。那次在北京，我不信禾鸢没和你八卦过。”

“八卦能信似的，我俩的八卦还传了二十年呢。”

不知是不是错觉，他说这话的语气里似乎夹着嘲讽。

“对，在一起了。”我郑重其事地承认。

楼梯口，他的手插在口袋，没什么表情地点点头：“行呗。”他说，“好好对江忘。”

“这句话不该你对江忘讲？”

“他会好好对你的，不用讲。”

一下子，我觉得陈妈的顾虑是多余的。

她担心江忘对我的情感只是依赖，而非热烈的喜欢，可如果连陈云开这只猪都早就看出端倪，那江忘的表现已经够明显了。

不是喜欢，那是什么？

所幸，沉积已久的心事总算得到解决。也许不够圆满，但我终于可以光明正大地秀恩爱了。

我要大声告诉全世界，有个叫江忘的男孩，他属于我。

他关在城门里的落魄、不自信、偏执……一切负面情绪，从今以后由我来守。

除夕前夕，我爸开回家一辆桑塔纳。

每个男人都拥有关于车的梦想，早些年，他就想游说我妈买一辆，但没成功。因为我妈工作的地方就在门口，我爸上下班步行也不过二十分钟，完全没买车的必要。

谁知道，他老人家偷偷摸摸藏了好几年私房钱，在那年春节开回来一辆二手的桑塔纳。

“正月初几还得回乡下，节日里打车贵，也不好打，有辆车多方便啊。”他感觉自己做了多么了不起的事。

让我爸出乎意料的是，江忘居然对车的构造和性能很了解。

从北京回来那年，他就不声不响地考了驾照，也不知是因为哪根神经被戳到。加上他是一旦接触某样东西，不完全弄明白就决不罢休的性子，这才阴差阳错地和我爸有了共同话题。

楼下，江忘帮我爸检查车辆有没有出过大事故的痕迹、有没有被调整公里数什么的。

楼上，我妈和陈阿姨正互相帮忙准备除夕的凉菜。

哦，还有江妈妈。

都说“三个女人一台戏”。

以往，这出戏是我占C位主角。今年，江妈成功抢走我的风头。

几个女人不知怎么聊上的，她利用自己的专业知识给我妈和陈妈科普，怎么保养能够让皮肤延缓衰老。

这话匣子一打开就不得了，偏偏她自己就是最好的形象代言人。那家伙，我根本插不上话，画面和谐得我以为自己上辈子拯救了地球。

其乐融融的气氛让我欢喜过了头，竟追问陈云开究竟什么时候与禾鸢有个结果。

我想着他们家的情况，若多个女婿，或许能改善一点儿压抑清冷的气氛。

陈云开顾左右而言他："她的工作性质特殊，又正值事业上升期。以为都跟你似的，着急想把自己嫁出去。"

"我什么时候说要马上嫁出去了！"

"你现在一张大饼脸上就写着一行字——江忘，快向我求婚吧。只要你求，我肯定答应。"

太过分了，我恼羞成怒，随手捡起遥控器砸他。

他身手利落，堪堪躲过。

"哟，有长进嘛。"我阴阳怪气地说。

小时候，我俩总抢电视遥控器。他喜欢葫芦娃，我爱看美少女。

有天，我被逼急了，抓起遥控器向他砸去，他没躲过，额角当即肿了一个包。

如今，已个子高高的青年的人表情不屑："废话，当年我就能躲过好吗。"

我觉得他死鸭子嘴硬："那你怎么不躲呀！"

"躲了，你又会砸。砸不到，你就哭，烦。"

他陈述得有些粗暴，却让我咯噔一下，但其中的真实成分让我质疑："你要是真怕我哭，别为了禾鸢欺负我啊。"

陈云开便无话可说了。

谁不想做天下第一？我也想的。

我希望我爱的人，在他的眼中，我就是那个不可取代的唯一，不是之一。

但是，我依然感谢陈云开年少时的手下留情，没一个冲动暴起，将我了结。否则，我可能就没办法遇见那个从始至终都将我当作唯一的人了。

除夕。

按照川城的惯例，从正午就会聚在一起吃团圆饭。

江妈妈应该很久没感受过这样的热闹。她尽管表现得拘束，除了专业方面的，就再也说不上其他更多的，但能看出挺开心的，因为她喝了小半杯我妈自酿的葡萄酒。

饭桌上，我爱的蒸螃蟹和烤大虾离我远。

为了标榜自己早就摆脱了吃货的属性，我按捺着，结果，江忘和陈阿姨一人夹螃蟹，一人夹虾，同时往我眼前送。

还好我机智，立马打圆场："成年人不做选择，我都要。"

紧跟着，我就恬不知耻地把螃蟹和虾一一装在碗里。

我爸和陈叔叔对饮，正宗高粱酒，馥郁醇香。

我爸海量，逢年过节，陈叔叔都是趴下的那个。今年有陈云开在，不知他什么时候学会的饮酒，举手投足间有模有样，举杯喊："叔叔，饶我爸一命，我替他敬您。"

说完，他仰头往下倒。

我爸见他喝下去面不红、气不喘，来劲了，一口一个"云开"，开始讲述他是如何在酒缸中长大，又如何把以前村里的小伙伴斗得趴下，陈年旧账翻来覆去地讲。

"那您太欺负云开了。"忽然，江忘笑着说。

我心叫不好，抬头望过去，发现他果然不自量力地放了个小酒杯在跟前，大有要加入战局的意思。

"小忘，你不是不会喝酒？"我妈下意识地问。

他又对着我妈笑："气氛好，喝一点没关系。"

"就是，就是！"我爸酒劲上头，在半空挥舞几下拳头，大概是要我妈别管太多，"中国人过春节为什么？就是图个高兴！这酒呢，从古至今就是最助兴的玩意！”

说完，他就侧头看江忘：“小忘喝什么？红的？啤的？白的？”

江忘给我个“别担心”的眼神，微一抿唇，道：“月亮说，成年人不做选择。”

在座的大人们感觉心脏受到了暴击，顿时被一碗狗粮喂得饱得不行。

这家伙！

干得漂亮。

我爸妈本来还担心，我俩的个性搞不到一块儿去，可江忘当众这么一讲，等于是宣布，在我俩的相处中，是我占上风。

并且，他愿意听我的话，让我占上风。

只是，他那点能耐，哪儿能跟在酒缸里游泳的我爸比。

我爸的家乡就是著名的五粮液生产地，距离川城并不遥远。他常有事没事溜回去，约上三五个朋友出来喝几口。

江忘与陈云开不同，属于喝酒上头的类型。

团圆饭吃到尾声，他一张脸已然通红，却还直挺挺地挺着腰板假装没事人。

“兄 dei（兄弟），还 OK 吗？”我故意用本土话揶揄他。

江忘倒实诚。

“我有点醉了。”他说。

“那去休息一下？”

“你房间吗？”

看他臭美的：“沙发！”

结果，我爸和他喝过一顿酒后，早已知己惜知己，立马跳起来呵斥我：“什么沙发？！你的狗窝迟早要见人啊。”

当着这么多人的面……

包括老想着看我笑话的陈云开……

我不活了！

到晚饭的时间，江忘还没有苏醒的迹象。

我不忍心叫他，悄悄地去厨房给他留了一份饭菜。

等联欢晚会差不多开始，大人们稀稀拉拉地散去，呼朋唤友地说要通宵切磋国粹，为了守岁。正当我和陈云开大眼瞪小眼地发愁，想着怎么打发接下来的时间比较好，杜婷给我打来电话。

“出去放烟花啊！”

她在那头兴高采烈的，旁边还有刘萌萌的声音，邀功似的口吻：“我爸买了一后备厢的烟花！”

我狐疑：“今年市里不是禁止燃放？”

“所以，我找了个好地儿，你出来就知道了。”

到底是热闹的节日，我禁不住诱惑，推门进去看江忘的情况。

他眉头微蹙，应该还有些难受。我试探性地在他的耳边轻言细语地问：“去放烟花吗？”

床上的人安静了三秒，然后猛地坐起，强打起精神：“去。”

陈云开做事越来越有分寸，方方面面，我都能感觉到。他约莫料到晚上我可能不安分，故意没沾酒精，好此刻充当司机。

不过，谁坐副驾驶座，又是个值得研究的难题。

副驾驶座这东西，暧昧得不行不行的。我又不是真的白莲花，当然不想惹得一身腥。

可那个座儿，没人去坐，是不是更尴尬呢？

正当我内心天人交战着，江忘却像我肚子里的蛔虫，拉开副驾驶座旁的车门坐了上去。

“我身上还有酒味儿，怕熏着她。”

瞧瞧，他连找的理由都这么天衣无缝，我再也不敢说他情商低。

杜婷也开了车，她爸的小吉普，越野性能不错。我们约好在高速路口会合，她在前方领路。

途中经过川城医学院的后校门，我霎时想起闻多和闻小兄弟俩。

今年的闻家应该异常冷清，桌上摆的残羹剩饭也说不定。于是，我主动给闻多发消息，约他出来参加集体活动，希望他多沾点人气，心灵的创伤能愈合得快一些。

就耽搁的那么点时间，常婉又来作妖了。

常家父母给这兄妹俩订了机票去上海，说是过节，其实是陪合作方，顺便拉他俩走走节日过场。

常婉脾气怪，到了现场没给别人好脸，转身就订了回川城的机票。

到了家里，一个人也没有，梁钦也和几个老伙伴组团回了乡下，保姆更是放假了，于是兄妹俩望着黑不溜秋的大房子，哪叫一个凄凄惨惨戚戚。

江忘的手机在我这儿，电话也是我接的，我开着免提凑过去，自然听了个一清二楚。

"我和月亮在一起，现在估计……"江忘看样子不想惹麻烦。

知道了他的态度，我已经够高兴，立刻装大度地抢先回道："我们去探月湖放烟花，要来，自己导航。"

下了车，杜婷一听常婉这茬，给我一个"你真不简单"的眼神。

笑话，这年头谁还不会一点孙子兵法！

常放教他妹釜底抽薪，我就不会以退为进？！

我越表现得大度，江忘越觉得我好，根本不给敌人可乘之机。

"江忘，快来！"

探月湖里居然有鱼，正成群结队地浮出水面呼吸，张着小嘴一动一动的。

突然，我想起香山上那个青涩的吻，依旧心跳得不能自已。

体验到久违的童趣，我打开手电筒，转身就去拽闻多和闻小，要他俩跟我下湖去捞。

闻多哀号："你知道今天的温度吗？"

闻小少年老成："她显然知道才拉我俩下水的。"

江忘呢，不忍扫我的兴，却实在不放心，于是不知从哪辆车里翻出一捆绳，跟绑气球似的，一头套在我的腰上，另一头绑着车门。车门旁边靠着陈云开，而后他也靠过去。

两个男人的沉默，终归有些怪异。

"你真的没话对我讲？"

神奇的是，开场白居然是江忘说出来的。

陈云开下意识地从荷包里掏什么，我无意间回头望，恰见他手指间星火点点。

"讲什么？"他吐出第一口烟雾，痞痞地笑，这才有些儿时的痕迹，"难不成要我警告你，必须对林月亮好？算了吧，我才不想她好。你忘了？我俩一见就掐，是几辈子的宿敌，不玩儿青梅竹马那套。"

江忘沉着地倚靠着，目光在我的方向，可面上一贯的闲散温和，却不见踪影了。

"我当然知道，你不玩儿这套。"

青年微微侧头，视线终于定定地落在陈云开的脸上。

那眼神里像有冰锥，能戳破所有伪装。

陈云开不习惯江忘这反常的严肃，哥们儿似的捶捶对方的胸口："开玩笑。我把月亮当亲妹看。要说交给别人吧，是有点不放心。交给你，没问题。"

"撒谎。"江忘反驳迅速，言辞凿凿，"你心里想的是——江忘，你可千万别对她太好——"

"不要对她好，不要让她过分依赖你，别让她离不开你。如果可以，尽量释放你的坏脾气，让她害怕，让她受不了，转身逃到我的怀抱。陈云开，这才是你的真心话吧。"

陈云开如遭雷击。

"因为，我曾经就这么想。"

略微紧张的气氛中，江忘像准备充分、伺机而动的猎人，只等猎物落网——

“以前啊，好多好多时候，看见你和她勾肩搭背、打打闹闹的时候，我都这么想。偏偏她跟个不倒翁似的，总被你KO，接着满血复活。还记得十一岁那年，我去医学院少年班，你不甘示弱，想要和我考同一所学校。你知不知道，其实我差点向你投降了。我打算举白旗，承认你的确比我聪明、比我优秀、比我更受欢迎。十八岁生日那天，她蹦蹦跳跳地想对你讲点什么，我吓得躲了她两个月。你知道吗？我害怕一见面，她就兴高采烈地告诉我——江忘，从今往后，我也有人照顾、有人挂念了……”

陈云开的嗓子眼儿堵了。

他震惊于江忘说的话比十几年的加起来都多，也比以前的任何一句都让人震撼。

“这样的心情，你有没有过？”青年的审视渐渐逼人，眼中泛着连我都不熟悉的光。

显然，陈云开的答案是“没有”。

如果有，他不会一声不吭地去北京。

“那就连一丁点儿的念想都灭掉吧。”江忘的口吻并非商量，而是劝告，“没有她，你的人生不过多了些少不更事的遗憾而已，而我不一样。你的可有可无，是我的举足轻重，牵一发动全身的那种。云开，我拥有的不多。若有朝一日失去，我也不知道自己会做出什么。”

清冷的暗夜中，有人的话似卷着寒风。

咻。

腾烟花的杜婷和刘萌萌总算成功，将一朵云放上天空，炸出缤纷与璀璨。

与此同时，常家兄妹俩也驱车赶到。

常婉戴着黑色贝雷帽，斜挎小牛皮包，外面着风衣样式的呢子外套，整个人看上去娇媚极了。她两眼一扫到江忘，立刻跟打了鸡血般蹿了过去。

警报拉响，我暂时忘记抓鱼这回事，顺着江忘绑的绳子往岸上爬。

绳子的一头是我，另一头是他。颤动的弧度惊动了正谈话的二人，他远远地打量过来："抓到了吗？"

我沮丧地摇摇头，口气不自觉地有些撒娇的意味："太狡猾了！还好我没有承包鱼塘，否则我都没法儿拉它们去市场！"

旁观的陈云开受不了我这样，将手插进口袋，翻白眼道："对方拒绝吃这碗狗粮，并踢翻在地。"

可在我看来，我根本没有撒狗粮。

我只是习惯了从江忘这里寻找认同。他总有一百种方法让我相信，自己不是傻子。

那晚的探月湖可真美。

月光投下来的影子，让我们变得很短。三人并排站在一起，就像小时候一样。唯一缺憾的是，如今的禾鸢已经是娱乐圈有点名气的二线女星，过年正是节目多的时候，没办法赶回来。

当十二点的钟声敲响，我掏出手机给她发贺年短信，她的短信也踩着点儿进入我的收件箱。

我一下子觉得，长大，也不是那么残忍。

是时，见我顺理成章地往江忘的身边一靠，常婉收住了激进的脚步，被迫留在杜婷的身边。

后来，杜婷对我讲，不知道为什么，看着我和江忘将依未依的背影，她竟油然而生一种不属于自己的幸福感。或许是因为，别人都在看烟火，而他专注地在看我。

她甚至大言不惭地对常婉说："别费劲了，他俩不可能分手的。"

常婉疑惑："何以见得？"

杜婷就特文艺地直指头顶，问道："美吗？"

“夜空看似广袤、包容，无论什么色彩涂上去，都仿佛天生与它契合，谁不喜欢？！可惜，向往归向往，夜空却是没办法失去月亮的，一旦失去，余生就只剩隐晦了。”

拥有它的隐晦，又有什么用呢。

开年没多久，江忘在川城医学院附院背后搞了间公寓，大概一百平方米。

一来，家属院的拆迁工程即将动工，他提前给江妈妈找落脚之地，而流动站的宿舍太小。

二来，他决定接下附院的橄榄枝，任职于肿瘤科。去了附院，他在流动站待的时间自然少很多，住在这里明显更方便。

起初看完公寓，我骂江忘傻：“只刷过墙漆，什么家具都得自己添，多麻烦啊。以后再搬家，多少东西都过时了，你肯定也不乐意要，只能扔掉，太浪费钱！”

听说，当一个人把另一个人纳入自己的未来中，就会控制不住地为他省钱。

江忘估计也知道这个说法，被我骂了，还一下子开心得不行。

他将其中一把新钥匙仔细地穿到我的钥匙圈上，说话也很仔细：“住着就不轻易搬了，我不喜欢颠沛流离的感觉。”年纪小那会儿，他尝够了个中滋味。

“由得着你吗？”我一边走着看格局，一边问，“签的多少年啊？”

“产权应该都是七十年吧。”

我好半天才反应过来，猛地一回身，都结巴了：“你买、买的？！”

他好笑地瞅着我：“不然呢。”

江忘寻常开支小。

他吃饭、住宿都是流动站负责，每月还有相对可观的工资，加上早年参加各种竞赛得来的奖金……和我谈恋爱后，我又不太像女孩子，成日就图一口好吃的，不要包包，不要衣裳……

那是因为我不想给他增加无谓的负担。结果，他在如今房价水涨船高的川城，一声不吭地买套房……

人比人，真的会气死人。

想想年龄相差无几却一穷二白的自己……

看出我心理上强烈的落差，江忘苍白地安慰道：“没事。交完首付，再加装修，我也穷了，还是房奴呢。”

呵，他说得像谁不愿当房奴似的。

见我还哼哼唧唧，他转身拉我进主卧室。推开一扇落地窗，外面露台的空间还很大，他说用来做日光书房。之前我看一本杂志上有人就这样设计，特别漂亮，能日光浴，还省电，他记在了心上。

“因为有露台才买的。”他一脸邀宠的样子。

我顿时矫情不下去了，努力憋住笑——

“既然你这么有诚意，我就大发慈悲地陪你选家具吧。”

大四，我们该上的专业课都上得差不多，经常被支配到市内血站或乡镇医院实训，其余时间基本能偷个闲。

去附院报到之前，江忘想把所有东西都定下来，我俩在家具市场逛了一圈又一圈。

“茶几、餐桌、床……”我一样一样地写清单，“还差什么？”

“沙发。”

川城有个特别大的家具定制市场，我逛得小腿抽筋，拉着江忘随便找了张沙发坐下休息，这一坐不得了。

“你，还想不想站起来？”我问江忘。

他完全靠上去，认真感受了一下：“似乎，还可以？”

这算瞎猫碰着了死耗子。

沙发的外观并不特别，你扫视一圈，第一眼绝不会落在它的身上。

尤其它的颜色偏暗红，极其低调。只是，这坐上去的感觉，也太像身在天堂了吧！

得到认同，我兴致勃勃地寻找价格标签，入目一行：指导价，六万九千九百八。

“对不起，我飘了。”

我麻溜地起身，煞有其事地对着那套沙发做了一个鞠躬的动作。

抬头时，我的余光扫到营业员正朝我们走来，吓得我赶紧拉起江忘飞离现场。

“不喜欢吗？”他问。

“这是喜欢的事儿吗？！”我不假思索。

他沉默。

我大概能猜到他此刻的内心活动，但说破也没什么好处，于是我装傻充愣又一阵惊呼：“那个小熊地板简直萌出血了！”

地板由四块小的拼接成为一块大的，图案是小熊一家，基调米黄色，价格也不高。

“还好刚刚没买那套沙发。”交定金时，我庆幸地说，“和我们挑的其他家具风格都不搭，太跳了。”

江忘若有所思地点头：“你说好就好。”

之后，我就回学校，他依旧住在宿舍，因为家具散味道得一两个月。

中途物业检查排水管道，他因为流动站的事儿抽不开身，只好让我跑一趟。没想到，我一开门就发现玄关处偌大一面仪容镜。

我问他放块镜子做什么呀，他说方便我臭美，不用再对着梳妆台调角度又弯腰。

物业做检查的人看我捧着手机笑眯眯，忍不住生出八卦之心：“婚房吧？”

我被弄得又喜又羞，不知怎么回答。

正式搬家那日，我还是累得够呛。因为江忘发消息说，要我将一半的行李先带过去。

我惶惶不安地想，这是要正式同居了？可身体还是很诚实地爬起来光速收拾，麻溜地打辆出租车奔向了公寓。

然而，江忘打开行李箱时，明显有些傻眼："我、我的衣服呢？"

原来他要我带的行李，是他剩在流动站宿舍的，不是我的。

我感觉自己的脸已经成了番茄色，他很快找补："你的洗面奶、保湿霜、面膜什么的都带齐了？我怎么没看见。"

好像他的确一开始就希望我搬来合住似的。

出于报复心理，我决定不再帮江忘做任何事，让他一人在那儿收拾残局，我自得其乐地坐在沙发上刷新闻。

——禾亦鸢出道三年零绯闻，神秘圈外男友终现身，疑是医学院在读生……

"啊！"

眼睛扫到这条，我从沙发上弹了起来。

江忘头也不抬地说："果然忘带东西了吧。"

结果，我愤愤不平地说："陈云开要红了！"

他终于动动脖子。

我平移过去，将手机屏幕亮给他看，心有不甘地说："从小他就压我一头，现在连炒作这件事，我都干不过他，我自闭了。"

禾鸢眼光不错，当初那位邀请她拍MV的新锐导演得了国际上一个不得了的奖，导致他所有作品被翻出，她则凭借亮眼的形象紧跟着被某经纪公司发现，着手签约打造。

她有舞蹈底子，身材也好，满足所有造星条件，势头正走高，还起了个艺名。

"我刚刚在楼下好像看见有烧烤店。"江忘忽然转移话题。

本来我就饿了一天，突然听到"烧烤"二字，立马将陈云开抛到脑后。

烧烤店距离小区大门不过五分钟脚程，我俩去的时候已经有几桌人。为了通风，我刻意选了个门口的位置，却被一只流浪狗盯上。

狗的品种像是比熊串儿，以前应该有主人的，现下估计和主人走丢了，可怜兮兮地盯着我和江忘。

江忘随手给它一串排骨，被我抢过来："狗不能吃辣的吧？我给它用水洗一洗先。"

谁知洗着洗着，一串排骨就莫名其妙地所剩无几。

江忘无语："还是我给它洗吧。"

忽然，我听见咔嚓一声，转头寻找声音，没寻见。

直到第二天，杜婷给我打电话，说我和江忘火了，接着把现今最火的社交平台消息发给我看，原来有位大V昨晚和我们在同一家烧烤店，听见我和江忘的对话，觉得太有爱，忍不住上传给粉丝看，下面一大堆留言——

请你们原地结婚。

要不要我把民政局搬过来？

带着我的祝福，滚。

……

"这下没遗憾了吧。"江忘也歪着脑袋浏览消息，看着那些陌生人的祝福，忍俊不禁。

是啊，没遗憾了。

我人生唯一一次巅峰，是和他一起走上去的，还有什么能比这更振奋人心？！

"不过，它该怎么办……"

我指了指脚下那一团毛茸茸的生物，正是烧烤店遇见的那只小狗。它为了报一串排骨之恩，直接"以身相许"，跟我们回了公寓。

"养着吧。"江忘说，"它实现了你上热搜的愿望，过河拆桥不道德。"

他真是被我带歪了。

心理学专家说，两个人相处得过久，会变得越来越像对方。其他方面，我不知道，不过江忘现在的抬杠水平可是方圆十里无敌手。

“关键是，你为什么没有更聪明一些？”杜婷对我进行灵魂拷问。

“我还不够聪明？”我不服，“我搞定了最聪明的人，我才是王者好吗。”

“厚颜无耻。”

“厚颜无耻”这个我承认。

但情侣之间往往厚颜无耻才能增加幸福感。这规律还是我发现的。

其实，江忘的性格没想象中的好。或许陈阿姨说对了一点点，他犟起来绝对不输给谁。如果我惹他不高兴，必须一本正经说些连自己都听不下去的甜言蜜语，才肯作罢。

譬如，最近吧，他去附院肿瘤科任职以后越来越忙，回家还得筛选流动站的资料。

我心疼他睡不了多少，就自己偷偷摸摸起大早去学校，避免他送到楼下这一趟，结果他不乐意了，觉得我对自己的安全不负责。

可能当医生的，对生命和意外的敬畏比普通人强烈。

现在耸人听闻的新闻与日俱增，他担心我遇见乱七八糟的流氓。

想来他的初心是为我好，我不能当白眼儿狼，于是我就逮着机会跟在他背后转悠，说各种让人起鸡皮疙瘩的话——

“你就这么去上班了吗？”

他不理我。

“我想你怎么办呢？”

他不理我。

“如果你在医院碰见身材火辣的漂亮小护士，会不会忘了家里还有个黄脸婆？”

“那得看辣成什么样。”

“维多利亚那样儿的。”

“你自己觉得呢？”

“不会。我家江忘眼睛太小，只装得下一轮月亮。”

往往这时候他已经忍不住失笑，但他总要逃，不让我看到。我便跳过去扳他的脸，乘胜追击地嚷：“亲一个，亲一个！”

他不从，我假装要走，之后就会被反客为主。

有一天，杜婷和我同组去血站帮忙采血，我俩约好在公寓楼下等。我和江忘又玩老把戏，被她撞见，她瞠目结舌地对我讲：“果然，恋爱中的人都好像智障。”

清醒的就不是恋爱了，是计算好斤两搭伙过日子。

“显然我俩不是。”我得意扬扬。

在烧烤店遇见的那只小狗，我最终还是收留了下来，可我妈不喜欢，觉得麻烦。

我和江忘都忙的时候，只能将小狗放到我妈那儿寄养，因为江妈妈对狗毛过敏。为了让我妈尽心尽责地照顾它，我急中生智，为它取了个超吉祥的名字，叫——涨停板。

那阵子，她老人家追潮流，玩儿股票。

不看僧面看佛面，涨停板的名字为它拉了极大的印象分，我妈终于和它建立起感情，早晚都会遛狗，还让我在网上帮它买狗粮。

我嘴欠，说：“您要狗粮，叫我和江忘回家就行了，吃都吃不完，干吗浪费钱。”

我妈一中年妇女气得鼻子冒烟。

可隔日周末，她还是按惯例将涨停板送到了公寓，并检查了我们的冰箱。在发现冰箱空空如也时，她不嫌麻烦地拉我们去逛超市，买瓜果蔬菜，把我感动得一把鼻涕一把眼泪——

亲妈就是好，没有隔夜仇。

我妈做菜很有一手，闻名整个家属院，我更喜欢她做的火锅冒菜。

进了超市，我直奔素菜区，以为她中午要留下来给我做饭，没想她偏头就对江忘讲：“先放油、花椒、豆瓣爆炒……”

她一副“要我做饭，你做梦”的架势。

我收回“没有隔夜仇”这句话。

可江忘认为，我妈对我爱得深沉。

因为她第一反应是教他做菜，而不是教我。这意味着，不管我谈不谈恋爱，嫁不嫁人，她其实希望我永远都是那个十指不沾阳春水的小公主。

我信了江忘的邪，回头就给我妈发消息——

我，小公主，打钱。

可我妈一直没回复。

等再发，我只看见一个小红叉，提示她已经把我删除好友。

我渐渐觉得这样的日子可遇不可求。

像某电视剧的经典台词：爱我的在身边，我爱的在对面。幸福过头了。

人一旦觉得幸福，就会不自觉地变得温柔，对世界也充满了感激和怜悯，连手指上那道难看的伤口，我都觉得是爱的勋章，时不时抚摸一下。

因我是疤痕体质，缝合做得很好，却依旧没能避免留下痕迹。

有一日，江忘见我抚摸它，以为我特别在意，愧疚和心疼的神色挂了满脸。

“要不去做激光手术？”他忽而开口。

我原本躺在他的腿上玩手机，迅速把手往后一藏：“干吗做手术？想毁灭证据？害怕以后我拿伤口要挟你必须对我好？”

他无意识地扒拉我的长发：“不做手术，也行。”他若有所思道，“反正我有办法弄掉它。”

我一直对这个办法很好奇，但他迟迟不告诉我，说时间没到。

之后，江忘在附院的工作上了轨道。

各种宣传一出去，许多慕名而来的病人都抢着挂这个明星医生的号，极尽所能地为自己或家人求得更多生机。

最夸张的一天，江忘光早上就有四十多个病人等着，连喝口水的时间都没有，更别提中午悠闲地吃食堂。

害怕他饿出毛病的我脑袋终于灵光，尝试着下厨房，给他煲汤。

一开始，我的汤煲得不算好，油很多，被我妈指摘一回后，就改送雪梨银耳汤，降火润嗓。

我打小身体好，不怎么和医院打交道，连感冒发烧都很少，可一旦感冒什么的，就病来如山倒。所以，之前在香山，我一发烧，便有点不省人事的意思。

不来医院不知道，一来，我吓了一跳，真是人间百态的缩影。

有奔忙的孝顺儿女，有邻居陪着来看病的失独老人。大人、小孩，急的急，忙的忙，其中一个妇女的大嗓门引起我的注意。

她操着外地口音，在门诊收费处大喊大叫，两眼通红地和几个大老爷们儿较劲。

“今儿我还不信了，不经你们的手就挂不上江医生的号！”

男一：“能挂，能挂。在场搬着小板凳坐等一上午的各位谁不能挂啊？！至于排到猴年马月去，等不等得到，就看你运气了。”

旁边有想花钱了事的，问多少钱一个号，然后我听见四位数的天价，而正常来讲，只需要二十几元。

“别闹了……不要闹了……咱不看还不行？！反正我一把年纪，多几日少几日有什么区别。”

妇女身后有位老父亲，有气无力地招手唤女儿。

女儿固执：“我不走。这病能不能治，您说了不算。医生要不要给您看病，他们说了也不算！”

与此同时，医院保安得到消息赶来现场，略为粗暴地要请走妇女，说她扰乱排队秩序。妇女不依，保安就动手拉大爷。大爷骨瘦如柴，一看就是长年被病痛折磨，轻轻一拽，便趔趄倒地，引得那几个中年男子偷笑。

我看着他们有恃无恐的脸和绝望得干脆也一屁股坐在地上的妇女，悲从中来。

于是，我不假思索地给江忘打电话，说我在门诊部，问他能不能下来一趟。

他很紧张，以为我生病了，因为我说话的声音和平常不大一样。我赶忙说不是我生病，而是别人。

“家、家里人。”我竟脱口而出说了一个谎。

不过，很快，我又矢口否认，要他不用下来了：“不是什么大事。”

因为我了解医院的规章制度，帮忙插队对其他老老实实排队的病人也不公平。我不想江忘落人口实，也不希望他因为任何人，打破自己的原则。

但他还是来了。

青年穿着白袍，身量高高的，远远地看过去就很打眼。

现场怎么回事儿，稍一询问就能知个大概。他站在我的身旁，看了看手表，小声道：“距离下班还有半个小时。”

下班后就是他的私人时间，愿意给谁看病就给谁看病。

我听见了，迅速懂得他的意思，当即突破人群去扶那妇女，说公共场合这样确实不好看。

“您要真的急，我倒是挂了江医生一个号，先让给你吧。”

话讲到这个份上，其他人显然没有置喙的余地。妇女终于肯返身去扶老父，披头散发却不忘连声道谢，极力维持着尊严。

那晚，江忘果然比平时迟了一个小时才到家。

我追问老大爷的情况，他隐约流露出些微怜悯。

江忘去附院快一个月，接触的病人少说已有几百个，肿瘤科的病人又大多是疑难杂症，按理说，他早该麻木。

“是贻误诊断。”

饭桌上，他一口一口喝银耳汤，埋头让人看不见表情。

但我知道，一定是可惜。

江忘：“以腰腿痛为首发症状的肿瘤，很容易被设备不先进的乡村医院误诊。患者因胃溃疡在当地进行过胃切除手术，后来反映右臀部麻木酸痛，检查膝跟腱却反射正常。缺少经验的医生首先判断是普通的肌肉痛，实际是骨转移。这类病人一般要痛到发汗晕厥的地步，才会上大医院，可基本已是二期。

“不是他们不想上大医院。”

倏地，我心里堵得慌：“大医院报销少，好的医生又一号难求。有时我真会发觉自己崇洋媚外，我羡慕很多有免费医疗政策的国家，羡慕他们不管什么阶层都拥有活着的权利。”

“傻。”

江忘搁下碗，隔着餐桌伸手过来揉我的脑袋：“医生也是普通人，也要养家糊口吃饭啊。免费医疗听着很好，可你知不知道，国外每年有多少人死在等待上？！前阵子就有新闻报道，××国一位母亲声泪俱下地控诉，等了两年才见到家庭医生。一家人前去急诊挂号，却被草草打发，理由是没有家庭医生的诊断书。然而，一位免费家庭医生的名单上，竟高达五千多人。结果，原本普通的小问题，最后生生被拖成了癌症。这就是全民免费、廉价医疗的后果。”

“所以，你觉得，号贩子炒天价号是应该的，因为医生付出的是同等的专注？”

江忘无奈：“我没说他们应该，只是想安慰你，不要想不开。”

但我还是想不开了。

想不开的我翻来覆去睡不着。

我知道江忘的说法没错，也知道自己的理想主义又作祟了。

可难受这种心情和喜欢这种心情一样，很难瞒住。

见我这么耿耿于怀，江忘没法子，只好松口说找机会和院办领导沟通，看能不能整治下猖狂的号贩子。

“只能试试，不保证有用，毕竟人微言轻。”

一下子，我就觉得从南极冰川回到了暖洋洋的地方，忍不住侧身熊抱他，一句我以为永远没勇气说的告白张口就来。

“江忘，我好喜欢你。”

他一怔，像出现错觉似的。

我一鼓作气，盯着他直勾勾的眼睛：“可能从很小很小就开始喜欢你了——

“我见不得任何人欺负你，见不得你伤心。当初陈云开决定跟禾鸢去北京，我也只伤感了那么一下下，后一秒就庆幸，还好你没去。你还记不记得？高二那年，我爸从外地带回一个冰激凌西瓜，里面的瓤是黄色的。我觉得稀奇，偷偷给你藏了半个，被禾鸢发现。她说我有异性，没人性，我说我问心无愧。其实，我很心虚，因为脑子里总有个声音在对我嚷——你问心无愧，但你心里有鬼。你从北京回来，与常婉狭路相逢，摸她头的瞬间，我感觉自己想原地自爆……

“还有很多很多，我暂时想不起来了，等想到再对你讲……”我感觉眼皮开始打架。

难以想象，我竟然一番话把自己给催眠了。

可能我真的安心了。

我觉得是时候把毫无保留的自己交给他了。

我要让他知道，月亮从来都是为夜空才升起来的。这就是宇宙规律，没有道理可讲。

什么天与地？只要我和你。

Chapter 10
给你朝夕

我很早就明白一个道理，有所得，必有所失。
我已经得到世上最好的江忘，
就注定失去别的东西。

“小江？坐。”

院办主任老刘推了推眼镜，放下笔，抬手对门口的人做了个邀请的动作。

他对江忘有欣赏之情，也知道他的来意，心中两把刷子正不停地扫主意。

“我看了你发到邮箱的建议，也向上面领导反馈过了。意见呢，很好、很切实，也对维护医院的形象起到良好的作用。只是在实施上，恐怕有难度呀。”

“难吗？”江忘面无波澜，“规范门诊挂号制度，建立黑名单机制，不求一网打尽，至少能看到改善。”

“怎么讲呢，”老刘双手改为撑下巴，打起官腔，“对于号贩子的行为，我们坚决打击。可你也见识了，按照正常的排号流程，我们的坐诊医生吃不消啊。光一上午工夫，几百号人就得将走廊挤得水泄不通。嗯，这个呢，对于急诊需求不太强烈的病人，高昂的价格可以暂时换回他们的理智。那个……多等几天正常排号就行了嘛。”

江忘忍不住了。

“如果人手不够，是医院的制度和分配不合理，为什么要病人背锅？”

“怎么能叫背锅？！”老刘及时打断他，“小江，有个道理，你应该听过吧？水至清，则无鱼。医院那么大一帮医生护士要养，凭什么？就光凭那点挂号费吗？不算人工成本，你知道光是一年医疗器械的投入是多少？”

他知道。

正因为知道，他才会对我说出那番话：“医生也是人，也要养家糊口。”

他更知道，很多大医院都存在同样的现象，越厉害的医生，挂号的价格越离谱。可他没办法站在我的对立面，只好竭尽所能，如我所愿。

见江忘沉默，刘主任取下眼镜，捏捏鼻梁。

“小江，”他喊，“我个人非常欣赏你，你又是梁教授的关门弟子，在这，我就对你说些带私人感情的话。算算日子，你到附院工作马上一个月整，我不知道行政部门那边和你是怎么谈的待遇，但我希望，你等具体的工资条出来以后，再好好想想，要不要、有没有必要，继续在这件事上和领导较真。如果你的决定是要，我保证，你所有的想法，我都完整地帮忙传达。”

那几日，我总觉得江忘心事重重。

可我们之间的默契是，他不说，我就不问。

有天晚上，他突然告诉我发工资了，要请吃饭，问我想吃什么。

我说想吃火锅，他说我太容易满足。我想起漂亮小护士的事儿，以牙还牙：“那得看你工资有多少。”不料，他真掏出了工资条。

我拿过来数了数，再数了数，又数了数，眼都不带眨地抬头——

“也不知道再过两个月，那套沙发还在不在，啧。”

他也不回答，就专注地看着捧着工资条欢天喜地的我，目光深深。

如果我能提前知晓，无心插柳的后果，我一定少开金口，可惜我不是先知。

以前我妈老骂我开玩笑不分轻重，我总不当回事，只是没想到，这一次的教训比想象中的深刻。

江忘更忙了，经常不拖延一两个钟头根本没法儿下班，连去流动站的时间都少了很多。

常放这人，没个正经。要不是我和江忘谈着恋爱，恐怕连我都要认为，他们俩是不是有什么。要不怎么几日不见，常放就如隔三秋，竟开车追到医院，非拉着江忘去吃顿饭。

江忘不疑有他，进了某五星级酒店的包间，才发现是鸿门宴。

在座的不只常放，还有常婉以及两人的父亲——常国言。

常放要江忘别拘束：“就我爸想认识认识你，知道知道究竟是谁处处都压他儿子一头。”

——常放不正经极了。

“小伙子喝酒吗？”常国言倾身转动玻璃桌。

“他不喝！”

这句是常婉抢答的。

常国言一愣。

摸爬滚打大半生的人，什么看不穿，当即他恍然大悟：“我说你这丫头，今天死活要跟来，敢情不是想和老爸吃顿饭，嘿哟，真是女大不中留，看你带劲的。”

常放假意奚落：“可叹落花有意，流水无情。”

常国言很上道地用言语撮合：“看出来了。在家里跟螃蟹似的横行四方，在小忘面前乖得像绵羊。”常婉急得脸一阵红、一阵白。

江忘微蹙眉，因对方嘴里自来熟的那句“小忘”。

“叔叔，您是不是有其他事找我？”他维持着面对外人的疏离笑容，开门见山。

常国言没想到他如此直接：“不是什么大事。来，先吃菜。”说着，常国言就给他夹了一筷子海带丝。

他没有一般商人给人的那种压迫感，但是，轻描淡写几句好像就能 carry 全场，以至于江忘分不清是讨厌还是不反感。

无事不登三宝殿，常国言当然不是单纯地想认识一个二十来岁的小青年。

他此次的目的，是为了替公司新引进的抗癌药打头阵。

“这药你应该熟悉，正是你们流动站这两年研究的新成果。在微量元素的基础上，人工提取麦芽硒，并进行了配方改善，不仅对抗癌细胞效果良好，对疼痛的抑制效果也有所突破。”

江忘再清楚不过这个项目了，梁钦组的团队，他和常放是主力。

最近他虽然去流动站的时间偏少，但据他所知，改善的成分还很大，这么快就成药了？

“叔叔的忙，以我的权限，恐怕使不了太大力。”江忘不习惯兜圈子，“如果已过药监和其他相关部门的审核，进我们医院是迟早的事儿，不用多此一举。”

常国言哈哈一笑安抚：“放心，放心，先吃菜。”接着，他才漫不经心地提起，医院的手续已经在走了，不日就会出现在药单中。

“那您具体的意思？”

“你们当医生的，应该比谁都了解病人的心态。毕竟生死攸关，大家对新药肯定持观望态度。我想，如果有他们信得过的人出来说说，效果兴许就大不一样。”

江忘迂回地拒绝：“如果是这样，我们肿瘤科藏龙卧虎，优秀的医生可太多了，也比我有话语权。”

“年轻人，谦虚谨慎点是好事，过分谦虚就容易错过机会，也让别人错过了。”常国言依旧笑意盈盈的，“你们肿瘤科人才是多，然而就职一个月就完成三台手术的医生，据我所知，人就很少了。”

“那是因为三位病人都恰好有每年体检的习惯，才及时发现，没让癌细胞大量转移扩散，我不过占了运气成分。即便让别人来进行手术，也能完成得很顺利。”

常国言若有所思，顿了一下：“呃，那什么，气氛可能太严肃了。”他换个姿势，“我今儿来主要是认识认识小放的新朋友，顺便探探口风，你不用急着回答。这样，小忘，我们先吃菜，以后有很多机会见面。”

老狐狸就是老狐狸，见强攻不下，立刻改怀柔政策，支使起自己的女儿：“婉婉，愣着干什么？给人夹菜啊。”

恰巧此刻我福至心灵地给江忘打电话，让他回家的时候给涨停板带一包狗粮：上次网购的质量不行，它吃了老吐。

手机响起，江忘趁机起身：“抱歉，叔叔，我忘记通知女朋友不回家吃饭了，她做了一堆菜，闹脾气呢……”

三言两语就挑明他是有主的，并且表明对我极其在乎。

常国言略有不爽。然而，成功的商人最擅长忍。他相信，世上有拒绝自己的人，却绝对没有拒绝利益的人，他选择打持久战。

“行，没关系。下次我一定让常放提前打个招呼，今天是有点冒失了，叔叔给你道个歉。”

江忘看似不通人情世故地点头告别，好像赞同对方说的——的确很冒失。

但做了多年好友，常放心中有数，他这是生气了，紧跟着也起身追出去。

“对不住了，兄弟。”常放在电梯里拦住青年，“我以为他今儿是为我妹的事。毕竟吧，我妹对你的心思不是一天两天了。我要知道话题这么敏感，不会拉你过来。”

江忘没迁怒常放：“决定去医院工作的时候，我已经做好心理准备。只不过，再待下去，怕月亮误会。”

“啧啧。”常放一口老血就要吐出来，“她究竟给你下了什么迷药？！”

“你妹给你下的那种。”

否则，常放他成天闲着没事，牵线搭桥为了什么？！

常放彻底被噎死了。

包厢里，常婉也吃不下去，站起来没大没小地揶揄了常国言两句：“您再这样，我就向外公告状去！他若知道你朝他最得意的弟子下手，肯定饶不了你。”

常国言没把女儿的小性子放在眼里，只说她傻。

“他日江忘要是和我同一条船了，你还怕没机会、追不到？！”

常婉到底还有分辨是非的能力，禁不住冷笑：“连我都不想和你同一条船，他就更不愿意了。”

没多久，附院顺利拿到超一流的牌子，全院上下庆祝。

江忘想带我去，说可以携带家属。

“不要，我好像胖了。”我对镜自怜，“而且那种场合，大家应该都穿得有模有样，我柜子里的衣服太幼稚……”

全是学生装。

他失笑：“怎么现在要礼物变套路了吗？”以前我都直来直往。

我毫不矫情地点点头：“这不是怕你腻味吗，偶尔换个套路。”

逛商场那天清晨下了雨，马路上湿漉漉的。我因为新衣服太好看，舍不得脱……好吧，主要是贵，又没很多场合可以穿，我觉得少秀一会儿都是浪费，宁愿手臂冷出鸡皮疙瘩。

马路边，有行驶猖狂的车辆溅起积水，我吓得条件反射地拽过江忘，让他挡在我的面前。

片刻——

“不想我被欺负？不想看我狼狈？”江忘的语气抑扬顿挫。

我自觉理亏，却不肯承认：“难道让我死吗？”要是弄脏新衣服，我还真不想活了。

江忘无奈：“现在怎么办？”他指了指衣角上特别明显的泥点。

“我帮你攥着吧！”我急中生智道，“我一直拉着你的衣角，泥点就看不见了，别人还会以为我俩感情好得如胶似漆。”

“别人以为错了吗？！”他不满地努了一下嘴。

如果一个男人在你的面前，随时随地都幼稚得像个孩子，那说明他对你一定全心全意，因为他不设防。

可也因为，我没怎么见过他大人的模样，就理所应当地认为，他还没成熟到拥有一个男人的想法。

直到医院庆祝会，我被暗恋江忘的一个漂亮小护士恶意泼了果汁。

小护士正是当初和小蔡一起犯错，差点儿被开除的那个。后来有人说她是副院长的侄女，父母经商。总之，她的后台很硬，来这里不过是借着人多消磨时光。

餐厅里，江忘忙着应酬领导，他们同科室的人目睹了找碴现场，向他转述，无非是老套地指摘我的外表。

江忘转身来寻我，见我裙边一大块脏污，脸色瞬间黑了，用眼神示意我解释。

我装作没看见，他抬脚就要去找肇事者。

我急忙拉住他，极力省略具体过程："不重要。"我无所谓道，"总之，行为过激、缺乏教养，一点儿都不可爱。怪不得虽然她身材火辣，你还是看不上她。"

我说这话时，他的同事也在场，被我逗乐，频频向我示好，更扬言以后帮我看着他，不让小护士近身。

我底气十足："事不宜迟，留个电话吧。"

对方又一阵乐，拍着江忘的肩膀说："哪儿找的女朋友？我'柠檬'了。"

我赶紧出卖杜婷："批发的，我们这一批还有一棵好苗子，开发开发也差不到哪儿去，回头给你微信啊。"

接着，现场就哈哈不断。

一来二去，我算是成功打入他们肿瘤科内部，还得知了他们VIP病房目前都住了谁，有什么新鲜事和奇葩人物，可江忘依旧闷闷不乐。

回家的路上，我一刻不松懈地吊着他的胳膊："哎呀，你和一个不懂事的小姑娘较什么劲？！她还是个孩子呀。"

通常我说这句话，就是在给别人挖坑——她还是个孩子，所以，我们一起打死她，可这次没有。

我是认真地想算了。

尽管以我自诩聪明的脑袋瓜，能想出一万种报复的方法，但有小蔡的前车之鉴，我不敢轻举妄动。我不希望他的工作受我的影响，不想他成为众矢之的。

我不愿承认这是个弱肉强食的社会，可它就是。以至于江忘觉得，是自己不够强大，才没法护我周全。

“如果今天站在高处的是我，就没人敢欺负你。”

而我认为，我不需要他单方面的保护。成长是两个人的事，没道理要一个人辛苦。当你哐啷把自己砸对方身上的时候，就算对方不说，那也一定很痛。

只是，我不敢光明正大地对他这样说。

他自尊心强，总竭力想给我什么，来证明我对他的意义。所以，他给什么，我都受着，看他因为给予而开心。

但今晚，他可能觉得没什么能给我了，浑身萦绕着久违的自弃感。

直到睡觉时，那股低气压都还没散去，于是我一如既往地发挥我擅长的乐观精神：“喂，江忘，我刚刚算了笔账，你要不要听？”

洗完澡，我厚着脸皮凑过去，头倚着青年宽厚的背。

“你看，你一年工资积累下来有六位数呢。工作十年的话，就七位数。三十年，就八位数……我的天哪！三十年后，我就可以抱着你的大腿，成为千万富翁，比我妈的股票还靠谱！”

不料，今晚的江忘不吃我画的饼了。

他甚至都不想搭理我天马行空的想象。

我用若有似无的力度抠着他的背，观察他的反应，很久很久才盼到他回身。

“可三十年太久，我想给你朝夕。”

刹那间，我感觉嘴里一阵苦——明明是那样甜的话。

或许吧，连我都忘记了，这个表面光鲜、无所不能的男孩，内心有多自卑。

他吃过现实的亏，尝过颠沛流离的滋味，看过不堪入目的妥协。在他波澜不惊的外表下，一直藏着一座叫家的废墟，他曾眼睁睁地瞧着它被生活摧毁。

他害怕有那么一天，某只摧枯拉朽的手，会忽然伸出扼住我的咽喉，而他无能为力。

他依旧只能眼睁睁地看着，然后疯掉。

“你才傻吧，江忘。”

我拉过他的手，覆在心口，感觉指尖哆嗦了一下：“只知道给我，给我，却不想想，我能给你什么？”

是的，扪心自问，我能给他什么？

虚头巴脑的誓言，还是连自己都不确定的以后？

“我什么都没办法给你，江忘。唯一能给的，就只有我自己。”

顷刻间，一切天旋地转。

“所以，你们同居这么久，才……”杜婷一脸的不可思议。

我回忆起那些不同于平时浅尝辄止的吻和抚触，感觉鼻尖都红透了，结结巴巴地说：“我、我们思想很传统的好吗！”

“传统重要吗？！传承才重要。”

“……你一个连正儿八经恋爱都没谈过的人在这和我谈什么传承。”

“没吃过猪肉，我还没见过猪跑吗？！”

我决定和她停止沟通。

再滔滔不绝地说下去，我可能会告诉她最丢脸的部分。

那就是大清早，我感觉脖颈痒痒的，忍不住扭捏作态地说：“不要再闹了。”

话一说完，那人衣冠楚楚地站在我的面前，意味深长地看着我。

我崩溃地回头，对上涨停板一双眼睛，嘴巴还一咂一咂的。

当然，我知道江忘的镇定都是装的。当男孩和女孩成了男人和女人，有些心理变化，是不需要像写检查报告那样巨细无遗地说出来的，而你就是能感觉到。

“喀，涨停板，不想挨打，就快到爸爸这儿来。”

我羞愤地暴起：“谁要狗儿子啊！”

江忘被震惊得立得笔直，好半晌才缓缓地点头：“行，要别的儿子……”

……

男孩和男人果然是两种不同的生物。

杜婷和我一起离开的学校，她要回家拿什么东西，我让她顺便把寝室的被套带回去给我妈。

上了车，江忘发消息，问我什么时候到家，说他饿了。

我告诉他冰箱里有水饺和汤圆，之前在超市买的，他居然说不想动。

“好可怕，懒惰也会传染。”我说。

他隔了一会儿才回复：“和懒没关系，就是一个人吃东西提不起劲。”

“那你头二十年怎么生活过来的？”

“那是生，不是生活。”

他越来越会讲话，简直不想叫人活。

而且，他当天轮休，碍于最近情况“特殊”，吃完饭，他就非把涨停板往我妈那儿送，说免得它受池鱼之殃。更过分的是，经过药店，他居然留意了柜台两眼，停住脚步。

虽然吧……成年男女……措施有必要……但……

我反正感觉自己要疯了。

“你知道我在家属院有多出名吗？你在这附近的药店买、买东西……你可能是要搞死我？”

江忘很无辜：“我看的是钙片……”

上次我妈说感觉骨头脆脆的，好像有点缺钙。

我最近就跟被惊到的蛇一样，动不动就想歪，但也不会让江忘好过，于是，我一路从药店捶着他到家属院门口。

我爸不在家，和学校几个老师喝酒去了。

最近领导层有变动，他依旧没份儿，似乎心情不大好，我妈难得没管他。

“一把年纪了，难道还指望他一飞冲天啊？！平平淡淡也是福。”我妈越来越看得开。

可往往，老天爷最看不得这种平淡的幸福，总要想方设法地给你来点大起大落、大悲大喜。

“请问是林吉利的家人吗？”

晚间八九点，我妈接到一通陌生的座机电话。

是时，她正逮着我和江忘批斗我爸的生活习惯多不好，要我俩别跟着学。

“对，我是。”她抽空说。

“你好，我们这里是中区交警大队，您的先生发生车祸，正在人和医院抢救，麻烦你迅速来一趟。”

她像被戳到的青蛙，猛地跳了起来。

“都是这辆破车惹的祸！”

手术室外，我妈大有徒手拆了那辆二手桑塔纳的冲动。

相熟的医生老实地说，我爸的情况不太乐观。车辆年份久，防撞性能太差，我爸伤到脚，后续恢复不好可能会落下残疾。

更致命的是，他撞到了行人。

监控显示，行人有闯红灯。我爸为了躲他，猛打方向盘，撞到路边的栏杆。可车速太快，那人被吓到了，竟返身往回跑，又恰巧与我爸的车头的方向一致。

然而，有些事掰扯不清，因为，我爸是酒驾。

对方家属从一到来就吵吵个不停，要我们家给说法，什么难听的话都骂尽了。说一千道一万，他们是弱势群体，我们也的确理亏，只能悉数受着。

就是苦了江忘还要一同被骂，于是我努力镇定地赶他走。

“你明天还要上班吧？赶紧回去休息。今晚我肯定在这儿，不回去了，你回去早点睡觉啊。”

他没搭理我，径直往交警的方向去，不知和对方交谈了些什么，然后踌躇一会儿，给谁打了一个电话。

后来，交警的态度明朗许多，条条框框地给我们讲规章制度以及可能承受的后果，要我们做好心理准备。

“能不能免受刑责，一要看伤者能否苏醒以及苏醒后的状况，二要看家属的态度，是否愿意签和解书。”

飞来的横祸已经让我妈有些站不住脚。而白天还身处温室里的我，连被套都要带回家给她洗的我，一瞬间感觉自己是她唯一的支柱。她可以倒，而我不能。

“行，我们知道了，谢谢您。”

江忘一直牵着我的手。

我搀着我妈，他牵着我，仿佛无声地在说，要与我同甘共苦。

突然，我感觉没那么害怕了。

那种“你倒下去，背后有墙”的踏实感，让我勇气爆棚。

之后，我几乎一周没回公寓，而江忘每天下班就跑来人和医院。

我爸第二天就清醒了，伤到腿骨，的确有残疾的风险，必须做很长时间的复健。受害者也醒了，诊断是脑部创伤致昏迷，另外还断掉六匹肋骨。

我怕我妈受委屈，私自和江忘买了水果去探望，果然被伤者的妻子叫到一旁。

走廊的拐角处，她没好气地问：“怎么个解决法？”

“如果可以的话，希望能私了……”我努力保持谦和的态度。

若公了，有我爸受的。

对方好像就在等这句话。

“你说了能算吗？”她看我年纪尚轻，半信半疑地问。

“您放心，要求若不是很过分，我可以负责两方沟通。”

然后，我听到一个开价，医疗费、误工费、善后费等等，加起来共六十万。

看我瞠目结舌，她先发制人——

“姑娘，别觉得我们敲竹杠。如今的人谁不金贵？！磕着碰着都是好一场大闹，别说断肋骨了，还一断就断六根！我们这边也已经咨询过医生，恢复得不好，将来我老公就彻底丧失劳动能力了，等于我们家躺着一个残废，搁你，你不闹心吗？！好好在街上走着，遭受这破罪。就算，啊，就算他恢复，以后重东西是肯定拿不了的，阴天下雨更是疼得不行。六十万，买他小半辈子，已经算仁至义尽。”

什么叫巧舌如簧，今儿我算见识到。

“能不能让一步？”见我被堵得没话讲，江忘接茬，“您也应该打听过我们这边的情况，酒驾，负主要责任，没跑儿。但判决书一出，保险公司这头我们肯定拿不了多少赔偿，闹不好一分也没有。他们家就是普通的工薪阶层，女儿还在读大学，没什么社会能力。六十万，实在有些强人所难。”

“那我不管。”妇女态度坚定，“酒驾之前就没想过后果？就你们家的人的命是命，别人家的都不是？！”

我想一如既往地挡在江忘的前面，没道理让他遭枪炮，可他一只手在身后紧紧地控制住了我。

“这样吧，”他话锋一转，谈判架势全然不像我以为的那样生疏，“监控视频和调查报告，我也看了，虽然我们酒驾，可您丈夫也确实存在乱闯红灯的情况。如果硬裁，我们铁定上诉，行人闯红灯也是要承担一些责任的。听说您丈夫就职于中区在建的紫金公园，是名花匠，意外发生当天是在结束工作回家的路上，而你们也打算走工伤鉴定流程，对吧？”

妇女被江忘有理有据的说辞弄得一愣一愣的，光听他讲话了——

“可申请工伤赔偿的原则之一，是伤者并未存在任何违规违法行为，否则，就职单位有权免于赔偿。我也是一名医生，确实，据初步判断，您丈夫的伤情已经到评残标准。若我们选择硬裁，他担责，工伤赔偿那头就落空了。既然意外已出，大家何不互相体谅着解决？一直拖下去，对谁都没好处。如果你们肯在钱方面让一步，我能承诺，我们这方愿意担全责。”

妇女终于有些松动。

“那就五十万，一分不能少了。”

她铿锵有力地说。

“我们家哪来的五十万……”

虽然感激江忘的争取，可这个数字对老老实实上班的我爸妈而言，也是天文数字。

如果家属院拆迁，获得的拆迁赔偿款倒是够，但看这动静又是闹着玩，不知要到猴年马月去了。

“钱的事，我想想办法。”

出了病房，江忘安抚地揉揉我的脑袋。

他能想什么办法？！他工资是不低，但总不能让医院先预支两年工资吧？！他自己也得生活、还房贷。

总之，那阵子，好像每天都乌云蔽日。

我妈当然不想眼睁睁地看着我爸坐牢，以吝啬出名的她拿出存折，里面有他俩辛辛苦苦存的二十来万。剩下的二十来万，我让她出面向陈阿姨开口，可她不。

人就是这样，对关系越近的人，越难以启齿。

就像我不希望江忘插手钱的事，因为我不想成为他的累赘。

可突然有一天，江忘到医院看望我爸，竟私下塞给我一张银行卡，里面的数额刚好是五十万。

“拆迁指不定要等到什么时候，拆了还得再找落脚地。现在叔叔又住院，复健还得花钱，那二十多万不能动。”他条理清晰地对我讲。

我问他这么多钱哪里来的，他说是江阿姨给的。

他们皮肤科本就出了名地油水多，江忘很小就开始拿奖金，她那些工资基本没什么用处。

“这些钱短时间内还不了，你告诉她情况了吗？”我有些担心。

江忘耸肩：“她随时可以来公寓住，我的工资也够养活她，没后顾之忧。”

我差点就信了。

真的。

如果不是我陪床的时候看电视，发现江忘接受采访，给常氏新引进的抗癌药背书，我差点就陷他于万劫不复之地。

是了，他和江阿姨的关系向来敏感，以他的个性，又怎会特意回去和她聊这些事？！

常国言说，每个人都有对手。可一旦触碰到利益，仇怨再深的对手都能变成队友。他一语成谶。

“退回去。”

公寓里，我努力控制表情，将银行卡还给江忘，他不动如山。

“你要我讨厌自己吗，江忘？”我打破长长的沉默。

可他说，事情没我想象中的那么复杂：“这批药已经拿到药监批文，我也问过老师，是符合上市标准的。如果它真对病人有用，我为什么不能帮忙宣传？！”

“能一样吗！”

我有些激动了：“到底是为病人好而宣传，还是因为能得到这笔合作费，我俩心知肚明。出发点不同，味道就变了，这道理难道你不懂？更何况，一旦和药商扯上关系，就不是一次两次的问题。”

他偏偏头，没讲话，眉眼中却隐有倔强之意。意识到自己的话可能有些重，我缓口气：“我很感激你不顾一切也要帮我，但我不需要这样的帮忙——和你比起来，五十万算什么？！它买不了我的少年，给多少钱，也休想买到，你明白吗。”

江忘或许是被最后一句话触动，终于愿意和我对视。

“那钱的事，你打算怎么办？”

“船到桥头自然直。”我说，“再不济，我豁出去这张脸去找陈阿姨，她肯定会伸出援手。”

于是，当天下午，我俩就分头行动。

他去常家还钱，我去陈家借钱。

可我说得轻松，人到楼下，却还是没敢上去。

我就是㞞，爱逞嘴上威风，真遇见事儿，半分魄力都没有。

那天下午，我在陈家门口转了半个小时，还是没伸出敲门的手。

而我不知道，城市另一头，命运的轨迹正悄然改变着。

常婉开门，揉了揉眼，以为出现幻觉。

“找我哥？”她有些忐忑地搭话。

江忘摇头，有些难以启齿的样子，两人站在花园前别扭地相对着。

常婉想起前两日报纸上的新闻，心领神会:“那就是找我爸。”这下，江忘没摇头。

“进来再说吧。”常婉让开身，“我爸中午出门见客户了，差不多也该回来了。”

常家住的是一幢小洋楼，江忘第一次造访。

常婉殷勤地给他倒水，因为太激动了，没试水的温度，差点被烫。

江忘近身去看了一下情况，要她别忙活：“我也不渴。”

明明一个礼貌性的关心动作，却让常婉生出比平日更大的勇气：“我给你看点东西！”她不由分说，上手拉他，就往楼上的杂物间去。

说是杂物间，可平日里有用人整理，东西堆得井然有序，倒像间收藏屋。

江忘起初有些抗拒，进了屋，就避开常婉的触碰。可她不觉得有什么，反而眉眼带笑地捧起一个相框，“当当当……”她自配音效，“这是不是你？”

那正是江忘与常放的合照，少年班的毕业留念——

两人不过十四五岁，常放做了个痞帅的怪相，至于江忘，眉眼还没完全长开，只看得出清秀，也对着镜头温和地笑，却和常放呈现出的温暖截然不同。

“你看，我们也很早就‘遇见’过了，你还不信。你知道吗？看你的第一眼，我就想，要是有一天能让这张温和的脸生气就好了。结果，你从不对我生气，你只是淡淡地说不要，直接地说拒绝。”

常婉做了一个苦相，以表示自己的委屈。

江忘心头有些怪异，总觉得这样的话题压根不该开启，转身就下楼去。

常婉跟上，蹦蹦跳跳的，为两个人终于靠近了些而雀跃。

“我能说说我的看法吗？”

两个年轻男女各占据沙发一角，常婉率先道:“新闻报道已经出了，该看的人也都看了，医院那边也出了宣传册，现在想划清界限，是不是有些来不及了？”

江忘明显一僵。

看他的脸色发生变化，常婉赶紧摆手：“我不是讽刺你的意思哦！就是，一呢，我觉得吧，你既然答应帮我爸背书，肯定是遇到了什么难处。二来，这批药是经过各个方面质量检测的，符合标准，你并没做什么丧良心的事，对吗？既然如此，你何不将这笔钱留着。难道你帮他打了广告还免费吗。”

女孩故作俏皮，可江忘没应。

片刻后，他起身要走：“既然叔叔不在，我改天再来。”

钱是他亲自收的，出于礼貌，他总得亲自还。

“单纯的好人是不容易幸福的！”

面对江忘的背影，常婉忽然在后边喊：“江忘，我知道你是骆驼，被扔在沙漠也能求生。可往往逼死骆驼的不是沙漠，而是一根稻草，你懂吗？”

就像他的父亲，终生执着于珍爱的物理，以为无愧于心，最后还是被现实压弯了腰。

是这样吗？

我终究放弃了去陈家。

家属院楼下，我接到快递的电话，说我有什么快件必须当面签收。而后我就像找到最合适的借口，闷头又冲回公寓。

我不知道该怎么向江忘解释钱的事情，口口声声说自己想办法，却一而再，再而三地显示自己的无能。

“您好，是林月亮小姐吗？”

“对，我是。”

“这是重要件，保过价的，麻烦您出示下身份证再领取。”

我看着快递单上模糊的地址，隐约显示来自北京。盒子轻得很。领取完毕，我一边走，一边拆，进了电梯刚好拆开，发现躺在里面的是一张银行卡，以及陈云开龙飞凤舞的笔迹：你生日。

——好像在告诉我密码。

我和江忘公开在一起后，陈云开很久没与我联系过，突然寄来一张银行卡，不用想也知道身边有人告密，但我直觉不能收。

“把完整的地址发给我，东西给你寄回去。你要是装消失，我就给陈阿姨啦。”

我主动给他发消息。

陈云开发过来一个不屑的表情：“想什么呢？我哪儿来那么多钱。

还不是我妈，异想天开，以为以我的名义给你，能让你妈好受些。她知道自己出面，阿姨估计不好意思要。”

果然是为彼此废天堂的姐妹。

有的口根本不用开，有的事心照不宣。

这么一说，我立刻如释重负。原先的烫手山芋顿时变成雪里的炭，渐渐让我有回暖的感觉。

如此一来，我对江忘也有交代了，就说是向陈阿姨借的。

为了尽快解决纷争，我马不停蹄地揣着银行卡跑去医院，顺便通知伤者家属去交警队签和解书。

不过，当跟着患者家属去银行转账时，我却发现卡里不止五十万，还有多余的五万。

我给陈云开发消息：“你是不是数学不好？”

他心领神会我看见了余额，只道：“收着吧，那本来就是给你的。”

一句话把我弄蒙了。

咋的，被我占便宜还占出习惯来了？

我一个电话打过去：“陈云开，就五十万，多一分，我也不要。别以为几万块就能买我一辈子对你感恩戴德，哼，想得美。”

他好像在看电影，回声很大。半分钟后，他才到安静的地方，嘴依然贱得无双：“谁要你感恩戴德？！是我多谢你高抬贵手，没冲着我家鱼塘就对我纠缠不休。”

“你去死吧！”

我都找不到好的词语骂他，选了最粗暴的，但其实心间有些感动。

陈云开不想我拘束才这么讲，我当然清楚，可我不能接受这份好意。我很早就明白一个道理，有所得，必有所失。

我已经得到世上最好的江忘，就注定失去别的东西。

因为我不想有任何机会，让他不开心。

北京。

公司为禾鸢租的公寓是楼中楼样式，楼上有家庭影院。

她刚闲下来，没什么通告要赶，约了陈云开到家里煮火锅吃。

陈云开接完电话，从厕所出来，便见禾鸢倚着墙，静静地凝望着他，即便不施脂粉，也能捕捉到妩媚的痕迹。

“是银行卡吧？”她没头没脑地问。

陈云开动动脖子，似乎不知道她在说什么。

禾鸢不打算放过他：“三年前，月亮问我，你回川城那日究竟给她带了什么东西，我说我也不知情。现在看来，就是那张银行卡吧？”她尽量云淡风轻地讲。

“她三更半夜去 KTV 帮杜婷，因为钱不够，急得半死，可你没接到她路上打来的那通电话，后来赶去现场的是江忘。你的心告诉你，不想再缺席她每个无助的时候，所以你准备将自己攒起来的压岁钱统统交给她……是这样吗？”

陈云开讲不出话来。

“只是，如果是这样，你为什么要跟我来北京？”

禾鸢眼底有悲哀弥漫：“如果从始至终你喜欢的都是她，为什么对我面面俱到，甚至做出一副牺牲她也可以的样子？！陈云开，我不明白了。告诉我，你是演员吗？你不喜欢我，你讨厌我，才挑我来演这样难堪的角色吗！”

可是，除了这样，他还能怎么做呢？陈云开想。

很多真相是不能大白的，否则，摧枯拉朽，不在话下。

陈云开作死，不愿把自己的银行卡号告诉我，于是我绞尽脑汁地想，究竟要怎么才能把多余的五万块还给他。

贸然冲去找陈阿姨似乎不是理想选择，就怕她误认为我和陈云开之间还有什么，生出些绮丽的幻想，局面就更麻烦了。

当当。

晚餐桌上，我正在发呆，江忘敲敲桌子，示意我回神。

“月亮，我有话对你讲。”他一本正经地说。

最近见多了他一本正经的模样，我已经不觉得稀奇，努力正色道：“怎么了吗？”

锅里还有汤，是我准备犒劳江忘的。他最近没少为我家的事奔忙，我只能用这样的方式示好。

“那笔……”

他正要讲，煲汤的锅嘀嘀几下提示时间到，我立马站起来：“你等等，我先盛汤！”

可我慌忙起身，差点将手机扫到地上。

江忘眼明手快地去捞，对上我未来得及锁屏的信息界面，消息对话框正是下午与陈云开的——

我：“你是不是数学不好？”

陈云开：“收着吧，那本来就是给你的。”

后面不再有内容，好像我默认收下了似的，实则，我是在电话里明确拒绝了他的馈赠。

可江忘的脸色好像容不得我解释了。

他缓缓将手机放上桌，眼睛直直地盯着聊天记录，表情风雨欲来。

“我没要！”

情急下，我挑最简明扼要的话说。

我抢过手机，为了不让他反反复复读着阴差阳错导致的暧昧受刺激。

“江忘，我没要那五万块。”我蹲下身去，趴在他的膝头示好，“那五十万也是陈阿姨出的。怕我妈不要，才经他的手转给我，你别多心。”

可不知是不是我的错觉，尽管我已经解释得那样清楚，男子眼底酝酿的风暴却没要消失的迹象，反而越来越汹涌。

Chapter 11
不是原谅，是算了

他早已不是那个孤独地坐在秋千上发呆的男孩，
他已然成长为可以独当一面的男人。

那段时间，前所未有的冷空气席卷了我俩。

尽管我心里没鬼，可我始终觉得，是我伤害了他，以至于我总没话找话，希望像从前每一次产生分歧那样，用最快的速度和好。可这次，他不配合了。

他每天都表现得很累，偶尔饭也不吃就往床上躺，我连耍宝的机会都没有。

有一天，我想起常氏抗癌药那个事，打算问他那笔钱究竟完璧归赵了吗。可看他用手盖住额头，一副不想说话的模样，我所有的疑惑都卡在了喉咙。

我已然忘记这样冷冰冰的日子过了多久，等我俩再有话题，竟还是因为常家。

因为我无意间看到本地新闻头条，发现江忘的名字又在上头，而常国言左手拿着块什么牌子，与衣冠楚楚的江忘握手。

江忘瘦，骨架却发育良好，很适合穿西装。

他柜子里有五套西装，其中一套是我买的。那时我俩还没在一起，为了报答他不嫌弃我这个月光美少女，老在关键时刻伸出援手，我悄悄把零花钱攒下来给他买了这套西装，并选在他二十岁生日那天送出去。

这套西装放在柜子里，他一直舍不得穿，觉得应该留到我们的婚礼上穿，会很有意义。

可在这场不知是颁奖还是交易的会上，他穿了——果然很好看，可我一点也不喜欢。

我甚至猜到，那笔钱，江忘兴许压根就没归还。

但说实在的，我有什么资格替他做选择呢？！

他早已不是那个孤独地坐在秋千上发呆的男孩，他已然成长为可以独当一面的男人。他有比我更强悍的判断力，不需要我多此一举。他的人生，我没有置喙的余地。

家属院。

“江忘最近是不是很忙？”

我妈一边扶我爸做康复训练，一边问我他的行踪。

“他们科室最近好像在申请什么计划，会开个不停，上下班时间没个准儿。”

“那就告诉他，你爸问题不大了，不用挂念。昨儿人和医院一个医生给提来成堆的营养品，说是帮江忘转交的，就在柜子里。好家伙，你爸哪里吃得了这么多？！”

一听，我心头跟五味瓶儿倒了似的，五味杂陈。

回公寓的路上，经过菜市场，我琢磨又琢磨，还是挑了江忘喜欢的几样菜品，打算回去主动示好。

因为我妈曾经讲过一句话：争输赢的不是感情，而是战争。

我确定，我对江忘的是感情，所以我拒绝战争。

可能是我俩冷战的时间有些长，江忘也不太习惯。当晚我每次找他说话，他都若有似无地回应了一些，包括我要他到厨房帮忙，给我择菜打下手。

从小跟我爸耳濡目染，我做饭喜欢听广播，能打发无聊的时间。

怪就怪我耳朵尖，一不留神，都能听见常氏药业的名字从扩音器传出。

说常氏的新抗癌药销量一路飙升，势头好得不像样，价格也跟着水涨船高，以至于好多病人和家属打热线电话，抱怨买药难、筹药钱更难，呼吁相关部门进行价格管控。

突然，小小的厨房里即便有广播的声音介入，也恍惚变得诡异无声了。

“今天有病人找麻烦，说是因为我的宣传才出现了一药万金的局面。你，是不是也这样觉得？”

流水哗哗，广播也哗哗，可我听清楚了江忘说的每个字眼。

我不敢随便说话，怕好不容易找回来的“拼图”碎片，又轻易被一阵风吹散。

江忘干脆把水龙头关了，连同广播一起，明显要我说个所以然。

眼见逃不过，我字斟句酌：“你问心无愧就好了。”

说完，觉得太官方，这不该是我们之间应有的交流，我又想找补，江忘却突然一笑，伸手阻止。

“算了。”他讲，“最近我老是在思考，终于想明白一个道理。有些感觉，就算把全世界的字眼用光，也不一定能相互理解和体谅。我信你，月亮，我信你和陈云开之间没什么见不得光，可没有见不得光的东西，就没关系了吗？！看见他总在你身处深渊沼泽时捞你一把，而我无能为力的时候……你有没有想过，我会多难受。”

江忘离家出走了。

我俩在一起三年多，这是他第一回留给我背影。

还记得第二年的时候，他代表流动站出差去南京，我送他去机场，两个人依依不舍。我面上笑着要他赶紧去安检，回头眼眶就莫名其妙地热了，紧接着收到他发来的信息，让我不要回头。

因为他正看着我，然后觉得目送一个爱的人离开，实在太悲伤了。

曾经常放问，为什么偏偏是我。江忘说：“因为这个世界上，好像只有她有点懂我。”

可是今晚，他推翻自己的结论了。

我不懂他，至少不是他想象的那一种。

出了公寓，江忘发现自己不止没人懂，做人还挺失败的。

因为他竟想不到任何一个可以在深夜约出来谈心的朋友。曾经这个“朋友”，只有一个叫月亮的姑娘。

江忘退而求其次，给常放打了电话，想约他出来喝酒。

江忘不喜欢酒，更不喜欢耍酒疯，然而过年的时候，在林家吃饭，他几杯下肚，昏睡了大半日之久。这种状态是他目前极其需要的，否则他怕自己想着想着，就一个没忍住打道回府。

铃声响了很久，才有动静，那头传来清楚的声音：“喂。”

江忘眉头一皱。

常婉怕他瞬间挂断电话，脱口而出：“我哥在洗澡！我怕你有急事，这才接了。”

即将入夏，晚风已经有热意了，江忘脑子乱成一团糨糊，好一会儿没接话，常婉急了：“你是不是心情不好？你在哪儿？我来找你好吗？你放心，我可以不说话，我有点担心你。”

担心？

有个人也老是这样对他讲。

可在他开门而出的时刻，她没有拉住他。

“闽南路。”

鬼使神差，一个地名脱口而出。

“青岛、燕京、山城……”

常婉看着桌面上一堆不同牌子的酒瓶子，挨个数过去，表情不可置信——

“你这是打算喝倒下的节奏啊。和林月亮吵架了？”

她不提还好，一提就有人去够瓶子，被眼尖的她光速夺走。

“喝酒伤身。”她流露出一点固执。

江忘被这点固执晃了眼，竟真的忘了再去抢。

“你起来。”常婉不避嫌地拉他，“带你去个散心的好地方。”

仿佛上次在常家交谈过后，她才真正敢自称是他的朋友……能说真心话的那种。

常婉有驾照。她开了车，莲花小跑车。从市区到她说的地方足有几十公里，可她不超过半个小时就抵达。

目的地在城郊，川城新开发的区域，据说会成为以后的金融中心，此刻有座正在建的跨江大桥。桥的名字很有意境，叫忘忧。金红的字已经印上去，在微弱的路灯光下隐约发着光。

“我无意中发现的这座桥，之前就想拍给你看，觉得这名字就是为你取的。但我猜测，你就算收到消息，也不会理我，所以，我忍住啦。”

常婉伸展开手臂，看上去轻松，江忘却听出她言语中的卑微。

喜欢一个人就是给他伤害自己的权利。

江忘一瞬间有点可怜常婉，又有点可怜自己。

这里的确是个避世的好地方，尤其夜晚，连经过的车辆都很少。

江风拂面，把多余的闷热和躁动都吹走。全世界的灯光也好像就那么一点亮，无论想隐藏什么，都能藏得很好。

“喂，江忘。”常婉突然神神秘秘地叫，“你知不知道上次除夕夜，杜婷将你比作什么？”

江忘无端整理了一下表情，微微侧头，示意她说。

常婉就明媚地笑：“她居然说，你是夜空！还说夜空一辈子只会喜欢月亮，因为没有月亮，它的一生都将是灰色的。当时，我听着就想反驳，拜托，她把星星置于何地？！漫天的星星聚在一起，又比月亮差到哪儿？！而且，人们都喜欢向星星许愿，觉得可以实现愿望，不是比月亮强多了吗！于是，我在心里告诉自己——江忘，终有一日，我要做你的星星。”

“星星也很好的！”她突然僭越地捧起青年的脸，逼他看她眼底的真诚，“它也会为你照明、为你实现愿望，哪怕你的愿望是需要它陨落，从此暗淡无光。”

常婉的眼神比江水还深，仿佛要将人卷到江底才行。

“很、晚了。”

江忘像触到电，猛地扯开女孩的手起身。

“回家吧。”他竭尽理智地讲。

察觉自己激进了，常婉迅速平复情绪，抬头又是没芥蒂的天真神情——

“行，走吧，夜空大人。”

她半真半假地揶揄：“星星给你点灯。”

江忘别开视线，一路上如坐针毡。

他想到什么，突然后悔离家出走了。

早晨出门的时候，他看见物业公告，说中区晚上九点至十一点整个片区会停电，进行检修。

林月亮从小天不怕地不怕，就怕摸黑走夜路，因为陈云开老用鬼故事吓她。

有一回，她被结结实实地吓哭，什么零食都哄不好。陈云开没辙，只好苍白地安慰她说世上没鬼。

林月亮不信，陈云开就打电话给江忘：“你给说说吧，她就信你！”

她就信你。

可是，他走了。

“啊，啊，我天，我天！”

我在突然降临的黑夜中跳脚，直到一点一点看清眼前的人。

“陈云开？你要死啊！”

他不知想到了什么，倚着墙好笑地说：“我死了，能放过你吗？”大有阴魂不散的意思。

听说他准备一边在北京工作，一边读研，回来是为了拿资料办暂住证。

“不能寄过去？”

“我想回家看看是不是还不行了？”

我俩在家属院的楼道间唇枪舌剑。

我是出门来找江忘的。

本来我的慌张只有一点，可后来打他的电话关机，我才发现事情不对劲。这家伙又“玻璃心”了，不能让他一个人待着，否则，容易越想越歪，钻牛角尖。

讽刺的是，我认识他十三年，在一起快四年，竟不清楚他都有哪些地方可以去。

我试过给常放打电话，我认为江忘唯一可能找的人，然而常放抵挡不住的睡意告诉我，他俩也没在一起。

江忘鲜少和我闹别扭的，闹了也不会走，我只能回家属院碰碰运气。

可我对江阿姨一番试探，发现江忘根本没回过家。

“你这是打算徒步走完整个中区？”陈云开玩笑的神色淡去，“等着，我去开车。”

结果，我俩把中区翻了个遍，也没有那人一丝一毫的踪影。

前阵子，我爸发生意外的事还在我心里埋着疙瘩，于是时间越久，我越心烦意乱，坐在车里不停地转动钥匙圈。

上面的公寓钥匙还是江忘亲手挂上去的，此刻摸起来异样寒冷。

凌晨，他的手机还是只有冰冷的提示音，陈云开送我回家：“别瞎找了，说不定他已经回家了。”可我站在楼下竟不敢上去面对。

我不怕面对江忘，怕的是面对依旧空空如也的房间。

当他转身离开那一秒，我才赫然发现，原来两相沉默也是种能让人安心的幸福。

“你说他不会……出什么事吧？万一我上去没看见人，我——”

车头前，我有些无措地挠着脑袋。出门时，我也没收拾，趿拉着拖鞋，散着头发，看过去臊眉耷眼的。

陈云开一度抬手像是要安慰拥抱我，不知想到什么，突然忍住，硬生生换了动作：“意外就认准你还是怎么的？你怎么那么会刷存在感。”他一点点把我的刘海往旁边拨弄，露出焦急的眼。

很微妙的瞬间，我切实感受到那只手传过来的温柔，下意识地小幅度地撤开：“那，我先上去了！”我飞也似的逃走。

当然，我也就没注意到不远处一辆莲花小跑车。

它在那里停了有些时候，像只伺机而动的野兽。

车厢里笼罩的低气压使得常婉摸了摸鼻尖：“喀，原来如此。”她火上浇油。

江忘垂了垂眼，不知听见了，还是没听见。

“谢谢。”他突然疏离的一句，而后长腿一迈，跨出莲花小跑车。

打一进门，我就无所适从地对着涨停板心塞：“狗鼻子不是很灵吗？结果，爸爸去哪儿了，你都不知道，一点用也没有！”我捧着它的小脑袋揉，发泄无处安放的心慌。

幸亏，背后终于传来开门声。

我对他去哪儿的事只字不提，放了涨停板就略显无措地迎上去：“呃，你晚上还没吃饭吧？要不要吃夜宵？买的菜还没弄呢，择过洗过，放到冰箱也会坏的。”

我以为他依旧不会理我，可他点点头：“做吧。”

霎时，我感觉自己差点哭出来。

为了不让江忘看出端倪，我以最快的速度钻进厨房，余光瞄到他好像向涨停板伸出手，说：“过来抱抱。”

做医生的通常都有洁癖，江忘更严重。

他不讨厌动物，但绝不会在没处理细菌的情况下去抱它们。今晚也不知怎么了，平静是平静的，却让人觉得他离家时的声讨反而更可爱些，至少给人争辩的机会。

厨房里油烟气重，我被呛到，难受。江忘这才放弃对着涨停板自言自语，洗了手来帮忙。

“你出去吧。”他头也不抬地讲。

我不肯，坚决把辣椒处理了再走，他可以吃，不能切，手会被辣出过敏现象。

“很晚了，我随便下两碗面，不碰辣椒。”

“哦……”

尽管对这样的日常恋恋不舍，我还是听话地走出了厨房。

接下来的一切就更反常。他从衣柜里拿了一床备用的被子，说要睡到另外那间房，因为晚上有重要的资料要看。

我毕竟有自尊心，立刻也不假装敷面膜了，扭头盯着他：“我可以走。”

没有多加思索，我赌气的话脱口而出。

“如果打扰到你，我可以回家住。”

说着，我就起身拿衣服，准备去浴室更换，经过门口时，却被他一把逮住。

“我只是需要用灯光，担心你睡不好……”

“江忘，这理由你自己信吗！”原来，我也可以咄咄逼人的，即便是面对他。

就好像，我没想过有一天，他的冷漠会释放在我的身上，让我寒心刺骨。

“算了。”片刻，他叹口气，妥协道，“我明早看吧，先睡觉。”紧接着，他将我提溜到床边，不让我走。

可能我做作地说要走，只不过是为了被挽留。

他挽留了，我就打心眼儿里松了一口气，至少他的愤怒还没到淹没我的地步。

不过，情况并没有好太多。

以往我俩就算什么都不做，也会相对而眠，要么我抱着他，要么他抱着我。有时他的胳膊被我压得没知觉，他也不会收手，可今晚我俩背靠背沉默着。

我突然想起去北京那年，我问禾鸢，她和陈云开究竟单不单纯。

“KAPPA？背靠背？”

嘲人终有被嘲日，一报终需一报还。

之后的相处模式就更糟，江忘开始以工作为借口晚回家。

有一天，我从他的衬衫上嗅到淡淡的烟味，在洗浴室愣怔了好长时间。

若换作之前，我早跳着脚拍他一巴掌：“你们做医生的，整天给病人讲吸烟有害健康，自己却犯傻了吗？！”

但我不敢了。

渐渐地，我意识到，从前的我能放肆，是他允许的。可我已经不确定，如今他对我的容忍度究竟多高。

我爸正式出院那日，江忘请了假，帮我妈忙上忙下，自然得依旧是那个对我言听计从的准女婿，让我妈好一番感慨后私下问：“你和小忘怎么打算的？”

我蒙：“什么打算？”

“结婚啊。”她白我一眼，“难不成你俩没名没分地同居一辈子啊。”

“早着呢！”我心虚，“我还没吃够林家的饭，你是不是想减轻负担？！”

“还真就给你说对了。”

“那我能让您如愿吗？！我是这么听话的小孩儿吗？！您对我的认识是不是有什么误会。”

我妈这阵子照顾我爸，终于让我看出老的迹象，头顶有银色出没，她换口气：“唉，之前我也不着急，想着你大学还有一年，等毕业再考虑不迟。只不过，出了你爸这事儿，我就老恍惚，发现人生真是太无常了。前一秒还好好的，转眼就不知道会发生什么。我看小忘那孩子对你真心实意，早些定下，我也能安心。”

“你是不是不好意思？”我妈追问，“要不待会儿，我去敲打敲打？”

“别去！”

我激动起来，又压低声音：“求您了，别掺和我俩的事。我还没玩儿够呢，顺其自然行不行。”

看我反应这么强烈，我妈也不好再说什么。

回家的出租车上，我俩各占据一头沉默。江忘接了一通肿瘤科同事打来的电话，说有个病人发生紧急情况，要他回去看看，立马我就给司机改了目的地：“川城医学院附院，谢谢。”

“看望病人？”司机是个小年轻，个性外向，停不下嘴。

江忘全程不搭理对方，我觉得尴尬，随口说了几句：“是的，师傅，麻烦您稍微快点儿，人命关天。”

哪知他更来劲：“可不嘛！进了医院的那都是人命关天。不过，我听说附院的收费标准很高啊！尤其他们肿瘤科。我拉过好多病人和家属，都抱怨医生写的全是天书，一节输液管分成几段来收费，啧啧。虽然技术好，治愈率高，但活下来又能怎样？！继续做牛做马大半生，艰难地为那点医药费拼搏吗。”

“医院制定的收费标准和医生没关系……”

我下意识地偷看江忘的脸色，忍不住辩解。

青年不赞同：“你要说完全没关系还真不是。就前阵子，他们有个姓江的什么明星医生，为一种新药打广告。结果，你猜怎么着？那药火得全国断货！没承想，事后一采访，大部分得病的都喊吃不上药。药上哪儿去了？当然进了有钱人的嘴。我听说很多医院都默认了这个潜规则，肿瘤科存在的意义就是给 VIP 病人服务的，医生的工资和外水高得离谱，更别提再和药商联手，我们小老百姓哪有福分……”

司机还在喋喋不休，我却觉得脑袋要炸了。

“门口停车就好，谢谢。”

终于抵达目的地，我比江忘更慌不择路地跳下车。

“你下车做什么？”他坐在后座，不动声色地看着我。

我一下发现自己的行为太“此地无银三百两”，紧跟着又坐上车：“哦，呵呵，我忘了，以为和你一起的呢。”

接着，他恍惚又深深地看我一眼，终究没说什么，走了。

“婉婉，你的确……没事吧？”

好友摸摸她的额头。

正好好逛着街呢，大小姐忽然说头晕，要去医院，还非得去附院。

“嗯嗯，没事！”

她胡乱应着，步子却直往重症大楼走。

“要不然，你先回去吧？”到了楼道口，她过河拆桥，“我找朋友看看，没事。”

这人与常放兄妹都熟，眼见她去的方向不对，又问不出个所以然，怕出问题的她立刻给常放知会了一声：“怕她真生什么病不告诉你们，常放哥，你留意着点儿啊。”

“谢谢，我知道了。”

常放收线，思忖片刻，颇不耐烦地捞起衣服：“这孩子，太不让人省心！”

常婉找了很久，才寻到江忘的影子。

听他们科室的人说，他刚抢救了一个病人，似乎没成功，在手术室的凉凳上坐了很久。常婉过去的时候他还在发呆，一次性手术服还没换，弯腰撑着膝头放空。

“生老病死很正常的。”她不知该说什么。

可这个病人略微不一样，他是我带去的。

就是那日在门诊因为号贩子的事大闹的那家人。我看着可怜，给江忘打电话，那个因被贻误转为二期的老爷子。

见到这年头还有给陌生人免费看片的好医生，老爷子的生存欲望变得强烈，全程积极接受治疗。新药一出，家里人说砸锅卖铁也要救老汉，像从前他独自抚养他们一群儿女那样。

可惜，所有人的工资加起来，对比后来高得离谱的药费，杯水车薪。

前不久，老汉自己拔了管说要回家，坚决不愿再治了。江忘想挽留，新药在老汉身体里即将形成抗体，明显有好转的迹象，可他竟发现，居然没脸开口。

“不是你的问题，江忘。”

常婉伸手去抚摸男子狠狠皱着的眉头：“即便背书的不是你，我爸也会找别人。就像你说的，优秀的医生那么多，光你们肿瘤科就有好几个，药价该涨还是会涨。况且，一开始你的初心，不也是觉得这药有用才推广的吗？！你经手过，参与了，比外界对它的了解更甚，为什么不能让它众所周知，去救更多人？！

“至于其他——”

她抿了一下唇：“为自己的人生负责已经够艰难了，你别把全世界背在身上……好吗？”

江忘背脊一震。

太久违的感觉了。

被设身处地理解的感觉，竟然比一句“我爱你”来得更震撼人心。

常婉最近该是看了什么情感大全吧。

如果我在现场，应当会立马请教她，有没有让关系迅速破冰的办法。

不过，我想，即便她有好办法，也不会教我。

感情从来都是自私和无法控制的，我怪不着她。

常放赶来医院，与江忘打过招呼后，不着痕迹地将常婉拉到旁边。

“你最近是不是有点过火了？”常放恨铁不成钢地说，“他和林月亮要是能分手，早就分了。小两口都是床头吵架床尾和的，别到头来把自己弄得更难堪。”

常婉听不进去："哥，你现在怎么跟杜婷学，夸夸其谈的？！如果真像你说的，世上还有那么多伤心人吗。"

"唉，你真听不明白是不是。"

常放有点恼火："我对江忘的了解比你多，他喜欢一个人是什么蠢样，我都见过，绝不是对你那样。之前，我赞同你主动出击，是觉得他有资格做我妹夫。可现在我算看明白了，他的心根本不可能在你的身上，我常放的妹妹，不能一厢情愿地倒贴！"

"要你管！"

常婉推开他："爸都不管我，你也消停消停吧！"

"是不是犯浑？！跟我回家，立刻。"

……

实不相瞒，我真想搬回医学院住了。

起初，我分分钟都想见着他，有说不完的话，讲不完的乐事。现在一室冷冰冰的，我觉得自己快憋出病了。

我想和江忘开诚布公地谈谈，也许分开冷静一阵子，思念会负责打败一切，包括彼此以为不能放弃的原则。

为此，我特意向学校请了半天假，还不能以生病为由，因为学校会要求你就地看诊。于是，我只能忽悠说，我爸发生车祸刚出院，我得回家帮忙……

处理好一切，我开启笔记本电脑打腹稿，准备开场白和可能出现的对话，避免一个不慎又较上劲。

结果，我草稿才打一点点，江忘就回来了。

我看看时间，四点半，太早了吧。

"你不是有急救病人吗？"

江忘正在门口挂外套，不甚在意地回道："死了。"

"……"

虽然他掩饰得很深，可我能感受到，这病人的死亡对他有很大影响。可他明显不愿与我多讲，我也就继续回房间打草稿。

是夜，我在洗漱间对着镜子练习又练习，希望等会儿开谈的时候自然些。

不料，等我出来，江忘那头的台灯已经关了，他似乎已睡着。

又白忙活了。

我不无失望地想，只好返身去洗澡。

再出来，我确定江忘已彻底睡着，因为能听见他均匀的呼吸声。我小心翼翼地往下躺，尽量不打扰他，不料，刚关灯，一只手忽然摸索过来，准确地抓了一把我的头发，片刻后又撤开。

诚如我妈所言，生活上，我是真的懒——懒到洗完头发，拿吹风机都嫌手酸，总是吹一半留一半，导致发根还湿湿的。

同居后，江忘发现我这个毛病："老这样不吹干就睡觉会留病根。"他说，然后亲自动手帮我吹，手法温柔。

而就是今晚，一个连月亮都不出没的晚上，他在睡梦中竟忘了我们的冷战，主动伸手来试探——我是不是洗完头发又没吹干。

不过一刹那，我的鼻头就涌起磅礴的酸意，再也不顾是否合时宜，是否不被搭理，是否会打扰……

我只是顺从了最真实的心意，一下子转身，扑到他的背上。

我牢牢地抱住他，双手双脚钳住他，跟螃蟹似的，不让他有逃跑的空隙。

"江忘，我们不冷战了行不行……"

我嘤嘤嘤的，第一次发现自己也可以成为撒娇小能手："我讨厌你对我爱搭不理的样子，害怕你转身离去的背影，更生气涨停板居然都能得到你的拥抱，我却不行！"

不出意外，怀里的人动了一动，却依旧没转身。

我干脆死皮赖脸地爬到他的背上去，不断用脑袋厮磨他的侧脸和耳朵，泪水也沾上去：“什么对错，什么责任，我们都不管了行不行？江忘，我发誓，我会乖的。只要你别再不理我……”

说着，我就真的哭出了声音，没有丝毫做戏的成分。

我在他的背上哭得一抖一抖的，好像即将失去特别特别重要的东西。

终于，我察觉有人偏过脑袋，虽然幅度很小，却模模糊糊地吻住了我的眼睛。

他一亲，我更是溃不成军，哗啦啦的泪水像倒灌的瀑布，流进他的海洋。

这下他终于连身子也动了。

江忘完全转过来，环抱住我，一路从眼睛往下亲，越来越用力。我们像两只荒废的小兽，不想猎物了，只想沉浸在自己的小天地，不管外面是黑夜还是白昼。

不得不说，常放真有那么点情场老手的意思。

居然给他三言两语说准了：小两口，往往床头打架床尾和。

结果，翌日清晨，江忘睡过了头。

“你帮我给科室打电话请一天假……”他眼皮都睁不开地说。

我窸窸窣窣地爬到他那头去取手机，一边取，一边打趣：“哟，难得哦，成天说自己忙得脚不沾地的江医生居然也是可以请假的。”

他一把将我摁在怀中，却还是没睁眼，大半个月不曾好好睡过似的。

“不要走，就在这儿打。”他嘟囔道。

突然，我连唯一的别扭都没了。

以前看电视，我老觉得，男孩子天生就该哄女孩，无论女孩犯了什么错，都该对方主动认错求和好拿出个态度。

时至今日，我才发现，原来谁主动根本不重要。

你只需要确定，他除了你的示好外，谁的都不要。

我记得上次酒会时见过他的同事，叫鞠什么来着，这个姓很少，在通讯录里倒是好找。

一听到我的声音，对方随口开了句玩笑，说："看吧，我就知道，其他小妖精是没办法斗过你这大佬的。"

起初他讲这话，我以为是医院某小护士又不自量力地作妖了。

然而，挂断电话后，我不小心摁到微信界面，看见"常婉"两个字出现在对话列表的时候，心脏莫名凝滞了两秒。

也是同一天，我明白了一个道理。

好奇不一定会害死猫，却可能害死人。

我知道私自翻阅对方的信息是不道德的，可我控制不住。我当然相信江忘的人品，确定他们不会有狗血的私情。我就想知道，他究竟有什么话题，对我不能聊。

但我失望了。

因为里面根本没有互动内容，只有常婉发来的一张照片和一句莫名其妙的自言自语——

原来，有的风景一个人看，根本就不漂亮。

照片上是一座正在兴建的大桥，叫忘忧。背景是夜幕，两个金红色的字依旧显眼。

觉得一个人看不漂亮，是因为……两个人看过？

没道理的是，我不由自主地联想起江忘离家出走的那个晚上，我和陈云开翻遍整个中区都没有找到他的身影。

"讲好了吗？"

有人突然挣扎着睁开眼，吓得我连忙退出微信界面，把手机关掉。

"搞定了。"我努力笑笑说。

"我们去吃火锅吧。"他把我抱得更紧，突然说，"昨晚发现……你瘦了。是不是家里的饭不好吃？"

一定要说这个吗！

我羞愤地推开他，飞快地跳下床，指着自己胸口的位置诘问：“难道没肉吗？！”

江忘失笑，好久不见的纯粹笑容：“说真话会被打吗？”

“会。”

“那我选择沉默。”

……

大家好，我就是远近闻名的“没出息”本人。

一顿火锅，就让我“好了伤疤忘了疼”，不仅巴巴地穿衣服、倒腾，更是“丧权辱国”地奉献了二十个吻，才换来床上那人心甘情愿的一个起身。

火锅店是出了名的连锁店。快入夏的时节，还是正午的时候，依旧人满为患。

江忘帮我弄调料，我负责拿西瓜。等了一会儿，不见他归来，我起身探头看，发现他正在接电话。

等他回到桌前，我随口问了句：“谁啊，非工作日还找你，关机！”

他面上闪过一丝犹豫，却不打算说谎：“常婉。”

我心里一咯噔：“哦，她找你干吗？”

“不知道，可能去医院发现我不在，以为我病了，例行问候吧。”

他一语带过的样子没什么异样，可就是让我不爽。

“老实交代，你俩是不是背着我有了私情？”

我没分寸地用筷子直指江忘，却成功地看见他眼神闪烁。

“没有！”他否认得很着急，“月亮，不是你想的那样，我们……”

我们。

真刺耳。

“行了，行了。”我笑笑埋头，专注于锅里的肉，“你认真的样子好像手机城里贴膜的。”

接着，我就感觉脸上的肉被人揪起来，有人恨不得把我也一起扔下锅。

“林月亮。”他严肃地叫，“有的事不能开玩笑，我会当真的。”

唰，我抬起头，故意看过去：“我以前开了那么多玩笑，你都没当真，怎么这个就在意得不要不要的？”

江忘明显闪躲不及，飞快地转了几下眼珠，是慌张的表现：“我和常婉要有什么，早就有了，会等到现在吗？！”

不知道他是解释给我听，还是解释给自己听：“她和你很像，看着张牙舞爪，骨子里就是一个没长大的小孩子，对得不到的东西执着了些，其实心肠不坏。”

语毕，我打量他半晌。

“好的，”我说，“你这样子，果然像手机城贴膜的。”

江忘：“……”

Chapter 12

万一有人放手呢

那曾经只属于你和他的世界，已城门大开。
你再也不能给他独一无二的什么了，
包括港湾。

人生两大喜事——

金榜题名、洞房花烛。

“金榜题名往往比洞房花烛容易实现，因为只需要付出心血和努力。而两个人要携手共白头，也许是你付出再多努力，都没办法得到的幸运，它需要上天垂怜。”

路过书店，我无聊地进去看看，恰好翻到一本情感书，作者被誉为“世上最懂感情的男人”。

胡扯。我不屑地扔回书架，找了个地儿坐下。

谁说感情不需要努力？

只要一人不放手，另一个永远没法儿走。

“万一有个人放手了呢？”

有一天，禾鸢突然在微信上和我聊了很多。

她最近新接了一部古装网络剧，正在后台等待上场。我以为她只是随口八卦，想关心下我和江忘的进展，于是我依旧大言不惭地说：“我和江忘没这种可能性。”

谁会放手呢？

他不可能，我亦不会。

否则，彼此为了成全尊严，早就抽身而退。那段冷战的日子，我们过得那样辛苦，都没有过“算了”的念头。

“月亮，我真的好羡慕你。”她突然说，“你就是那种一旦决定离开，能离开得潇洒，一旦决定爱，也能爱得投入的个性。我曾经以为我和你相差无几，其实我们有着天壤之别。”

我很厚颜无耻地回复：“我知道自己棒。”

之后，我俩又胡乱扯了几句，她说导演叫了，她得上场。

我发去一个加油打气的表情。

不一会儿，江忘打来电话，说下班了，我俩约在新发现的一家炒香锅店。

我向他说起下午与禾鸢的谈话，慢半拍地反应过来：“她和陈云开之间是不是出了什么问题？”

江忘给我添苏打水，头也不抬：“感情的事，外人插不了手。”

“不啊，我觉得常婉插手我俩挺适应的。”

说完，我就愣住了，他也是。

我一直没公开聊过他俩联系的事情。某些看似不值一提的细枝末节，我以为自己会忘记，原来并没有。它刻得很深。

或许是这份感情过于无瑕，所以一点灰尘沾上去，都显眼得不行。

江忘估计也猜到我看见了短信。周围人声鼎沸，我却觉得寂静，好像能听见打鼓般的心跳声。他在思考怎么向我解释那件事比较好，可最终我主动放弃了。

因为我发现，他思考得很费劲。

居然有什么事，能让一向直来直去的人觉得费劲，无论他怎么解释，答案都不是我想要的了。

“江忘，你答应我一件事。”

倏地，我停下筷子，双手撑着下巴说：“如果有一天你喜欢上了别人，一定要告诉我。”

“不可能有那一天。”

“万事无绝对嘛。”我佯装轻松地努努嘴，继续吃菜，“如果有一天我喜欢上了别人，也一定告诉你。老一辈讲，相爱容易，相处难，所以，无论我俩是什么结局，我都有心理准备。你了解的，我不会轻易委曲求全，也不会为了挽留谁而可怜兮兮的。”

江忘的脸色瞬间变得难看。

“从一开始，你就预计了最坏的结果，是不是？”

“没有。”我诚实地说，言辞也有些发泄似的，“你不是最讲究设身处地地想事情吗，希望我站在你的立场想问题。那么，请你也想想吧。想想我三更半夜离家出走是为了和别的男生聊天散心，你告诉我，该表现得无所谓，还是耿耿于怀？”

“说得仿佛你没做过似的。”

我脑子一蒙：“什么？”

对面的人竟恍惚冷笑了一下，缓缓搁下筷子，抱臂靠上椅子，不再多言。

“既然这么让人难堪的话题都聊开了，何不索性聊到底？”我的驴脾气上来了。

江忘依旧保持沉默，回避着我各种眼神和动作，仿佛有的话一旦开口，就没办法再往回收。

我正要追根究底，陈云开的名字在手机屏幕上亮起。

“禾鸢她妈的电话号码，你有吗？”他开口就问。

“出什么事儿了？”

“她在片场吊威亚出了事，受伤严重，需要动刀，我必须取得她妈妈的同意，才能代表家属签字。”

顷刻，我忘了正在和江忘讨论的事情，匆匆起身到安静的厕所去：“我报号码，你记下。”报完，我还不放心，“她出了手术室什么情况，你记得告诉我一声。”

……

等我再回到饭桌，江忘已经埋单走人，在门口等，一脸不爽的样子。

真是够了，我抓到他俩背着我私会，我还不能问问？！

一下子，我的脾气更急躁，拎了挎包就越过他离开饭馆，怒气冲冲地打到一辆出租车，绝尘而去。

可上了车，我才发现，我没处可去。宿舍里的被套上次让杜婷带回了家，我还没回去取。如果回家睡一晚，必然惊动我妈，指不定把我唠叨成什么样，非要问出个所以然来。

走投无路之下，我只好投宿宾馆。

宾馆的规格一般，主要是价格便宜，然而门关不太紧。若旁边有人开关门，我这边也得跟着一震，好几次弄得我心惊肉跳。

扛了大概两个小时，八九点的光景，江忘的电话如约而至。

我这人，就一点好，不会得理不饶人。

反正我不会承认，我是因为一个人在这里害怕了，才给自己找的台阶。

“把房间号报给我。你回公寓，我上去。”他劈头盖脸就说。

我不太理解：“什么意思？”

他估计有些不耐烦了：“带上你的东西，到一楼前台，快点儿。”

我才反应过来，他一直跟着我，因为不放心我一个人住宾馆，让我打包回家去生气。

只是他这样做，我哪还顾得上生气，当即有些无能为力，开门出去。

宾馆前台，江忘站得笔直。他身高本就出众，杵在那儿跟标杆似的引人注目。我生怕引起围观，拉了他就往外走，力气不算大，还好他顺从。

“要不要买东西回家？”徒步走到一家超市门口，他努力隐藏嗓音里的刻意，尽量云淡风轻地说，“晚饭没吃多少，半夜又说饿。”

我多骄傲啊！

我肯定选择要啊……

接着，我俩不知怎么又牵了手，高高兴兴地拎了一袋子熟食和半个西瓜回公寓。

什么？说好的我回家、他住宾馆？小两口吵架一定要这么认真吗。

但我想，大多情侣应该如此——老把最坏的脾气给对方，也会为了芝麻大的事斗气、话赶话，最后又莫名其妙地和好，哪怕问题根本没解决。哪怕你知道，它终有一天会卷土重来，而你依然愿意饮鸩止渴。

是的，类似这样的争执，像不受控制的病菌，在我和江忘的身上迅速繁殖了。

有时是因为工作上千丝万缕的关系，有时因为口角摩擦，最关键的是常婉的虎视眈眈。

自从偶然发现他俩私下联系，我总觉得自己魔怔了，开始留意他的手机消息。每当他的手机铃声响，我的眼皮就跳几下。

有一次，常放给江忘打电话说流动站的事情，我恰好从床边经过，单单瞥见一个“常”字，就开始无事生非。

每逢这时，我都能从他黑得过分的瞳孔里窥见一个女孩，狼狈且陌生。

我很讨厌“她”。但我真的没经验，不知要用怎样的方式才能将“她”杀死，变回没心没肺的自己。所以，为了避免无谓的争吵，避免一开口就见血，我们终究在时光的打磨下学会了成人才有的技能——

不说。

直到有一天，我打开突然断电的冰箱，看着那层很薄的冰，竟恍然觉得像极了我和江忘的状态——不确定冰是在什么时候变薄的，可它就是薄得谁都不敢轻易碰了，怕过保鲜期。

禾鸢突然就回了川城。

算算日子，我们已经好几年不曾面对面。她看起来状态不怎么样，然而五官生得棒，依然有种苍白的漂亮。

“伤好了吗？戏已经拍完了？”我问。

高中门口的奶茶店里，我们一人捧着一杯劣质糖水，戳着里面的珍珠。

奇怪，我以前觉得它无敌好喝，现在却是连正眼都不想给一个了。

禾鸢：“陈云开没告诉你？”

她似乎有些意外。

“你这么一讲，我更好奇，到底什么事！”

她倒是干脆利落——

“月亮，我生病了。”

美好的明天和恐怖的意外究竟谁先来，如今的禾鸢有了答案：是意外。

她在剧组拍古装剧吊威亚，从五六米的高度摔下，差点废了。幸亏剧组里有极具经验的医护人员，对她进行了急救。

“不过，断层扫描的时候，医生发现我脊柱附近有异物。粗略判断，是一颗肿瘤。”

在谈癌依旧色变的今天，禾鸢意念再强大，也瞬间蒙了。

我咬着吸管愣愣地瞧着她：“良、性的吧……”

她摇摇头。

“恶性？！”

她还是摇摇头：“我不敢去确认。我怕万一结果是恶性，还没等病发，我就因心理素质过差死在了北京。”

所以，她回川城，是为了治病。

“就算要闭眼，死之前也得看我妈一眼，告诉她银行卡密码。”

“呸呸呸，”我努力啐几口，“童言无忌！”

她居然笑了出来：“和你这么一说，感觉没那么恐怖了呢。”

“陈云开知道吗？”

禾鸢避而不答，我却已有答案。

“我给他打电话。”我说着就要摸手机，被禾鸢一把抢过。

“别，月亮！”她反应很大，“当我求你。”

我恨铁不成钢地道：“以前你最鄙视我看言情小说，怎么现在深受其害？！得了绝症瞒着对方的梗能变一变吗？陈云开是你男朋友，他有权利，也有义务知道。”

“他不是我男朋友。”

有的语言堪比刀子，一旦说出，锋利得能断水。

“他不爱我。”禾鸢的眼神陡然变得阴鸷，“或者说，他爱的不是我。月亮，你会用生命去祈求一个不爱你的人留在身边吗？你不会，请你也别逼我。”

“他不爱你……”

我觉得禾鸢病糊涂了：“他对你怎样，有几人看不出来？！你是不是心情不好，想太多，把自己绕进了死胡同。”

接着，女孩眼底的阴鸷转为悲哀。

我意识到事情没那么简单，还是忍不住给陈云开打了一通电话，将禾鸢的情况如实转告——

“我不知道你俩究竟在北京发生了什么，千万别告诉我你真的移情别恋了！”

可陈云开也含糊其辞的，只说这两天就回川城：“帮我照顾好她。”

禾鸢从不缺勇气，还很有主见，否则高中时候就不会另辟蹊径，如今可能也没走出一条像样的路来。

她打定主意不让陈云开插手这件事情，就真的不肯见他一面。

“何必呢！”我在病房劝她，“只要没捉奸在床，多大事儿值得你们闹成这样？！好歹十几年的感情。”

禾鸢依旧闪烁其词：“有一天你会明白。”

她刚说完，江忘正好来巡房。

这还是我第一次正式见江忘工作时的样子，有板有眼的。他最近剪了头发，利落的板寸瞬间让他老了五六岁，可看上去让人更有安全感，可以放心地把生命交给他的那种安全感。

“化验结果出来了。”他浏览报告的眼神锐利，尽量不带私人情感，“良性的。”

呼。

连我都情不自禁重重地呼出一口气来。

江忘身后跟着负责照顾禾鸢的护士——便于安排她的用药与一日三餐。她如今是娱乐圈的人，社交客户端有几百万粉丝，身份敏感。

为避免记者骚扰，江忘做主，将她安排在了特殊病房。

离开时，江忘让我别等，说下班后有个会要开。

紧接着，他又看向禾鸢，略微软了语气："宽心养病，剩下的交给我。"

交给我。

当他自信满满地讲出这三个字，我竟感觉到无法掩饰的自豪。

他真的太好，好得就算我觉得累，也不想轻易放掉。而我又很清楚，自己配不上。

尤其经过几次大战与争吵后，我逐渐有种如履薄冰的感觉。我怕江忘越来越发现我的平凡，发现我其实和别的姑娘没什么两样，然后像上次那样转身走掉，却再也不回来。

为了改善这种病态心理，我开始给江忘的手机关掉震动模式。

工作日，他上班、我去学校，问题不大。休息日两人在一起，我就以不想被打扰为由，要求他将手机设置成静音模式。我想，我只是单纯地不希望与他的二人世界被打扰。

只要设置成静音模式，一切都会好。

陈云开有我这个间谍，最终还是成功进到了禾鸢的病房。

去之前，我特意教他几招哄女孩子的方法，却被鄙视了："什么时候轮到你教我这些门道儿了。"

抱歉，我膨胀了，我居然教一个油嘴滑舌的家伙怎么哄姑娘！

显而易见，他在这方面的天赋是我们中间的王。因为，不放心地偷听了几句，我就听到他状似不经意地道："这病的存活率比其他良性肿瘤都要高，只要积极治疗，一定没事。等你出院、养好身体，我们结婚吧。"

这是要么没动作，要么一步登天的节奏啊！行、行、行，你牛。

那厢，禾鸢一开始是抗拒和陈云开交谈的，听见这句，眸底突然流露出格外柔软的光。

这样的光，我太熟悉，是每次我与江忘和好的信号。

看到这儿，我就完全放了心，给他俩留下腻歪的空间，自己回学校去准备下午的小考，以至于没来得及看见，那道柔软的光在禾鸢的眼里千回百转，最终变成坚硬的光。

“你这算求婚吗，陈云开？”她好笑地倚在枕头上。

看他不说话，她紧跟着又道：“那我拒绝。”

陈云开正在给禾鸢掖被角、量体温，听见她的拒绝，也没有要抬头的意思，只淡淡地回道：“如果你怕影响自己的事业，我可以等，等你觉得什么时候合适为止。”

“不会合适的。”禾鸢斩钉截铁，视线沉沉，“我们永远不会合适，除非——

“你向月亮告白。”

江忘只是来例行巡房，没想到刚到门边就听见重磅消息。

禾鸢弯了弯嘴角，看上去却有些嘲讽与残忍：“如果你是真心的，那就和过去彻底告别。你敢吗，陈云开？敢去面对她知道真相后的表情吗？敢去猜测她将给你什么样的回答吗？但凡你想补偿我、想让我释怀，你现在就去找她！你去尝尝，十几年的深情被辜负的滋味究竟如何。你去听听，当她躲躲闪闪地对你讲‘抱歉，我心里一直装着别人’的时候，你会多想割了这双耳朵？”

“禾鸢——”

“你别叫我！”

病床上的人情绪起伏剧烈：“小时候每次去上学，你都在楼下这么叫我。你知不知道，这段回忆曾经对我多么重要？它陪我度过了多少暗无天日的时光？可它于你，原来只是亏欠与补偿……

陈云开，你玷污了它。”

I have a dream。

英文课本上出现频率最多的短句。

但在陈云开的英文书里，“dream”被画掉，改为了“secret”。

他有一个秘密。

这个秘密，他以为终生都不会向任何人提起。但是，北京那夜，面对禾鸢咄咄逼人的审视，他突然觉得累极。

人长大最明显的标志是，睁眼说瞎话不再是件容易的事。

你开始有了思想，有了烦恼，也学会了不耐烦……还有，破罐子破摔。

我一度疑惑，还曾跟禾鸢鹦鹉学舌，想知道她究竟有什么技能，可以让那个为了保护我，宁愿被揍成猪头也要继续学跆拳道的男孩，悄悄转移视线。

那时，我还不认识江忘，别的要好的伙伴也还一个都没有。真的，每次看动画片，我都要哭。

好一阵，我甚至把错误归咎于我妈。

因为当时新员工入住家属院，是她自作聪明地与陈妈商量：“老禾是外科的，听说有点本事，院长钦点。这才不到一个月呢，各科室的都去套近乎了，我们是不是也该去认个门，方便日后相处？”

认门当然不能空手去，于是姐妹俩就各自从家里拿了些东西。

我妈送的是点心，陈阿姨送的是两条鱼。

那两条鱼是陈叔叔特意从鱼塘钓的，为了给陈云开做什么实验。陈妈没搞清状况就把鱼送走，等陈云开回家，发现鱼不见了，屁颠屁颠地跑到禾家时已来不及。

鱼肚子里，有地西泮。

稍微懂医的都知道，地西泮是一种镇静类药物，主要用于缓解焦虑、催眠，也可一定程度降低新鲜活鱼的新陈代谢。为了看看地西泮对动物的影响程度究竟如何，他才央求陈爸给他钓了两条鱼上来。

我说过，陈云开和江忘的性格虽然南辕北辙，但他们都是读书、做研究的料。

然而，江忘学医是阴差阳错的选择，陈云开当医生的愿望，却是一直都存在的。

因为小时候我走路大大咧咧的，经常磕磕绊绊，就算不和小伙伴打架，也总是伤痕累累地回家。

我隐约记得有天黄昏，我鼻青脸肿地与他并肩而行，他提过一嘴，说将来做了医生，就能给我治伤。但那会儿年纪小，我根本没放在心上。

只是没想到，吃完鱼的当天下午，禾父就有一台重要的手术。

正是那台手术，彻底改变了禾父与禾家的命运。他因注意力不集中，犯了不可饶恕的低级错误。

讲到这儿，你们总算明白，陈云开何以对禾鸢倾尽全部，这个全部里也包括我。

因为，他愧疚。

他想上门承认错误，却看见中风瘫痪的禾父掀了桌子、砸了椅子，把年仅十岁的禾鸢吓得躲在墙角哭。他永远忘不了小少女那场惊天动地的哭泣，那种亲眼看着慈父变成魔鬼的肝肠寸断，裂了他一颗心。

“对不起，禾鸢，这三个字我早该跟你说。我想过骗你一辈子……可是我高估了自己。”

北京公寓的走廊上，那人的姿态从未如此低。

而此刻，病房里，禾鸢也只差掀桌子、砸椅子。

她指着门口，激动地要陈云开走，甚至为了激怒他而口不择言：“去吧，去告诉她，属于她的从来就没被夺走过！说不定，她能感激涕零地回到你的怀抱呢？她前几天还对我讲，和江忘之间怪怪的，指不定哪天就走到头。你看，时机多好，青梅竹马两个人，多年兜兜转转还是碰了头，真是上辈子拯救了宇宙！”

话落，门口有人身形一僵，回忆起那日在香锅店的对话。

“从一开始，你就做好了最坏的打算，是不是？”

不是。她竟然说不是。

那他现在听见的……究竟是什么。

等陈云开离开，江忘才现身，装作什么都没听见的样子，一板一眼地告诉了禾鸢两套方案。

“化疗和手术，你倾向于哪种？”

禾鸢是外行，本着从小对天才的信任，她全身心地信任他：“你觉得哪种好？”

江忘不带个人感情色彩地分析：“手术可以根除，但风险高。肿瘤虽然是良性，却长在你的脊柱附近，通常是不敢碰的，一不小心……有瘫痪的可能性。不过——”

他缓口气：“最近附院新引进的仪器精确到微毫，如果你信得过，我可以为你主刀。至于化疗，就是传统流程，会比较辛苦，你要有心理准备。还有，时间线拉得长，不排除有恶化的可能性。”

他们还真是父女，打断骨头连着筋，连遭遇都差不了多少。

“手术吧。”禾鸢咬咬后槽牙，心一横，“好死不如赖活着。如果一不小心残了……我手里还有点积蓄，够我妈后半辈子用的。要是手术成功，也许……”

女孩的视线飘了飘，眼眶渐红，不知想起谁。

也许，很多事，她是可以在时间的抚慰下原谅的。

也许，她的人生，还能拥有更多可能性。

得知禾鸢的基本态度，江忘了悟，抬腿往外走，却发现陈云开根本没走，只是去买了点粥，打算给禾鸢垫肚子。

他一个眼神，江忘就跟着他下楼，到了住院部楼下的小花园。

“我不同意。”陈云开的开场白干净利落，“她根本没明白，下半生坐轮椅对她究竟有怎样的毁灭性打击。她的演艺事业，她的前途，全都会灰飞烟灭。每天只能像她爸一样，毫无尊严地等着她妈伺候。伺候完大的，伺候小的，一过几十年，她会疯的。”

江忘不动如山：“我是一名医生，只尊重病人的选择。”

陈云开无端地扯了一下唇："她和月亮一样，信任你，你一句话，完全能影响她的决定。你敢说，自己就没有一点私心？"

他话锋一转："据我所知，附院正在申请成为中国的'常春藤'联盟院。一旦成功，地位与京大医院等不相上下。你们管理层连着几日开会，也商量这事儿来着吧？"

江忘沉默。

陈云开："看一圈下来，附院的优势只在肿瘤科。想异军突起，当然得在擅长的领域下功夫。若是此刻，正好有个名气不错的媒体宠儿生病，在你们医院手术治疗成功，对你们新引进的设备和技术将会怎样报道？"

"是什么让你觉得，我会为医院考虑到这么深刻的地步，不惜牺牲一起长大的朋友？"江忘眼中生出几分暗淡。

陈云开意识到自己可能过于草木皆兵了，张张嘴，终是道："对不起，我太怕了。"他说，"不是她不敢接受结果，而是我不敢。"

一旦最坏的结果出现，无论他做什么，禾鸢都不会再开心了。

"但是，一点儿没有吗？"转身离开前，陈云开莫名扔下一句，"哪怕是为了自己，也没有？"

显而易见，若禾鸢选择手术，最直接的受益方除了医院……还有主刀医生。

江忘本就在川城有些名望，如此一来，身价更是暴涨。别说附院，任何一间国际顶尖的医疗机构都会愿意花高价笼络这样的人才。

关键是，他还年轻。

"你以什么身份问我？"

江忘的冷漠不再遮掩，流露出来："是病人的家属，还是朋友？"

"两者皆是。"

"是朋友的话，就别再影响她了。"青年紧握拳头，十分慎重地说，"不要让我觉得，自己像个笑话似的——笑话敢做的事，比你想象中的，多得多。”

公寓。

“哇，这根玉米简直了！”

江忘一进屋，我就从蒸锅里给他递过去一根热腾腾的玉米，因为太着急，忘了拿碗，左手倒右手、右手倒左手，忍受着烫小跑着，才顺利地送到他嘴边，让他咬了一口。

“又香又糯有没有？”我邀宠。

他点点头：“家里拿的？”他不信我已经进化到可以挑到好菜的地步。

“我自己挑的。”

我更得意了，就差叉腰。

突然想起锅里还烧着油，我赶忙又往回溜：“等我炒个菜，马上就能吃饭！”

他接过玉米，嘱咐：“小心点。”

一切看似都很好，并没什么大冲突的兆头，于是饭桌上，我忍不住多打听了一下禾鸢的情况。

“听说她选择做手术？”

我一边夹菜，问得不假思索，可对面忽然传来筷子落在碗上的声音。

“你又听谁说了？！”

他的语气严肃逼人，吓我一跳，夹菜的手僵在半空。

“她……自己……告诉我的……”

江忘的表情骤然放松，偏了一下头，似乎也震惊于自己刚刚反应太大了，而我的震惊还没缓过来。

“你，心情不好？”我追问，“医院有什么事？”

他深呼吸一下：“没事。”接着，他像难以面对我似的，迅速起身，

“我想起还有点事没处理，回医院一趟。”他走得匆匆。

听着过于突兀的关门声，我安慰自己别多想——

可能他事情真的太多，压力太大，前几天不是还连轴开会吗？！还有，他给禾鸢做手术，压力一定很大，万一失败了……

对，是这样。

我强行洗白江忘突然的失控，可我再也没有胃口，脑子里就一个念头——

这次又去哪里？

什么时候回来？

瞧着眼前出现的人，常婉目瞪口呆。

那座叫忘忧的大桥好像真能忘忧，江忘上了车，没目的地，鬼使神差地叫司机开来这里。

惊讶只是短暂的，下一秒，常婉就明媚地笑开。

“皇天果然不负有心人！”她说，“我几乎每天晚上都开车来这里看看，总觉得有一天会遇见你似的。”

念念不忘，必有回响，真是世上最好的话了。

江忘只想安静地待着，没想到会和她偶遇，可一听她说隔三岔五就专程跑过来，就为那么一点可能性，绝情的话便怎么也说不出口。

“江忘，你不自信了。”听他简述完和我的矛盾，常婉一针见血地说，“但是，太奇怪了，你比多少人优秀，你知道吗？”

“在她面前，我从没自信过。”

常婉沮丧了一下：“我真搞不懂，她到底有什么好。长得不是特别漂亮，还牙尖嘴利……”

话没完，她被青年打断：“尽量别用一些不好的词语吧。”他说，“因为，在我看来，你们许多特质相差不大。”

“才没有！”

常婉激动："我和她不一样！如果是我，今天这样的情况，才不会放你走。我会牢牢地抱住你，用最甜的话温暖你，给你所有你想要的安全感。所以，江忘，你看，星星是不是也很好？"

星星是不是也很好。

但还是有某些地方不一样，江忘禁不住比较。

至少常婉没那个女孩有运气，没在他最不设防的年纪，给他一把石头巧克力。

禾鸢的手术进行了很久，我和陈云开在手术室外如坐针毡。

直到进手术室前，禾鸢都坚持不告诉父母："痊愈的话，为什么要去添堵？！不痊愈，再砸到她的手上吧。我妈辛苦半辈子，能让她少吃点苦，就少吃一点。"

陈云开这回倒是很听话，我也是。

同为儿女，我们能理解报喜不报忧的心。

手术室内，江忘换上无菌手术服，正在进行术前报告。

"禾鸢女士，你好，我是你的主刀医师，江忘。由于手术床较窄，我们将用安全带为你固定，别紧张。现在我要核对你的基本信息，请你配合。"

禾鸢知无不言，小心翼翼得像上课被点名的学生。

"手术开始前，我的助手会为你进行硬膜外穿刺，有点疼。"江忘给禾鸢一个眼神，"坚强些。"

女孩点点头。

"我知道。"她说，"有人在等我。"

江忘的心弦莫名一动。

他忽然想起手术前一晚，他去查指标，禾鸢说的那番话。她说，如果真能平安出来，她打算原谅陈云开。

"生病了才知道，人生无常，不该将时间浪费在恨一个人身上。

我要告诉他，我爱他。我和他回北京，我们以新的面貌开始。我只是禾鸢，不是家属院里的小可怜。”

人生无常，不该浪费时间。

手术室里，江忘好像也在某个微妙的瞬间做了什么决定。他薄薄的眼帘下，埋着坚定。

连续七八小时的专注让人头冒热汗。

行硬膜外穿刺后，禾鸢在指示下偏头，感觉麻醉医师在她细嫩的脖子上建立静脉通道，接着打麻醉针。

单是穿刺步骤就有许多条，江忘一条一条地盯着，任时钟嘀嗒响。

晚间八点，手术室门开。

“怎么样了？！”

我和陈云开同时迎上去，看江忘将口罩一摘。

他疑似深深地看了我一眼，里面有千言万语，但当着陈云开的面，最终都化为两个字：“成功。”

“你要不要这么棒！”

我情难自控，当着一众医生护士的面就跳到他的身上，紧紧地熊抱：“江忘，你最好了！”我可不可支。

他不知害羞还是什么，稍稍躲了一下：“身上脏。”可嘴角噙着笑，面上有许久不曾见的温柔。

禾鸢醒来，第一反应是动了动自己的手和腿，才沙着嗓子说出第一句话——

“妈妈呀。”

接着，她泪流满面。

历劫后的她胃口大开，陈云开带来的满满一桶粥，她解决得一干二净，完全没有要给我留的意思。

“回家吃去吧你！”她过河拆桥，“不对，回去给我们家江忘做点好吃的补补身体！”

？

绝交！

不过，那天晚上，江忘是吃得很饱……

我仿佛跟着禾鸢一起劫后余生，快乐得不行。

一快乐，我就容易放飞自我，谄媚和主动的劲儿几欲让他红了眼，差点下死手。

直到他累得手指都动不了了，我昏昏欲睡，听见有人在耳边说："明天我值中班，下午三点下班。你随便在家吃一点，晚上等我回来。"

为了睡觉，我懒得去追究他周末还值什么鬼班，不断含糊地答应着。

翌日，江忘果然下午四五点才到家，手里有许多我爱吃的菜和一瓶水果味的香槟，搞得我有点紧张。

"这阵仗，该不是突然要求婚吧……"

禾鸢还在恢复，不能用手机，我只好找杜婷叨叨，以缓解紧张："万一他等会儿突然拿出戒指，我怎么办？我要不要矜持一点，别答应那么快？！"

"当然要！"

一会儿——

"别了吧，我怕他后悔。"我说。

杜婷连翻白眼的表情都不想发了。

红酒杯、牛排、蜡烛、我钟爱的火锅冒菜……眼看着它们一样一样被放上桌，我暗自掐大腿——

是求婚。妥了，妥了。

不行，我一会儿不能表现得太丢脸，说不定他已经在什么地方藏了 DV，电视都这样演！

但这一生难得一见的场景，丢一下脸也没什么。

……

我全程偷偷地埋着头，思量对即将到来的求婚该不该接受。

果然——

“喏，送你一个礼物。”

江忘入座，清了一下嗓子后，从对面推来一个礼品袋。

袋子很小，只能装项链、耳环、戒指之类的东西，我已感觉心跳快得要爆炸。

“你不打开看看？”

“你送什么，我都喜欢。先吃饭呗，凉了！”

关键是，我还没想好，要怎么才能表现得不那么恨嫁！

他想想：“也行。睡觉的时候看更好。”

“……你要不要吃火腿肠？”

我用叉子扎了一块给他，杜绝开始说少儿不宜的话题。

倏地，桌面上的手机震动了一下，是江忘的。它的屏幕朝上，来消息时屏幕闪了几秒。我见他不过瞥了一眼，就迅速锁屏。

我眼皮一跳，却不愿气氛被莫名其妙地破坏，装作没看见，一口饮尽杯里的香槟。

“还有喝的吗？好辣！”我对着嘴巴扇扇风。

江忘立马起身去厨房：“别喝酒了，喝水吧？”

“OK。”

饮水机在厨房，去和回的时间，足够我摁一下手机，看清消息内容了。

我隐约知道这么做不好，可抱歉，我装不下去。

或许我永远都学不会，让眼里怎么容下沙子。它弄得我不舒服，随时随地都有流泪的风险，我必须揉掉它。

江忘回来，看我不断挠耳朵的小动作不对劲，狐疑：“有这么辣？”

我小鸡啄米似的点头，却就是不敢抬头看他一眼。我怕就这一眼，隐藏的"摄像机"就真的拍到我丢脸的画面。

我不能丢脸，哪怕心中有什么很重要的东西，忽而如烟。

还好有来电及时转移注意力，才没让我整个状态崩塌。

"陈叔叔？"

我拿着手机往里走，扔下一桌美食，拒绝再和客厅的人面对面。

陈叔叔："月亮，你现在忙不忙？能不能回来一趟？"

"发生什么事了吗？"他不轻易给我打电话，一般都是陈阿姨主动联系我。

陈叔叔的口气百般无奈："你陈阿姨把自己关在房间不吃不喝，谁劝都不管用，我这不是没办法，只能给你打电话。"

"啊？怎么突然这样？谁刺激了她？"

"还能有谁？！"陈叔叔愤愤不平，"不就云开那臭小子。一声不吭请假就罢了，突然告诉我们要跟禾家那姑娘结婚。我是无所谓，你阿姨纳闷儿得很。"

"知道了，我马上回去。"

挂断电话，我拿了包要走，江忘推开椅子站起来："怎么回事？"

我只飞快地看他一眼："陈云开和他妈作死，陈叔叔让我回去劝劝。"

"一定要现在吗？"他没多少底气的样子，"可我还有话对你讲。"

"等我回来再讲吧。"

无论现在谁找我，我都必须离开公寓，否则，我和江忘之间一定有场大战。

因为就在他进厨房倒开水的那一秒，我摁亮屏幕，发现来消息的果然是常婉。

她问：你心情有没有好一点？

太小气了，林月亮，你太小气了。电梯徐徐下降的过程中，我攥紧挎包带，反复查找自己的原因——

不就是朋友间寻常的慰问吗？

还不许谁有几个异性朋友了？

你和陈云开光着屁股一起长大，人家江忘说什么了……

可我闷在心脏里的那股难受还是没能纾解一点。

密闭的空间，空气不流通，在情绪和环境的双重挤压下，我竟差点喘不过气。

承认吧，林月亮。你在意的不是慰问，而是慰问的本质。

因为你发现，他找到了除你之外的树洞，可以任意倾吐情绪而没负担。那曾经只属于你和他的世界，已城门大开。你再也不能给他独一无二的什么了，包括港湾。

Chapter 13
耀眼星

我那么努力，
那么那么努力，
就是为了不要失去你。

家属院。

陈阿姨的房间一点动静都没，陈云开也说一不二，弄得谁都下不来台。

“阿姨，开门好吗？我是你的小可爱呀。”

半晌，门锁咔嗒一声，陈叔叔的眼睛噌地亮了。

陈云开大爷似的坐在沙发上：“我说找她过来行吧。”他一副看破全局的样子。

结果，我刚一进去，陈叔叔要跟着进去，就碰了一鼻子灰。

陈叔叔：“……”

实不相瞒，我对付大人真的超有一套，主要是脑袋瓜灵活。

我进去不过十来分钟，就让陈阿姨雄赳赳、气昂昂地出来吃饭了，速度快得令人发指，搞得陈云开都好奇：“你都和她说什么了？”

我给他一个自行体会的眼神。

不是我不想告诉他，而是我给陈阿姨出的招太损。

“您要真不想陈云开结婚，就烧了户口本，回头需要用，再去补办。陈云开没分家吧？要补办，也只能以你和叔叔的名义。您一天不点头，他一天不能有老婆。”

当然，这只是权宜之计。

反正禾鸢现在身体还没恢复，加上事业刚起步，不可能现在结婚的。估计陈云开那意思就是提前给家里知会一声，给老人家三五年时间去消化，就像我和江忘。

江忘。

我没想过有一天，我会潜意识地不愿想起这个名字。

我离开公寓时，他仿佛真的有很重要的事对我讲，可我沉浸在难以自抑的悲伤中不愿听。

“目前什么事都没陈阿姨重要。”

我赌气地放狠话，成功地看见他的面上起了风暴。

“陈云开、陈叔叔、陈阿姨……林月亮，你干脆就去做他们家儿媳妇怎么样？！知根知底，婆媳关系和谐，关键时刻还能拉你一把，世上没有比这更好的组合了。”

“可以吗？”我也生气呢，“正好我现在过去问问吧，万一陈云开喜欢我呢！”

砰，有人彻底被点燃了。

“林月亮，你知道自己在说什么吗！”江忘的脸上开始结冰。

我悲哀不已：“那你呢？”我说，“你知道自己在做什么吗！”

我那么努力，那么那么努力，就是为了不要失去你。

可你却像手中沙，我握得再紧，还是不得其法。

解决陈家的纷争比我想象中的快。

等再回到公寓，我果然见到一屋子冷清。

桌上我俩的盘子上还搁着两块基本没怎么动的菲力牛排，还有满满两钵子冒菜。我将它们收拾到厨房，不小心打翻，可爱的鲸鱼盘子碎成大小好几块。

我蹲下身去收拾残局，结果碎片越来越多。

而后我才发现，不是碎片多了，而是我眼底的闪烁把它们分裂了。

“江忘，不要去。”我一边捡碎片，一边没头没脑地自言自语，“不要去，不要去，不要去……”

然而，不要去哪里？

这个目的地，我竟连自己都不敢说。

常婉很会找地方，那座叫忘忧的桥连接的好像是两个世界。

世界那头，是吵闹喧嚣。世界这头，是山高水长。

我站在两个世界的分界线，瞧着两个身影一点点变小，往汹涌的江水靠。

常婉假装要往下跳，被她身旁的人拉了一把。她嘻嘻哈哈地往回扑，只差扑进他的怀抱。是时，我头顶的路灯光好像都不忍让我继续窥探，闪动两下，灭了，可它没成功。

我依然看见那二人在江边席地而坐，不知聊的什么，突然都沉默。

片刻，常婉抬手指着与我相反的方向，似乎是要江忘看星星。他下意识地偏头，一个比蝴蝶翅膀还轻的吻，就顺理成章地落在青年的脸颊上。

也是同一瞬间，我感觉有东西往下坠个不歇，探手抹了把脸，没用，越坠越快。黑暗中，我听见一个女孩破碎的声音，比厨房里打翻的盘子更碎。但翻滚的江水把势单力薄的它淹没了，没留下一点声息。

而我扶着大桥铁栅栏，还没完工，很扎手。我却像没知觉，不断地往下按，总觉得伤口应该深些、再深些，才能走得更利落、好看。

我突然想起不久前，看见一个喜欢的女演员参与访谈节目，谈到往日刻骨铭心的恋情，说的那番话。

她说："如果一个人骗了你，你就……承认他是骗你吧。因为，如果你一直催眠自己，他的眼里心里从来只有你，那你终生都会活在这样的谎言里，作茧自缚。这样你永远都没办法离开他。你会走不掉的，你会跑不了的。"

我承认了，江忘，你骗了我。

有几人比我了解你呢？

宁愿自己待着也不愿求旁人慰藉的你，终于找到另一个我。她没有我的坏脾气，随时随地对你善解人意。

"可是我，可是我……"

凌晨三点，医院，我对着满是心疼的禾鸢失声痛哭："我还是不想走，怎么办，呜呜呜……"

我想起小时候，我给了小少年一捧石头巧克力。他装傻充愣，要我示范怎么吃。

后来，兴许是我的傻气取悦了他，他想看看，到底我能傻到什么程度，于是给我一捧真的石头，告诉我它们是巧克力。

要换作陈云开，我一巴掌就拍他回老家。可面对江忘过于无邪与期待的目光，我明知那是石头，还是毫不犹豫，一口吃进了嘴里。

当时的我在想什么？或许就想看他开心吧。

“你一笑，我觉得夏天都不讨厌了。”

这是我想要对江忘说，却迟迟没找着机会说的话。

我想告诉他，也许陈云开从小到大喜欢的是我，结果也是一样吧。

因为我舍不得看一个叫江忘的小少年伤心。舍不得他一个人待在角落，对这世界所有的热闹冷眼旁观。

但我想要给他的热闹，没想，竟要我拿抓心挠肝的代价换。

可即便一早就料到，说不定，我还是会换。

否则，以我的暴脾气，此刻还不当场跳出去骂天骂地？！

我忍了又忍，是怕自己跳出去，会看见一贯内敛沉稳的人，着急得像个不知所措的孩子。

你看。那些走不掉的，跑不了的，从来都是自己的选择。

生平第一次，我哭得虚脱。

我运气不错，正好在医院，护士直接给我挂吊瓶了。

陈云开应该是禾鸢通知过来的：“死活不吃药，我搞不定她，你来摁着点儿吧！”

她估计知道陈云开有话对我讲，特意留下我俩，自己回了病房。

“张嘴。”他坐在床沿命令。

显然我对他的命令有免疫力。

良久——

“这双鞋，你还在穿。”他突然放下药片，盯着我床边那双运动鞋不转眼。

运动鞋是我十八岁那年，陈云开送给我的生日礼物，当年的限量版，在当时的我看来贵得要死，又舒服得要死，不穿的人是傻子，尽管我想要的是一双女人味十足的高跟鞋。

陈云开不知道想到什么，忽然莞尔，重复当年的话：“怪我喽，谁叫耐克没有高跟鞋。”

“不是，非得耐克吗？”病中的我也不忘与他抬杠，只是声音有些没力气，“就不能有一次，你能如我的愿……”

“只能是耐克啊，林月亮。”

“？”

“Nike（like）。”他再重复，这次说的是英文。

接着，我愣了。

“你看，还说自己不傻。得有多迟钝，才会觉得，我大老远从北京跑回来给你送银行卡，只是为了一个名义上的青梅竹马。”

我彻底蒙了。

多年的秘密见天日，陈云开竟不觉得忐忑，反而松了一口气。

“现在肯吃药了吗？”他语气轻松地追问，跟我的呆有了强烈的对比，“本来打算永远不告诉你的。一辈子太长，我也相信自己还会喜欢别人。但你现在一副要死不活的样子，我要是再不给你颗重磅炸弹，你估计就回不了魂了。”

体力不支使然，我有些晕头转向，张了张嘴，就是不知该说点什么。

“吃药吧，林月亮。”

陈云开忽然撩开我油腻的刘海儿，郑重其事地说：“我告诉你这件事，不是想要乘虚而入。只是希望，在你每个难挨到以为活不下去的时刻，会想起有个人，用他全部的青春和赤忱喜欢过你。你很好，不比谁差。你是明月当空，能照亮赶路人归家的路。这世上再也没什么力量，比风雨夜归的陪伴更厚重。”

初夏清晨的天光，实在太亮了，亮得像要把我的眼眶灼坏，让一捧接一捧的滚水再次沸腾着。

“月亮既然是唯一的月亮……”

我努力抑制不成声的抽噎，问陈云开——

“它也应该是骄傲的，对吗？”

江忘急疯了。

他见我整夜没回公寓，打我电话关机，等到清晨依旧没见人影，只好去试探我妈。

我妈说我没回去："昨晚好像有事，去过老陈他们家，我打听过，早走了。"接着，她又问，"你俩吵架了？"

江忘竟不知该怎么接茬。

禾鸢和陈云开也是狠，联手演了一出大戏，态度统一为：她是谁？她在哪？她在做什么？关我什么事。

可我早就在附院出名了，因为身负江医生女朋友的盛名。于是，就在江忘准备去派出所报警的时候，他接到了小护士的小道消息，匆匆跑来医院，发现陈云开若无其事地在我病房里看报纸。

砰！

只见人影在门口顿了一下，陈云开便被大力抵在沙发靠背上："你什么意思？！"

江忘眼里露出的凶光惊了大家。

陈云开是练家子，力气和巧劲都有的是。

他一点点地掰开江忘青白的手指，说出的话也毫不客气："江忘，真以为我㞞，不敢动你是吗！"

眼见气氛剑拔弩张，我已经调整好表情，适时出声："昨晚突然发烧，不想你担心，自己来的医院。本来打算早上就回家，结果睡过头了。"

漏洞百出的解释，可江忘还是信了。

兴许他怕自己的追问，会问出更多不该知道的蛛丝马迹。

"烧退了吗？"

他努力平息胸口的起伏，走过来摸我的头。而我下意识地侧脸，让他一只手尴尬地僵在半空中。

我感觉有酸意又要涌上来，立刻咽了咽："已经没事了。"

江忘收回手，再度面向陈云开，表情已经不是"阴鸷"可形容的。

“你对她说了什么？”他半闭着眼，用最清醒的目光打量对方。

陈云开闲散地收起报纸：“说了我应该说的。”语毕，怕他不清楚似的，陈云开又煽风点火地加上一句，“早就应该说的，所有。”

江忘的眸就无端地颤抖了。

他看看陈云开，再看看连视线都不愿跟他接触的我，沉默了一个世纪。

良久，我才听见病房中央有声音。

“所以，这是你做的选择？”他的话明显是对着我问的。

我不理，他就咄咄逼人：“林月亮，说话。”

“说话！”

“是的！”

在他来之前，我已下了快刀斩乱麻的决心。

“是吧，对。战战兢兢的日子，我过够了，眼睁睁看你越来越远的日子，我也够了！我说过，如果有一天喜欢上别人，一定会告诉你。对不起，江忘，我错了。我从来没有喜欢过别人。自始至终，我喜欢的，只有那一个罢了。”

对不起，江忘。

没办法做你的月亮，陪你继续赶路了。

再这样留在你的身边，连我都会讨厌自己。这样的我，没能力再守护你了。

异常爆裂的气氛下，我的话很容易让人产生歧义。而且，我确信，江忘一定会默认，我自始至终喜欢的那一个是陈云开。因为我曾忍不住偷偷看他一眼，看见的是大雪漫天。

“你又在赌，赌吃定了我，是吗？”

青年面上的冰裂了一条缝，像要溢出水似的，可最终没有：“吃定我就是舍不得你，赌我就是没办法放手。月亮，感情经不起三番五次的试探，有的话一旦出口，就没有回头路了……”

“我敢赌，就敢输。”

Chapter 14
大结局

“你骗了我……
你根本没拆开我给你的礼物。
否则，你不会走。”

二〇一七年，非洲。

闻多这个挨千刀的，诓我说非洲有壮观的大草原，能近距离看动物迁徙，要我和他一起加入国际志愿者护理联盟，到这里为伟大的天使事业做贡献。

“天使事业？我这个天使怎么不知情。”

刚到这儿，看着贫乏的资源和简陋的住宿条件，我连给他修一座天堂的心都有：见上帝去吧！

但好在，人这个生物，适应能力往往比想象中的强很多。就俗话说的，不逼自己一把，根本不清楚能做到什么地步。

我？

我可厉害了，我终于能在踩到野生动物大便的时候不跺脚嗷嗷叫，简直可喜可贺。

来非洲前，我还是征询了我爸妈的意见。

他俩对我和江忘分手的细节绝口不问，得知我要出国做志愿者，就一个态度：“六险一金吗？抛开社保，工资高吗？够不够贴补家用？可以的话，就去吧。”

“那什么，完全不担心我的安全吗！”

“你在家里也不安全……”

我随时像颗行走的定时炸弹，走哪儿炸哪儿。

我来非洲的机会还是经陈云开举荐得到的。

京大医学院有推荐名额，可目的地略微危险，临到头，没招够人，刚好空出两个，闻多跃跃欲试，我也跟着被拉下水。

闻多：“被甩了就该出国散心，指不定真爱就在国外降临，电视里都这么演。”

我……

分明是我……

“你想说分明是你主动提的分手？”闻多一眼看穿，“你主动提分手，结果人家转头就双宿双栖，你自己却要死要活的，这比被甩更丢人好吗？！我简直不想说。”

好的，那就别说了，我的哥。

乐于往我伤口撒盐的不止闻多一个，还有杜婷。

她人机灵，又有实力，顺利进入附院的传染科，成为实习医生。医院实习一般以年起步，算算日子，差不多她该转正签合同了。

我给她发消息表示祝贺，结果她打了语音电话过来，噼里啪啦说了一大堆。我总结了一下主题，大致概括为七个字——

林月亮，你真没用。

我晕？！

“想当初，我以为我站在王者阵营，信誓旦旦地给那姓常的科普——哎呀，他俩多好、多密不可分、多天生一对……结果？能不能好歹再给我撑个三五年？打脸的力度真不一般。如今看那姓常的成日往医院跑，神气活现的，我就气不打一处来！”

“有什么可气的？”我一边收拾器械，一边说，“不属于你的，怎么也得不到。是你的，总会得到。”

“你倒是想得开。”

不然，我能怎么办？！

抓心挠肝地喊“老天爷，你不公平？”

我和他在一起，老是为了要不要打车，要不要为他省点钱而纠结。

可我一走，常婉上位，人家立马前途似锦、平步青云，豪车有了，大 house 也有了，年纪轻轻就成功地评级，让各大医院想尽办法也要挖过去，可能就只差选个良辰吉日，把这位幸运星正式迁进祖坟。

“确定想开了？我怎么听着好酸呢……”

这是听着吗？这是真柠檬。

关于江忘的消息，我从不避讳。

如果有人说，我也就顺带说一嘴。如果没人提，我自己有事没事也会将这个名字拿出来，反反复复咀嚼。

逃得了一时，逃不了一世。我知道的。

总有一日，我会回到川城，做我的小护士。我得尽快将他烂熟于心，才可以在任何场合的突然偶遇下，对他笑得云淡风轻，正常得如同没有过曾经。

那些很美、很甜、很热烈的曾经……终究只能陪着遗憾老去了。

“你知道他出过一次不小的纰漏吗？”

忽而，杜婷问，“和当年小蔡的事件差不多，忘了更改病人的注射剂量。幸好那个护士经验老到，及时停了点滴，这才没酿成大祸。只是病人家属不知从哪儿听到风声，闹到科室，指着江忘骂他庸医。那天正好常婉来献殷勤，哪见得这场面，当即和对方动手，好像有点擦伤。没多久，他俩就在一起了，只能说男人也是感性生物。不过，自那之后，江忘的行事作风也变了。变得……我形容不出，反正很适合当领导的那种。唉，我也不知道我要表达什么……”

“没事，”我笑，“我知道。”

真的都知道。

因为家属大闹那天，我也在场。

禾鸢去复查，我正好去帮我爸开药，他老说腿疼，于是我俩一起去了趟附院。

去之前，禾鸢问我：“确定吗？”

我一贯满不在乎的态度：“干吗，有他在的地儿，我还不能去啦？！”结果，我就撞见有人在肿瘤科找碴。

围观的人很多，江忘脸色难堪，大概也觉得是自己错了，一句辩解的话都没说。

我挤在人群里，看着他沉默寡言、听之任之的模样，心口一阵拉扯。

没多久，常婉就冲出人群，举起战牌。

四十岁出头的女家属个子矮，不是常婉的对手。差距很快拉开，常婉占上风，禾鸢则跟着“剧情”撇嘴。

只是，打赢又如何？

错了就是错了，他说的。每个人都要为自己的错误付出代价，不是一场架就能干掉痕迹的。

“你等着！”

女家属从地上爬起来，转身气势汹汹地离开。

我看她一边走，一边摸出手机拨打什么号码，一个激灵间，便咻地扔下禾鸢追出去。

“请原谅他！”

我赶在电话接通前拦住女家属，牢牢地攥着她的手机，不让她移动分毫。

“你是谁？”她怒气未消，“神经病吧！”

“我是江医生的朋友。抱歉，他最近家里发生了一点变故，心情不好，才出现这样的纰漏……”我尽量放低姿态，卑微地哀求。

可女家属不想听解释：“谅解他是他妈的事，和我没关系，让他自己向卫生局解释吧！”

惊动卫生局，就不单是某位医生医德的问题，连带着医院也要被追究责任。恐怕院里再想保他，也得拿出个态度，牺牲他，撇清关系。

“求您了，他真的是一位非常优秀的医生！”我苦苦劝说，“很多病人在他手里得到了新生的机会。请不要让一次矛盾冲突断送了一位好医生的前程。”

估计我流露的哀求太诚恳，女家属终于拿正眼看我。

“行。”她挑眉，“你要是愿意站在这儿任我打骂，让我把恶气出了，我可以考虑不举报。”

“没问题。”

我没犹豫。

“月亮！”

禾鸢跟来时，就见我被一耳光扇得差点扶不住墙。

我让禾鸢别过来，摸了摸脸，站回刚刚的地方。啪，紧接着，我迎来第二个巴掌，掌风凌厉得紧。

后来，女人的发泄方式就完全没了章法，真是说打就打，没有电视剧里“被感动”这一说，反倒像上瘾了。

于是，我从家离开的时候还是如花似玉一仙女，回来就成了猪头，眼角更是破了道口子。

禾鸢把我带回她住的酒店，用碘酒给我消毒。

消着消着，她纤细的手指颤抖了一下，终于忍不住扔掉棉签，煞有其事地站起来对我讲：“林月亮，我要和你绝交。”

说完，她眼里就有了闪烁的光。

“我没办法和一个不爱惜自己的人做朋友，她会让我很难受。”

我微微仰头，脸上满是滑稽的颜色，望着禾鸢：“再忍忍吧。”我说，“很快的，很快我就又能做到六亲不认了，总要给我点时间啊。”

“多久，十三年吗？”

“打个八折吧。”

“……”

“七、七折？”

……

非洲瘟疫爆发，消息暂时没有传回国内。

其实，当地很多小村小寨常常闹瘟疫，只是影响不大，基本不会见报，怕无端引起恐慌。

以前吧，我觉得自己命大，好几次和意外擦身而过。

突然有一天，在旷野的清晨醒来，却发现再也摇不醒同伴时，我如同迷失荒原的马。

“有伤口吗？！”

得知我是第一个触碰尸体的，闻多紧张极了。

我摇摇头："没有，只是表皮接触。"他才缓口气，面色凝重。

此次爆发的瘟疫在本地代号为X，某种野生动物起的势头。本地居民很多，基本只能靠打猎为生，从不耕种。

有一天，我和闻多去镇上设立体检点，遇见一个小男孩儿，竟然会说一点中文。我问他谁教他的，他说是父亲。小男孩儿的父亲曾被当作廉价劳动力卖到国内，为某公司的渔船做引航工——就是赶在渔船出海前先出海，查看天气和海域危险程度的那种。

然而，这群人什么专业技能都不懂，心里只有一个念头——吃饱饭，不仅让自己，还有让家人。

我觉得可怜，对小男孩尤其关照了些，每次去镇上都会给他带一瓶我妈大老远寄来的"老干妈"，被他誉为"世上最好吃的东西"。

等我俩熟悉了，他带我去一间木头搭起来的房子，说是家，还翻出我送的"老干妈"，被他珍藏在床底下。

我拧开瓶子盖一看，里面还剩很多。他告诉我，因为珍贵，想留着慢慢吃。

我假意和他打赌："如果下次来，瓶子里的老干妈能被吃光，我就再送你两瓶。如果没吃光，你得帮我的忙，给我背医疗箱。"

小男孩兴致勃勃地答应了。

可惜没多久，当地瘟疫蔓延，引起小幅度混乱，连唯一一家送东西到这儿的快递也给禁了。

消息闭塞后，闻多劝我回国："一直留在这儿也没意思，经历过就好。"

"那你呢？"

"当然和你一起回去。我弟马上高考，我得回去盯着他。"

语出，我俩有一会儿都没讲话。

原来没有谁生来就是圣人，见过怜悯，就想去普度世人。我们都只是很普通的人，有最寻常的爱恨，有在远方祈祷我们平安的家人，非洲明显是不宜久留之地。

提交了回国的申请，我想起小男孩，去同他告别。

他之前对我说，他爸爸一声不吭就走了，之后音信全无，他讨厌不打招呼就走的人。我不想被讨厌，于是特意去镇上，并将我所有吃的、用的都给了他。

回程时，小男孩依依不舍地送我上车，不小心被匆忙闪过的小偷撞到，零食和老干妈顿时哗啦啦撒了一地。

街上常年居住着因战乱、瘟疫、饥饿而无家可归的大人与小孩。

一看那么多吃的，有人眼馋，带头冲出来，之后的画面就混乱不堪，人们一窝蜂似的，完全不受控。

小男孩被人群踩在脚底，几度挣扎着想爬起，不得其法，我想也未想，冲进去。

禾鸢是对的，她不该和我做朋友，因为我老是冲动行事。

我自以为有对能遮天的翅膀，可保护所有想保护的人。但我总是忘记，要为了这群人，保护自己。

闻多赶到的时候，我和小男孩的情况都不太好。

男孩不仅有皮外伤，还有骨裂现象。我虽然靠一副大人的躯体勉强挡着，胳膊还是被挤压擦伤，破了很大一块皮。我看着自己的血和男孩的融在一起，陡然想起五年前，我也是用这只手，为一个叫江忘的男孩，战斗到几乎阵亡。

“罗恩怎么样？”

我一边问，一边躺在担架上自己包扎。

闻多却止步于门口，用不知痛心还是恍如隔世的目光看着我，将拳头攥得骨节发白。

某些不良的预感一闪而过，我猛然起身：“他……”

“内脏出血加……X感染，去了。”

X感染？

X感染。

“月亮，告诉我，你没和他伤口对伤口接触过……”闻多的嗓音都颤抖了。

看他要靠近，我急急地往后退：“别过来！”

他就真的被喝止，离我五步之遥。

绞人的窒息中，我忽然笑了：“闻多，你老实讲，我到底是不是坏女孩？”

对面的青年再也忍不住：“你是。”他吞吐得很艰难，“你是我见过的最坏、最傻、最不知天高地厚的女孩了！上帝不会收你的。”说完，他就背过身，疑似抬手抹脸。

谁知道呢？

我努了努嘴，自顾自地想。

兴许他看多了好女孩，就想要个坏姑娘呢。

只是，不知道，世上若少一个坏姑娘，会不会对其他人有影响。

听说人一旦走到时间尽头，许多疯狂、不合逻辑的念头就会涌出，什么封印都没用。

当我把自己关在隔离间，拨出那个我以为不会再打的电话号码时，我隐约觉得这个传说是真的。

铃声响了很久，江忘才回过神来要接。

他正在收拾东西搬家，逛一圈，发现什么都不想要，只想快点离开这个被回忆填满的房间。

“我不愿让你一个人，一个人在人海浮沉，我不愿你独自走过风雨的时分……”

其实，铃声一响，他就急急地站到了窗前，让盛大的霓虹灯光照进眼，以刺痛证明，不是梦境或幻境。

"喂。"

小心翼翼的一声。

不知是她说的，还是他说的。

良久——

"你在看电视吗？"

这句话是我问的。因为沉默太狠，狠到我能听清所有的背景声。

江忘下意识地转头，看了看专门开通的国际电视台非洲分台，喉咙一动："听说非洲瘟疫，医院打算响应号召，派人手过去支援。我，我了解一下。"

就在他犹豫的那一秒一分，我赫然发现，什么都值了，不论过去种种，还是打出的这通电话。

"哈哈。"

我老在特别正式的场合失笑，常常让人觉得不正经。

可我保证接下来说的全部都出自真心。

"江忘，你不用讲什么，我也只是想打一通什么都不需要讲的电话，好像在北京香山那样。"

可他不听话。

他聪明过人，怎会意识不到我的反常。

"你的具体地址在哪儿？"他眉一蹙，问。

男子口气不自觉地带上熟稔，仿佛还是我俩在一起互相折磨冷战的日子。

我叹气："看来，想要你再乖乖听我一次话，真的很难。"

有人眉头越蹙越紧。

"林月亮，"他有些等不及地叫，新闻里播报瘟疫的背景声就是莫名让他心慌，"快告诉我，你在哪儿，我去找你。"

"我、我在……"我努力地想地名，却发现从打出电话起大脑就越来越麻木，怎么也想不起来。

不一会儿，麻木的不仅是大脑，还有手、腿和嘴。

“林月亮，你骗了我。”

迟迟得不到我的回应，江忘反常地喋喋不休，大有引我讲话的意思。

“你骗了我……”他说，“你根本没拆开我给你的礼物。否则，你不会走。”

那份我以为是求婚戒指的礼物，真的是求婚戒指。

从禾鸢那台手术下来，我扑进江忘的怀抱中，一直就有个声音在告诉他——是时候了。

他为我准备香槟，准备牛排，尽全力想给我一场他不擅长的浪漫，可我用那样的方式走掉了。

“四点五毫米。”江忘精确地报出一串数字，“你手指伤痕的宽度……戒指正好能将它遮住。”

所以，这也是他早就想好的，要帮我去疤痕的方法？

扑哧，我又笑出声，笑着笑着，还没麻木的泪腺像终于找到话语权，顷刻间横扫千军。

“不会改变的，江忘。”我试图打起最后一点精神，“不管你送我的那份礼物是什么，我都会走，所以不必觉得遗憾。因为，我真正想要的东西，你已经给别人了。

“你知道吗？曾经，我真的很喜欢很喜欢一片夜空，还下过要守护他一辈子的决心。可是，后来，他眼里有了星星。我原本打算和星星较劲，不肯轻易认输，谁叫我是月亮呢？月亮当空，谁与争锋。但最终，我还是放弃了。因为我忽然发现，原来有漫天繁星照明，失去月亮的夜空也是可以的……他不是想要更璀璨的人生吗？”

我成全了。

须臾，哽咽的疑似不只有我。

“不是这样的，月亮……”那人竟不加掩饰地流露出慌张，“没有星星，从来就没有！”

他高声反驳：“我只是太多时候……不知道怎么面对你才好。你常常向外人形容我率真、单纯，其实真正单纯的是你啊！你拥有一双沾不得一丁点灰尘的眼睛，你总是充满信任地、笑意盈盈地看着我，让我忘记自己其实是最普通的凡人，只在你眼里拥有金身。于是我想要强大，想要成功，想要在你需要我的每个时候都有能力挺身而出。可，当你离开，我终于将那套六万九千八百元的沙发买回家，才发现如你所言，它真的不合适。那天，我坐在沙发上用力想，究竟从哪里开始出的错？可笑的是，直到现在，我也没想明白。

“所以月亮，回来好不好？回来告诉我，究竟哪儿出了错。我发誓，以后你说什么，我都听，再不会动摇，再不会惹你生气。拜托你像从前一样勇敢，拜托你回来，拜托你再救救我……

“好吗？月亮，说话。

“林月亮！”

……

江妈妈进门就看见一幅天崩地裂的画面。

那个早成熟到能驾驭所有笔挺西装的青年，竟半蜷着身子，攥着窗帘，被一通电话逼红了眼。

他方寸大乱地对着听筒胡乱地说着什么，直到听见开门的动静，才终于转身，卑微地冲江妈妈伸出手。

“妈、妈……”青年叫得有些凌乱，“你帮我接电话，帮我叫她……”他喊，“我让她伤心了，所以她不肯理我。可是，她嘴硬心软，只要你叫，她肯定答应，你快来……”

江忘从未有过的神伤的样子让江妈妈心疼不已：“小忘……”

她完全忘了接电话这回事，只想伸手安慰自己的儿子，江忘却一顿。

“你为什么不接电话？”

男子脸上先是怒火，后来开始掉冰碴，声音完全崩塌了：“难道你也在气我、怪我吗？！怪我这么多年和你疏离，怪我不懂体谅你的艰辛。所以，你想惩罚我，你要我和你一样，郁郁寡欢一辈子，是不是？！”

江妈妈瞠目结舌。

虽然她和江忘的相处历来不亲密，可这样恶语相向的场景，史无前例。

但很快，江忘又软了语气，一会儿求江妈妈接电话，一会儿对大洋彼岸的姑娘，倾诉着不知她还能不能听到的话——

“我可以的，月亮，我可以输……但是，求你，不要用这样的方式。我怕我输不起……我真的输不起。”

我的手完全僵了，一动不能动，可我的心好痛。

为什么先失去的不是听力呢？

这样，我就能用最让他悔恨的方式，永远留在他的记忆中，还不带愧疚。

可听见这些迟来的话，好几度，我都想……算了。

跟一个小孩儿计较什么？！他是你亲手宠出来的啊。

我想说，行吧，江忘，既然你这么诚心诚意地悔恨了，我也可以试着原谅的。可我说不出。

我只感觉恍恍惚惚的，明明身处炎热的赤道，却仿佛重逢了一场早就来过的大雪。

那场雪里，有个清冷孤单的小少年，正坐在秋千上发呆。

他穿着单薄，怀里有颗不知放了多久的糖。这颗糖，是他顶着刺骨寒风、纷扬大雪，也想送出去的。

然而，直到夜落昼升、雪尽风藏，也始终无人撑伞而来……接下他手里的糖，擦他眼底雾和霜。

（全文完）

后记

如果生活真的都是喜悦，
那青春还有什么值得缅怀纪念？

感恩，真的再重逢了。

不敢相信，这次我完稿的时间，居然是在你们见到连载之前。

这个现象说明，等连载结束，实体书已上市，你们不用再嗷嗷待哺地守在微博下问我什么时候预售。

当然，我终于也不用搬家，因为不再怕被寄刀片。

提到《月亮来见我》……

之前，我就在微博上讲，想写个全然不同的故事。如今它跃然纸上，和你们打上照面，不确定有没有让你们有耳目一新的感觉。

（必须说有！）

因为我写过很多悲剧，大多是惊天动地的失去。只有它，是细水长流的累积。

没有人天生就适合另一个人。我们都是石头，在沙滩被挑挑拣拣。有时你撞到我，有时我碰到你，摩擦时常有。

只是，摩擦能带来的不仅是痛，还有彼此错身而过时的花火。

它可能只燃过一阵，至少温暖你了。

犹记得交稿的时候，我忐忑不安地问皇后：“你说他们这个年龄，会不会看不懂我想要表达的？”

她很体贴地回答：“放心，肯定看不懂。”

“……可它是个虽然细碎却能让人流眼泪的故事！”

皇后：“没关系，反正我哭了。”

真·治愈系·沉了，对不对？

总之，关于这本书所有想说的，看过专栏的姑娘应该都已了解。

非要再总结一次，唯有那句：我笔下最不一样的长篇男主角。

比起千篇一律的霸道总裁，他更加有血有肉。他的行为、抉择、念头，统统符合初尝成长滋味的少年。

我尽量真实地刻画他，想让他带着生活中许多熟悉的影子，这样就不算白费心血。

可不得不说，我写的过程超级纠结。

因为一开始定下的主题就是“失去”，写着写着就跟《一千零一夜》一样，竭力想找补回甜甜的感觉，但最终放弃。

如果生活真的都是喜悦，那青春还有什么值得缅怀纪念？

正如我写的若都是喜剧，哪还有什么悬念支撑你们翻到最后一页，为我的男孩女孩们泪流满面。

Emmm，这里还要感谢陈同学。

感谢他殚精竭虑地为我提供与医院有关的素材段子，完成我写白袍的心愿，也成全了你们对白袍的执念。

可能专业方向不够尽善尽美，但希望挑刺儿的时候，仙女们能温柔些。也希望如今看不懂的人别嫌弃它，就当作对我任性的一次成全。

因为我笃定，十年后你再翻阅，它必定能给你不同感受。

就像青春与成长的较量、拥有和失去的搏斗。

无论较量场上，究竟谁成谁败，相信时光都会把你洗涤成最好的模样。

然后带着你，来见我。

桑榆
二〇一九年七月十四日